Jaime Ángel de Casas Puig

TRILOGÍA
LA ODISEA DE ANDRÉS OLMEDA
PARTE II
IDENTIDAD OCULTA

ESPAÑA

2017

Puede contactar o acceder a otros libros del autor:
-En el correo: Gabrieldealarcon2014@gmail.com
-En la página de Facebook, con usuario: @jaimsofer
-También en Google + colecciones: MIS PROPIOS LIBROS Y LOS PREFERIDOS

Título de la obra: Identidad Oculta
Parte II de la Trilogía: *La odisea de Andrés Olmeda*

Diseño de portada y foto de la Ría de Noia (el autor)

ISBN: 978-84-697-8170-8
Primera Edición, enero 2018

NOTA DEL AUTOR

En este segundo volumen de la trilogía *La Odisea de Andrés Olmeda*, que se inicia con *Operación Nórdica*, las acciones del terrorismo internacional globalizado y la intervención de los servicios secretos se intensifican y se hacen presentes en países como Italia o España. En este escenario, donde las causas y los contendientes de los conflictos internacionales han cambiado tras la caída del Telón de Acero y la superación de la Guerra Fría, el círculo del peligro se estrecha alrededor de Andrés Olmeda y otras personas de su entorno. El afán del español por hallar un sentido a su existencia se va a complicar cada vez más, aún con momentos de placer y tranquilidad que son valorados y disfrutados al máximo. Los nuevos actores que irrumpen con fuerza en el libro, con sus variados orígenes y filosofías de vida, sus contradicciones, cambios de humor y emociones, enriquecen la trama y se involucran en la acción, traspasando las fronteras de lo meramente profesional para mostrar su lado más humano.

Ciertamente, *Identidad Oculta* no es un ensayo ni un libro de historia; es una novela de acción, y de intriga, que pretende sobre todo seducir, entretener, y sorprender al lector desde el primer momento. Adicionalmente, el autor ha intentado ser riguroso y objetivo en el análisis y la descripción sucinta de procesos históricos, como la época del nacional-socialismo en Alemania, algunos hechos de la Segunda Guerra Mundial, el Holocausto, o las migraciones anteriores y posteriores al conflicto bélico. Igualmente, cuando aborda esta temática a través de las biografías de los personajes de la novela.

Uno de los objetivos de Identidad Oculta es suscitar el interés del lector por esos años violentos de la historia europea, donde afloró lo peor y lo mejor del hombre, con resultados desastrosos para la humanidad y en particular para los que fueron perseguidos y exterminados por cometer el único "delito" de pertenecer a razas, religiones, pueblos distintos, o ideologías "no permitidas"; o también por ser homosexuales, o tener la heroica y extraordinaria valentía de oponerse y enfrentarse al poder totalitario. ¡Ojalá que estas situaciones nunca vuelvan a repetirse!

Con excepción de los procesos y de los hechos y personajes históricos que se describen en el libro o a los que se hace referencia, y de las descripciones de algunos lugares, los demás acontecimientos que se narran y las personas que los protagonizan, o que forman parte de la trama, son puramente ficticios, aunque algunos de sus trazos físicos y psíquicos se hayan inspirado en personajes reales y en la experiencia vital del escritor.

***

No cortemos las raíces que nos ligan a nuestros ancestros. Todas son importantes y nos enriquecen. Descubrámoslas. Entonces tendremos una visión más comprensiva y benévola de nosotros mismos y de la humanidad.

El autor

Vacaciones en Venecia

El 2011 estaba resultando un *annus horribilis* para Andrés Olmeda. Ahora, sentado plácidamente en su asiento reclinado del avión de la Lufthansa que le devolvía a Madrid, un martes 13 de septiembre, el español pasaba revista mental a los acontecimientos de los últimos meses, y a las circunstancias que habían jalonado y distorsionado su vida. Todo ello formaba ya parte de su experiencia personal, esa expresión tan mecánica, tan objetiva y fría, que a menudo esconde la inmersión del ser humano en sucesos desagradables, misteriosos, y en algunos casos... muy peligrosos.

Andrés no era de piedra, ni se creía un superhombre, y todavía no se había repuesto de su reciente odisea en las turbulentas aguas del Atlántico Norte, cuando apenas hacía un mes, el 15 de agosto, había sido secuestrado por un grupo terrorista cuyos orígenes no estaban claros. El rapto había tenido lugar mientras hacía footing tranquilamente por los alrededores de Ludwigschloss, el pueblo alemán donde radicaba la nueva sede de Protraesa, la empresa donde él trabajaba. La experiencia, durísima, se había prolongado durante quince interminables días. Pero no sólo se trataba de eso. En dos años escasos, la vida de Andrés se había acelerado mucho y había sufrido un cambio radical.

Todo había transcurrido normalmente hasta el otoño de 2009, cuando rompió con su novia, Julia, por desavenencias que se habían transformado en actitudes irreconciliables. Hasta entonces, el español se había dedicado a sus estudios, al deporte, al trabajo, y a divertirse sanamente cometiendo los excesos propios de la edad, que sólo en un porcentaje ínfimo tienen efectos trágicos. Nada fuera de lo común en la España de la crisis y los recortes, pero también en la de apretar los dientes y seguir hacia delante. A partir de su ruptura, una serie de sucesos extraños fueron complicando su existencia y generando una espiral diabólica, cuyo colofón, el secuestro en Alemania, no deseaba ni al peor de sus enemigos.

Con un afán globalizador, que trataba de dar sentido a lo que había acontecido en su vida, repasó con calma los hechos: "Durante el año pasado me refugié en el trabajo para curar las heridas de mi ruptura. Mis afanes en Protraesa para conseguir capitanear la operación Nórdica hicieron que me enfrentara a dos personalidades de la firma: Gustav Crochet, alias *Garfio*, el fichaje estrella de la empresa, y Pedro Herrera, el famoso *Balones fuera*. Esos dos cabrones me aplicaron primero la *laudatio,* fingiendo acoger y valorar mi proyecto con aparente satisfacción, incluso elogiándolo, pero luego, como suele ocurrir en esta vida traidora que llevamos los pobres mortales, mis *queridos* compañeros me aplicaron la *porculatio* —como diría un famoso filósofo—, aprovechándose de mi trabajo y apartándome de la operación Nórdica."

"En ese camino accidentado, tuve que bregar con la misteriosa y amarga desaparición de mi mejor amigo y compañero de trabajo, Agustín Grande. Las explicaciones que me dieron cuando viajé a la comisaría de Dillingen, en noviembre, no me aportaron más que hiel y pesimismo. La secuencia de los hechos estaba muy poco clara, como si se tratase de una sucesión de clichés borrosos del genial fotógrafo Miroslav Tichy, con un desenlace completamente en negro. Al final, la investigación no avanzó y acabó varada en su mismo punto de partida, es decir... en nada."

"En enero de este año, se produjo el misterioso allanamiento de mi departamento de Madrid, justo antes de la partida hacia los países del Norte para conquistar nuevos mercados, para desarrollar in situ nuestra operación Nórdica. ¡Qué odisea!, en ese asalto me destrozaron todo y provocaron la muerte de mi perrita Laska. Finalmente, después de otros avatares, conseguí encabezar la expedición junto con Elena y Heinrich, mis dos formidables compañeros de Protraesa. ¿Y qué decir después de ese extraño encuentro en París, en la Plaza de la República? ¿Qué quería insinuarme el tal Alexander, con su sombrero negro y su pinta de rabino? Aquello me descolocó mucho".

En ese momento de sus remembranzas, Andrés miró por la ventanilla que tenía a su derecha y vio a la aeronave introducirse en una formación de nubes, sin que se pudiera ver nada más. "Así estoy yo, confundido y ciego, sin saber a qué atenerme en esas zonas de sombra que se han apoderado de mi vida... que me rodean como un denso vapor de agua, sin saber qué hay más allá...". Unos vaivenes o "turbulencias", palabra esta última que se suele utilizarse en el argot de los aviadores y de las líneas comerciales para anunciar movimientos bruscos de la nave, y que produce un cierto acojone en los impotentes pasajeros, contribuyeron a sacarle de su ensimismamiento y hacerle mirar a su alrededor volviendo a la realidad. Al español, que era un admirador de grandes pintores como Dalí o Picasso, le gustaba observar a las personas más allá de sus apariencias, dejándose llevar por una intuición que a veces le jugaba malas pasadas, pues siempre tendía a magnificar el lado bueno de algunos cuyos comportamientos dejaban mucho que desear.

Debido a dificultades de última hora, los tres integrantes de la exitosa delegación de Protraesa, que ahora volvían a España, no habían conseguido que sus asientos fuesen contiguos. A la izquierda de Andrés, en el asiento que daba al pasillo, se encontraba un calvo simpático y gordinflón, un hombre de mediana edad y no muy agraciado físicamente, que, ¡oh sorpresa!, le había saludado nada más toparse con él dentro del avión.

"Esto de por sí, pensaba el español, es algo fuera de lo común. En estas sociedades modernas, en las llamadas también *sociedades líquidas* del gran sociólogo Zygmunt Bauman, muchas personas, a quienes los políticos se refieren como ciudadanos y ciudadanas, o simplemente como *ciudadanía*, desconocen las normas más elementales de educación, e incluso de higiene, lo que ya es el colmo. Nada más hay que hacer el experimento de pararse a observar en un baño público, continuó pensando. ¿Cuántas personas se lavan las manos después de mear o incluso de otra cosa? Si la gente limpia hiciese esa observación, se llevaría las manos a la cabeza."

Lo cierto es que su compañero de viaje propició una interesante y algo heterodoxa conversación, que le sorprendió de nuevo pues no estaba acostumbrado al trato con desconocidos. Pero antes, siguiendo su costumbre, Andrés le hizo una radiografía, un retrato mental: "Tiene pinta de español y seguramente se trata de algún viajante de comercio, o de alguien que tiene don de gentes. Me da que la mayor parte del día está rodeado de clientes que le hacen caso. Su mirada inspira mucha tranquilidad y bonhomía. No parece tener síntomas de estrés o de eso que ahora, eufemísticamente, llaman *mobbing*, un vocablo inglés usado para quitar importancia y crudeza a lo que toda la vida se ha llamado acoso, esa palabra tan castellana y española, pero que mucha gente no se atreve a pronunciar."

—¿Y dónde me ha dicho que trabaja usted? —preguntó el desconocido sonriendo a Andrés y utilizando un tono de voz agradable.

—En una fábrica de vinos y aceite.

—Entonces usted no tiene grandes conflictos: todo el día rodeado de botellas, botellas.... y más botellas, que tienen dentro esos caldos. ¡Qué ricos son!

—No sólo es así... Hay personas —respondió Andrés con ironía.

—Ya lo sé. Sólo era una broma. ¡Me encuentro tan solo!

—¡Venga ya, hombre!, usted tiene toda la pinta de relacionarse con mucha gente. ¡Vamos!, que está usted rodeado todo el día.

—No le quepa a usted la menor duda, de gentes que han sido... de personas que tuvieron vidas placenteras y azarosas, dulces y agrias, pero siempre únicas... de cadáveres. Trabajo para una empresa de pompas fúnebres y me dedico a contratar los servicios mortuorios y también a supervisar que todo esté en orden en las recámaras del velatorio.

—¡No me diga! Yo pensaba que... en fin yo... —titubeó Andrés, que se había puesto visiblemente nervioso.

—No se preocupe. Siempre pasa lo mismo. Ya me voy acostumbrado. Las gentes se quedan un poco desconcertadas cuando les digo a lo que me dedico. Incluso hay algunos que me rechazan... no saben o, mejor dicho... no quieren saber que... tarde o temprano... les llegará, nos llegará a todo el turno, y nos iremos con rumbo al arcano: *sic transit gloria mundi*.

—Es verdad. Lo que nos iguala a todos no son las causas ni las enfermedades que producen la muerte, sino el mero hecho ineluctable de morir, de ponernos en manos de Caronte y su fiel Cancerbero.

—Tiene usted toda la razón, señor...

—Olmeda, Andrés Olmeda, es un placer, y usted...

—Filemón, Filemón Tetris.

—De todos modos, Filemón, incluso después de muertos queremos distinguirnos, o nos quieren distinguir. Usted, como profesional del ramo, conoce del boato que rodea a ciertos difuntos ilustres que se diferencian de los demás en las tumbas, en los féretros, en los coches fúnebres... y en unas lápidas y epitafios que a veces sorprenden.

—Es cierto, Andrés, pero a mí, que llevo más de veinte años dedicado a este negocio, hay otras diferencias que me impresionan mucho más. Se trata de las caras de los difuntos. A veces, por más maquillaje que les pongas, no puedes modificar el rictus, la intención que manifiesta el rostro, la expresión del mismo. Usted, claro... es muy joven y... todavía no ha visto muchos muertos.

—No sé... me deja usted desconcertado.

**

Tras la *alegre* plática, que se prolongó unos minutos más, pero con el tema cambiado, Andrés volvió a ensimismarse en su historia personal, organizando sus pensamientos, sus temores... sus dolores mentales, como un cangrejo ermitaño dentro de su caparazón, en el interior de sí mismo. "Después de París, en febrero, vino Estrasburgo. Elías y David se me presentaron de incógnito. Tuvimos una conversación de temas políticos y culturales. Luego me dejaron de piedra cuando me confesaron que eran agentes del *Mossad* —Instituto de Inteligencia y Operaciones Especiales de Israel— y que querían que colaborase con ellos. Pero lo más fuerte fue lo de Berlín, en el mismo mes."

Al rememorar lo acontecido en esa ciudad, a Andrés se le hizo un nudo en la garganta y pidió a la azafata de turno un vaso de agua, que pudo tragar con dificultad. Luego continuó con sus cavilaciones: "Nada más llegar a la capital de Alemania vi en varios titulares de la prensa que había estallado una bomba en una asociación aparentemente altruista, la *Alianza Boreal de Negocios,* y que uno de los muertos en el ataque terrorista era un tal Elías. Me acerqué al lugar del atentado y una bella y joven desconocida, que luego se presentó como Eila Kessler, llamó mi atención, me saludó, y tras una breve conversación me citó en un *Konditorei* —una pastelería-cafetería— de Berlín. Allí confirmó mis sospechas: el Elías de Estrasburgo era la misma persona que citaba el periódico como una de las víctimas del atentado de Berlín. Luego me contó que ella trabajaba para el Mossad, al igual que el malogrado Elías; que yo tenía que estar alerta; y que ya me explicarían. Unos meses más tarde, en agosto, vino lo de Hamburgo… ".

En ese momento, Andrés palideció y empezó a sudar copiosamente. Las emociones, mal contenidas por el cerebro consciente, por el neocórtex, estaban haciendo de las suyas con un clarísimo efecto psicosomático. Esta reacción suscitó el vivo interés de Filemón.

— ¿Le ocurre algo, Andrés? ¿Se encuentra bien? Tiene usted la tez muy pálida. Se parece a un…, quiero decir que quizás ha tenido usted una bajada de tensión o de azúcar. ¿Es usted diabético?

—No, Filemón, no es nada, pero tengo una sensación de ahogo… No sé. Es que a veces nuestro cerebro nos juega muy malas pasadas.

—Ahora es usted el que me desconcierta, Andrés.

—Es que no somos capaces de controlar nuestras emociones como quisiéramos, y hay reflejos condicionados en los que no podemos intervenir. ¿Ha tenido usted ataques de angustia?

—No lo sabes bien. —le respondió Filemón empezando a tutearle—. En una ocasión entró un cadáver en la sala mortuoria, ejem... quiero decir que me lo trajeron; era de una vecina. No me lo podía creer. Ayer tan lozana, tan bella, tan peripuesta, ¡vamos que estaba buenísima!, y hoy... tan fría... tan muerta. Me empecé a sentir muy mal. Pero tenía que hacer de tripas corazón, así que...

—Perdone que le interrumpa, pero me estoy mareando más... no me siento bien... me voy al servicio. —La huida fue harto oportuna, pues nada más entrar en uno de los lavabos del avión, Andrés apenas tuvo tiempo de dirigir su boca hacia el inodoro, que recibió un chorro espeso de vómitos. Pero Luego vinieron las arcadas, derivadas inconscientemente del asco, del miedo... de la rabia, con espasmos incontenibles, como si el cerebro, después de vaciar las tripas, quisiera echarlas fuera. Poco a poco, los espasmos fueron decreciendo en intensidad, hasta remitir. Andrés, congestionado; se lavó la cara; se enjuagó la boca; se tranquilizó un poco; y, por fin, volvió regenerado a su asiento.

—Bueno, bueno... parece usted otro.

—Y que lo diga, se me ha pasado todo. Sólo ha sido una pequeña bajada de tensión. Por cierto, Filemón, su acento y su modo de hablar me sugieren que usted tiene algo de mexicano.

—Pues sí, así es. De pequeño estuve viviendo en Guadalajara, en el bajío de Jalisco.

— ¡No me diga! Yo estuve un verano en "Jalos", quiero Decir, en Jalostotitlán, en los Altos de Jalisco. Es una zona maravillosa, un español no se siente extraño allí, sino todo lo contrario.

—Ya veo que tenemos cosas en común. Es usted un estuche de monerías, Andrés. Nos lo podemos pasar *padre* (muy bien).

A Andrés le sorprendió un poco la respuesta del tal Filemón, pero no le dio mayor importancia. Sentado en su asiento, que había reclinado al máximo, Andrés continuó rememorando lo que le había ocurrido, reanudando su relato en el fatídico y recientísimo mes de agosto de 2011: "Cuando ya parecía que todo estaba encarrilado para que me dejaran en paz con sus películas de espionaje, me secuestran al lado de la sucursal de Protraesa, en el pueblo de Ludwigschloss. ¡Y los del Mossad decían que lo tenían todo controlado!, ¡que me protegerían! ¡Vaya historia!, ¡cuánta mentira!".

Como en una película de cinemascope, indeleblemente grabada en su mente a sangre y fuego, la secuencia del secuestro, el 15 de agosto, y los hechos derivados del mismo, desfilaron sin piedad por su memoria: el dardo emponzoñado que le habían lanzado; su despertar en un zulo pestilente de algún lugar desconocido y cercano al mar; los malos tratos recibidos; la zozobra de verse secuestrado sin poder hacer nada ni comunicarse con nadie; la sensación de impotencia; su traslado a bordo del Aurora... la desesperación, la incertidumbre; el sentimiento de esperanza después de comunicarse con David Kurnilov; su violenta liberación, donde casi se muere del susto después de ser lanzado a las aguas frías e inhóspitas del Atlántico Norte; la ayuda de Adnán Alvares y de David, pero sobre todo la de Simón Blum, que acudió a su rescate esperando a bordo del Intrepid, el barco que ese agente había fletado en Escocia. Luego vino el combate con la banda de los secuestradores; la hipotermia en el mar que le produjo casi el desvanecimiento y la muerte; finalmente, la izada en una red de pesca, como si fuese un atún recién pescado, terminando aquella pesadilla felizmente a bordo del Intrepid.

Después se sucedieron los días de juerga y alcohol en Aberdeen, celebrando la victoria con Duncan y James Mac Calloway, Adnán Álvares, Simon Blum, y David Kurnilov que se les unió más tarde; por último, la fiesta de bienvenida en Ludwigschloss, donde Elena, su nuevo amor, y Heinrich, su lugarteniente en Protraesa, le esperaban ansiosos tras la odisea del secuestro en Alemania y la acción en el Atlántico Norte.

Ciertamente, el 2011 estaba siendo un año terrible y Andrés no acababa de creerse todo lo que le había pasado, todo lo que había trastocado su existencia, condicionando su futuro hasta límites insospechados, pues en verdad... seguía sin saber nada. Ahora, en el mes de septiembre, lo que pretendía era olvidarse de los malos momentos vividos, centrarse en su trabajo, y disfrutar de su relación con Elena. Terminada con éxito la operación Nórdica, los primeros contratos de exportación de caldos y aceites españoles a Alemania, Dinamarca y Noruega ya habían sido firmados y las campañas publicitarias en estos dos últimos países se hallaban a pleno rendimiento. Una vez consolidada la sucursal de Alemania, el siguiente paso consistiría en lanzarse a la conquista de los mercados de Suecia, Finlandia, y los Países Bálticos. Si al presidente de la compañía, Raimundo Ovejero, le parecía bien, Andrés quería dedicarse junto con su equipo a organizar desde España el asalto a esos nuevos mercados, aunque tampoco desdeñaría dirigir y apoyar la operación in situ. Pero de nuevo, estos pensamientos, centrados en la normalidad de una vida dedicada a la actividad empresarial, se vieron truncados por otros que aparecieron como nubarrones negros en medio de un día luminoso: "En cualquier caso, ese grupo Alfa me tiene que dar las explicaciones que me prometió Eila Kessler en Berlín después del atentado: ´cuando vuelvas a Madrid, te desvelaremos las razones´, me dijo. Ya veremos si es así, pues si soy una cobaya o un cabeza de turco, al menos quiero saber en qué experimento estoy metido, y, sobre todo: cómo puedo salir de esta historia."

**

A las cuatro de la tarde, el avión de la Lufthansa aterrizaba en Madrid, en la T4 del Aeropuerto de Barajas. Tras recoger las maletas, Andrés se despidió de Elena y Heinrich y se dirigió a casa de sus padres. Estos, que estaban al corriente de la desaparición de su hijo en Ludwigschloss, el 15 de agosto, habían atravesado por momentos muy malos ante la incerti-

17

dumbre y desazón que produce el no saber nada de un ser querido, que de golpe y porrazo se esfuma sin dar ninguna explicación. Nadie les había informado de nada. Sólo Heinrich les llamó por teléfono para ponerles al corriente de la desaparición. Luego, ni Protraesa, ni mucho menos la policía española o alemana, se pusieron en contacto con ellos. Fue el propio Andrés quien les llamó por teléfono el jueves 1 de septiembre desde Aberdeen, en Escocia, para decirles que estaba sano y salvo, y que no tenía recuerdos claros de lo que le había ocurrido desde el fatídico día del secuestro. A sus padres les dio la misma versión del suceso que a la policía del Reino Unido, y luego también a la alemana.

La intención de Andrés, al no desvelarles la verdad, era triple: quitar hierro al asunto, mantener a su familia al margen de los hechos y sus consecuencias, y evitar que cualquier información de lo que realmente había pasado y de sus conexiones con los servicios secretos de Israel pudiera filtrarse.

—No, mamá, no me han hecho daño. La verdad es que desconozco cómo he acabado apareciendo en Escocia. Lo único que recuerdo es que me perseguían mientras corría por el bosque, luego un pinchazo en la espalda, y después, nada claro, sólo ruidos y olores marinos hasta que hace unos días me desperté en una playa cercana a Aberdeen, en Escocia.

—¿Qué habrás estado haciendo?, ¿dónde te habrás metido? Estamos deseando que llegues ya a casa y olvides todo esto... cuanto antes, mejor. Estás sano y salvo y eso es lo que importa, hijo. Te iremos a esperar al aeropuerto.

—No quiero que vengáis a recibirme, mamá. Quiero que estéis tranquilos, sin sobresaltos. Lo primero que haré en cuanto baje del avión es llamaros y avisaros de que voy para allá, a mi casa. No sabéis las ganas que tengo de veros...

—Bueno, hijo, lo que tú digas. Ya sabes que para nosotros eres lo más importante. Llevamos unos días tremendos, no sabíamos qué hacer ni a dónde dirigirnos. Desde que Heinrich nos telefoneó desde Alemania y nos dio la noticia de tu desaparición, nadie nos volvió a decir nada... hasta tu llamada.

Fernando Olmeda, el padre de Andrés, persona muy reflexiva, había estado atando cabos los últimos días: "¿Por qué le pasan cosas tan extrañas a nuestro hijo?, ¿quién le ha secuestrado?, ¿cómo ha conseguido zafarse de quien o de quienes le han capturado y probablemente drogado?, ¿o quizás le han liberado?, y si es así: ¿quién lo ha hecho?, ¿y por qué? ¿Tiene algo que ver su actividad en Protraesa con lo sucedido?". En ese mar de dudas, Fernando no pudo evitar recordar algo que había ocurrido hacía muchos años, cuando Andrés era un niño muy pequeño, casi un bebé. Lucía y él habían tratado de este tema unos días antes, tras conocer de su propio hijo que se encontraba sano y salvo tras el secuestro:

"—Fernando, creo que cuando Andrés vuelva, habrá llegado el momento de confesarle lo que tú y yo sabemos y hemos callado. No sé —añadió pensativa—, pero mi intuición me dice que lo ocurrido pudiera estar relacionado con ese pasado. Decirle la verdad es un trago muy amargo, quizá sea contraproducente, pero al menos nuestro hijo tendrá una clave más que pueda servirle en su vida.

—No sé cómo se lo va a tomar. Nos hemos retrasado mucho en este tema —afirmó Fernando por su parte—. Es difícil volver atrás, sobre todo cuando se trata de hechos tan dolorosos.

—Fernando, prométeme que muy pronto le diremos la verdad.

—Te lo prometo, Lucía. Andrés es nuestro único hijo y tenemos que ser sinceros con él, pase lo que pase."

Al llegar Andrés a casa de sus padres desde el aeropuerto, los sentimientos se dispararon. Tras los primeros minutos de emociones incontenidas, el sosiego templó los ánimos y la conversación se centró en temas empresariales. Lucía quería evitar a toda costa que su hijo se atormentara pensando en el secuestro:

—Hijo, me imagino que habrás hablado mucho con tus compañeros de Protraesa, allá en Alemania. No me estoy refiriendo a lo de los últimos días, sino a la operación Nórdica.

—Mamá, la verdad es que la operación Nórdica ha salido a pedir de boca. Así me lo reconoció por teléfono el mismísimo presidente de la Compañía, Raimundo Ovejero.

—¿Ese viejo búfalo con espolones?

—¡Por favor, mamá!, es el presidente de la compañía, un *primum inter pares*.

—No seas pedante, Andrés. Raimundo es uno más, con funciones y responsabilidades relevantes. Si no las cumpliese no duraría ni un minuto, y seguramente haría honor a su apellido, por otro lado, muy respetable.

—Joder, mamá, ¡qué democrática te has vuelto! ¡Cómo se nota que te has jubilado de tus funciones directivas! Ahora dices lo que te da la gana y te quedas tan pancha.

—Pues sí, hijo, es un privilegio de los que ya fuimos y estamos de vuelta, y un deseo oculto de los que os llamáis *activos*, pero el mundo está montado así. Es un sistema jerárquico, digan lo que digan los profetas de la igualdad y del *coleguismo*. Esos altísimos directivos son unos privilegiados. No tienen los pies en tierra y por eso pueden perorar sobre muchos temas y tomar decisiones, digamos... arriesgadas. Incluso pueden *pringarse* en algunos asuntos, sin que les salpiquen. Si hay temblores o seísmos, no les afectan. Ya se encarga el sistema de exonerarles de culpas y siempre hay un chivo expiatorio... un sistema de ruleta rusa entre ellos.

—Bueno, os sigo contando —prosiguió Andrés que no tenía ganas de filosofar—: La operación Nórdica equivale a poner una pica en Flandes, nada más. Ha salido bien, pero ahora es necesario fortalecer la posición y explotarla al máximo; luego atacaremos en otros territorios. Conquistaremos otros mercados del Norte.

—Deben de estar muy orgullosos de ti, hijo, y también de Heinrich y Elena.

—Mamá, sin ellos no hubiera conseguido nada. Son, sin duda, mis mejores camaradas en la empresa. El que debe de estar de uñas es el director de marketing, el famoso *Balones fuera*. Me imagino que ya se habrá repuesto de su esguince y no me guardará rencor. Es que, a veces, Dios hace cosas muy buenas con los renglones torcidos.

Lucía ya sabía lo que le había ocurrido a Pedro Herrera, el rival de su hijo. Éste tuvo un extraño accidente en las escaleras del metro que permitió a Andrés asumir de nuevo el liderazgo de la operación Nórdica y ponerla en marcha, partiendo con su equipo hacia París a principios del mes de enero.

—Hijo, tú no tienes la culpa del accidente, y, además, te guarde o no rencor, es mejor que hayáis ido vosotros a culminar la operación Nórdica —zanjó su madre con cara de satisfacción por el éxito que había obtenido su *polluelo* en los negocios.

* *

El jueves 15 de septiembre de 2011, dos días después de su vuelta a Madrid, Andrés Olmeda se encaminó hacia las oficinas centrales de Protraesa en un edificio moderno y ajardinado de la calle Arturo Soria. Allí fue recibido efusivamente por sus compañeros del área de coordinación comercial y de producción. Sus más allegados, Elena y Heinrich, le esperaban en su despacho. Con ella se había visto los días, o, más exactamente, las noches anteriores. Pero cuando apenas había cruzado unas frases con su equipo, y estaba a punto de entrar en harina con el trabajo pendiente, el teléfono de su mesa, como mosca cojonera, sonó insistentemente. Al otro extremo del hilo, Raimundo Ovejero irrumpía en escena:

—Querido Andrés, ya sé que tenemos nuestra reunión prevista para el mediodía, pero hoy quiero anticiparme, así que, si estás libre, acércate ahora mismo a mi despacho. — Andrés se quedó sorprendido, pues rara vez el presidente de la compañía alteraba la hora fijada para sus reuniones, a las que además tenía la costumbre de acudir puntualmente.

Al llegar al despacho del *gran gurú* de Protraesa y después de un cálido recibimiento, con abrazo efusivo y sincero incluido, Raimundo Ovejero sorprendió al relajado coordinador comercial y de producción:

—La compañía está realmente contenta con tu éxito en la operación Nórdica y quiere que sigas gobernándola desde España. Como sabes, las últimas noticias recibidas de Alemania avalan tu buena gestión. Las ventas ya han despegado en el país germano, en Dinamarca, y en Noruega. Para continuar con nuestra expansión de forma sostenida, hemos decidido crear un departamento especial de operaciones de Protraesa en el Norte de Europa. Se llamará OPNOR, un nombre formado por las dos primeras sílabas de la operación Nórdica y... hemos decidido ofrecerte su dirección. Serás el director de OPNOR...

Andrés se quedó de piedra ante la propuesta y no terminaba de creérselo, sobre todo si venía de parte de una persona que sabía muy bien nadar y guardar la ropa en la compañía y de quien, en el fondo, no podías fiarte mucho. Andrés lo había experimentado dolorosamente el año anterior, cuando el presidente de la compañía nombró a *Balones Fuera*, jefe de la delegación de Protraesa para los países nórdicos, quitándole a él de en medio. Por eso, Andrés hizo algo muy difícil: mientras Raimundo glosaba el ofrecimiento, consiguió dominar su alegría y disimularla bajo una mirada franca y abierta que no denotaba complacencia excesiva. "Actuar con suma prudencia, como gato escaldado, tanteando la solidez de la propuesta es lo mejor que puedo hacer ahora, pensó".

Por ello, cuando su jefe finalizó su discurso, Andrés le desconcertó con su respuesta: "¿No sería mejor que ofreciese el puesto a Gar..., quiero decir, a Gustav Crochet?". Raimundo Ovejero no se esperaba esta contrapropuesta y su reacción fue de perplejidad:

—¿Có... cómo dices?

—Que hay personas más dispuestas que yo para este cargo. Se dedican más a estos temas de... ascender... por el bien de la empresa... Tienen una visión como más objetiva... no sé... más certera. Por otro lado, estos puestos requieren estar luchando mucho entre bambalinas y pueden suscitar las envidias y las maniobras de otras personas. Francamente, no valgo para los temas empresariales internos. Sólo me ocupo de mi trabajo, no de maniobrar ni de venderme. No sé si me entiende, señor Ovejero. No quiero que se perjudique usted más tarde, o que prefiera después rectificar.

Andrés acababa de verter un jarro de agua fría, o más bien, de propinar una bofetada a la autosuficiencia y vanidad del presidente de la compañía. Poco más o menos, venía de decir al gran gurú de Protraesa que no se fiaba de sus ofrecimientos, pues ya le había vendido un par de veces, rompiendo la relación de confianza. No en vano, Andrés recordaba sin rencor, cómo, después de diseñar y defender a muerte el proyecto ambicioso e ilusionante de la operación Nórdica, el muy cabrón de Ovejero les había dejado caer como plomo a él y al desaparecido Agustín Grande. El presidente no hizo nada cuando la compañía, saltándose las reglas del sentido común, de la preparación y del mérito, decidió en su momento que el director de marketing, Pedro Herrera, alias Balones Fuera, y no ellos, fuese quien encabezase la delegación de Protraesa encargada de convertir en realidad los planes ambiciosos de la operación Nórdica. Ciertamente, al final, fue Andrés quien capitaneó la expedición, pero por razones de fuerza mayor: un esguince en el pie que impedía caminar a Pedro herrera y le exigía reposo durante varias semanas. La segunda vez fue en Alemania, ya iniciada la operación Nórdica, cuando el presidente de la compañía tampoco apoyó a Andrés en el tema del emplazamiento de la sucursal de Protraesa en Ludwigschloss.

"El tiempo de las adhesiones incondicionales ya ha pasado, pensó Andrés después de sorprender al jefe supremo. No puedo aventurarme en arenas fangosas con personas que me pueden dejar tirado en cualquier momento. En cuanto Garfio (Gustav Crochet) y Pedro Herrera se enteren, van a poner el grito en el cielo, y van a conspirar todo lo que puedan contra mí. Ahora tengo ya una posición consolidada en la compañía y este ofrecimiento, en lugar de ayudarme, puede ser un regalo envenenado."

Pero la respuesta del contrariado y ahora algo amargado Raimundo Ovejero al desplante de Andrés, sorprendió a éste, que esperaba una tormenta sin paraguas, en forma de bronca o de amenaza velada:

—Bueno... señor Olmeda... reflexione y tome su decisión. La propuesta sigue en pie. Ahora pasemos a otro tema: Protraesa quiere premiarle a usted por el esfuerzo realizado y compensarle, sólo en parte claro está, por lo ocurrido en Alemania. Hemos decidido regalarle diez días de vacaciones en Italia, en Venecia, para que se recupere y vuelva a la empresa con más fuerzas. Así tendrá también la oportunidad de pensar con más calma en nuestro ofrecimiento para convertirse en el director de OPNOR.

Pero Andrés, que había notado el cambio de tono y de trato de Raimundo Ovejero, superó de nuevo su sorpresa y adoptó, otra vez, una postura contraria a esta segunda oferta, desconcertando aún más a su jefe supremo:

—¿Por qué, señor Ovejero?, si ya me encuentro mejor y estoy deseando ponerme a trabajar. Además, estos primeros días son muy importantes para consolidar nuestra presencia en los mercados del norte y preparar la nueva operación en los países bálticos...

—Eres muy necesario, Andrés —le cortó Raimundo, volviendo a tutearle—, pero no imprescindible... te aconsejo que no lo olvides... La decisión ya es firme. He hablado ayer con Heinrich que está plenamente de acuerdo con que te tomes unas vacaciones... por otro lado tan merecidas. Durante tu ausencia, él se hará cargo del área de coordinación comercial y de producción. Nuestra delegación en Italia ya ha contratado tu estancia en Venecia, en un hotel de alto standing. Se trata de que descanses, te olvides de todo, y vengas renovado. ¿Estás conforme? —le preguntó el presidente de la compañía mirándole fijamente con unos ojos que echaban chispas.

—Hombre, vistas así las cosas... y si Heinrich, en quien tengo plena confianza, lo acepta... la verdad, no tengo nada que objetar. —respondió el agraciado que no quiso ser ya más insolente con el presidente de la compañía.

"Con las cosas del comer no conviene jugar. Quizás ya haya ido demasiado lejos al tocar la nariz al gran gurú de la empresa por dos veces consecutivas", reconoció Andrés en su fuero interno.

—¡Muy bien! ¡Querido amigo!, no se hable más. Te hemos gestionado con Alitalia un billete de avión en clase ejecutiva y aquí tienes también el talón del hotel. ¡Disfrútalo!, y, sobre todo, vuelve con las pilas cargadas y con muchas ganas de trabajar.

"En el fondo, Raimundo no es tan cabrón. Aunque no se moje demasiado, no parece mal tipo", pensó Andrés al abandonar el lujoso, amplio, y luminoso despacho del presidente de la compañía, y dirigirse de nuevo a las pequeñas y vetustas oficinas de su área, en el bajo del edificio de Protraesa. Allí le esperaba Elena, pues ya había oído algo que le había comentado Heinrich sobre el viaje a Italia. A ella no le hacía mucha gracia y a duras penas disimuló su contrariedad en su plática con Andrés. Éste trató de consolarla y justificar su viaje en solitario:

—Elena, me gustas mucho y estoy bien contigo... lo sabes de sobra, pero no estamos comprometidos... por el momento. Dejemos que el tiempo vaya fraguando nuestra relación... que las cosas fluyan de modo natural... sin forzar. Sobre todo, lo que yo no quiero ahora es agobiarme. Tengo que reposar y no puede ser que tú ahora te ausentes del trabajo y dejes sólo a Heinrich, con todo el follón de la nueva operación en los países bálticos.

—Andrés, lo que yo quiero es estar contigo, es lo que más deseo. No desconfío de ti, pero me voy a sentir triste. No sé cómo tienes ganas de viajar después de lo que ha pasado.

—Pero ¿qué me ha pasado? Es que ni yo mismo lo sé —mintió Andrés deliberadamente, como lo venía haciendo desde su reaparición en la playa de Aberdeen—. Desaparezco en Hamburgo, me secuestran, y luego ya no me acuerdo de nada. ¡Eso es todo!

—¡Qué visión más optimista del tema! Como te podrás imaginar, ahí detrás hay algo más....

—Elena, el viaje a Venecia es un viaje impuesto. ¡Vamos!, que ¡tengo que descansar! Es una especie de pausa obligada. No se trata exactamente de unas vacaciones. El señor Ovejero no me ha dejado otra alternativa.

—¿Y después? ¿Tendremos que seguir ocultándonos del público, como hicimos en Hamburgo?

—No te precipites, cariño, tenemos que conocernos más. Lo que no quiero es cometer errores, como me pasó con Julia, de quien ya te he hablado. Aquello terminó fatal. Al final, después de varios años, resultó que éramos dos seres distintos, incompatibles... dos extraños.

Finalmente, los argumentos de Andrés y la imposibilidad real de dejar su puesto de trabajo por unos días, por la necesidad de preparar la nueva operación, hicieron que Elena diera su brazo a torcer cuando de buena gana se hubiera ido con Andrés, sobre todo después de las últimas fogosas noches de *blanco satén y del Imperio de los sentidos* que ella y Andrés habían vivido en Madrid.

—Bueno, no me des más explicaciones. Te estaré esperando.

—Ya lo sé, amor. Puedes estar tranquila. Tenemos toda la vida por delante.

**

El viernes 16 de septiembre por la noche, Andrés tomó la precaución de llamar desde un locutorio al teléfono de contacto del grupo Alfa, para comunicar que al día siguiente se iba a Italia de vacaciones. El mensaje fue recibido por una especie de teleoperadora que lo único que hizo fue tomar nota del mismo, sin decirle absolutamente nada, ni pasarle con ninguna extensión, como si se tratase de un robot. "¡Vaya!, ¡cómo están los servicios secretos!, pensó Andrés. Si tratan así a sus colaboradores y protegidos, después del rollo que me contaron, ya podemos prepararnos".

Al día siguiente, por la tarde, después de hacer las maletas, o mejor dicho, la maleta rodante, colgarse una mochila a su espalda y ajustar las correas, Andrés tomó un taxi y se dirigió a la T4 del Aeropuerto de Barajas. Una vez allí, facturó su equipaje en los mostradores de vuelo, pasó los tediosos y molestos controles *coñazo*, y se encaminó a la sala de embarque asignada. En ésta, todavía se notaban los estertores del verano, pues las pintas y los atuendos de las personas que esperaban eran de lo más variopinto. De seguro que el genial Mingote hubiese disfrutado haciendo un mural con las caricaturas de los congregados. En la sala de embarque se encontraban en *alegre* convivencia, o simplemente, se encontraban: el niño jugando con la *playstation* portátil; el joven confundido con la pantalla de su ordenador, casi una prolongación física de éste; un grupo de amigos reunidos para la cacería sexual; una pareja bien avenida; otra mal avenida pero que se soporta por miedo a la soledad; una tercera que simplemente se ignora y cuyos miembros permanecen juntos por rutina o aburrimiento; la familia seducida por la atracción fatal que ejercen los móviles y en la que sus miembros ya ni se hablan; los hijos mal educados que bostezan sin taparse la boca (costumbre muy extendida actualmente), gritando y molestando sin ser reprendidos por sus padres, por miedo a la corrección política o a ser denunciados por sus queridos vástagos, después de las últimas leyes; los solitarios friquis; unos pocos ejecutivos fardando de un bronceado artificial y hablando alto para que se oiga que han hecho tal o cual negocio, que, dicho sea de paso, a nadie importa; las amigas divorciadas, separadas, o solteras, pero todavía de buen ver y catar, que haciéndose las incomprendidas, se juntan en pequeños grupos para emprender un viaje turístico y quién sabe si también prenupcial, esperando encontrar a ese italiano de oro (o quizás al oro del italiano) que les redima de su pasado o que les compense de los malos tragos que les han causado esos machos ibéricos, tan denostados; unas personas hablando en voz muy alta por sus móviles, para alardear o compartir su conversación *interesante* con el o los desconocidos que se sitúan al lado; otras escuchando música con el altavoz de sus celulares demasiado alto e importándoles un pito si molestan; unos seminaristas que probablemente volarían para hacer ejercicios espirituales en Italia; finalmente, unos clásicos bien educados, esa rara avis, esa minoría selecta de personas respetuosas con el prójimo, que se autolimitan con el fin de que la vida sea mejor y más feliz para todos. En definitiva, allí se encontraba gran parte de la *flora y fauna* ibérica, la más salvaje y la menos; las gentes bien educadas y las soeces; todos ellos reunidos por azares del destino en una pequeña sala del aeropuerto de Madrid. A Andrés, que le gustaba observar y luego analizar la miscelánea, el *totum revolutum* le hizo gracia, al tiempo que pensaba, con benevolencia y sin sentirse superior, que la inmensa mayoría de esas personas habían trabajado muy duro durante todo el año; que se habían ganado sus vacaciones con creces; y que ahora lo que querían era alejarse, ser libres, y disfrutar sin intención de hacer daño a nadie.

Ya sentado en su asiento del avión y cuando se disponía a abrocharse el cinturón, una voz conocida se oyó a sus espaldas. Se incorporó, se volvió, y delante de él, Eila Kessler, la espía femenina del grupo Alfa, le sonreía. Eila era la persona que le había saludado en Berlín, desde el edificio dañado por el atentado terrorista; aquélla con quien había tomado un café con tarta en un antiguo y bello *Konditorei* —confitería con salón de té o café— de la capital germana sin volverla a ver después; aunque David y Adnán ya le habían informado de su brillante papel durante la operación que le había liberado de sus secuestradores en el crucero Aurora. A pesar de haber transcurrido más de siete meses desde su encuentro en Berlín, la imagen de la bella y elegante agente del Mossad había permanecido indeleble en la memoria del español. Así que la reconoció y saludó al instante, de una manera que ella no se esperaba:

—Pelías era el rey de Yolco.

—¿Qué? ..., ¡ah!, ¡sí!, Jasón y los argonautas fueron a la

Cólquida a por el vellocino de oro. —le contestó Eila con la frase en clave que ella misma había asignado a Andrés, durante su primer encuentro en el bello Konditorei. —Ambos hablaban en español, pues la madre de Eila, de apellido Bejarano, era judía sefardita y además la agente había asistido al Instituto Cervantes de Tel Aviv, a la par que cursaba sus estudios de derecho y administración de empresas

—¡Qué brillante eres, Eila! ¡Cómo has mejorado tu español!, ¡qué barbaridad! La verdad es que no esperaba encontrarte en este avión, ¡pero si he avisado ayer de mi partida!, ¿cómo habéis hecho?

—Eso pertenece al secreto del sumario. ¿No se dice así? —le respondió Eila al tiempo que le hacía signos de bajar la voz, mirando con recelo a su alrededor.

—La verdad es que esperaba haberte saludado y dado las gracias en Berlín, en la sede de esa Alianza Boreal o como se llame, cuando volví de mi repugnante secuestro.

—Ya lo sé, Andrés, pero esos días tenía que acompañar a Salomón a Tel Aviv. Si no fuese por él, tú no estarías aquí... ya lo sabes.

—Lo sé bien, Eila, y también lo que arriesgaste por mí para que me salvará en el Aurora haciéndote pasar por Isabela Clara Hamilton, la bella secretaria de una empresa turística... ¿Cómo se llamaba?

— La TFE, la Tourist Flash Entertainments, pero casi prefiero que no me lo recuerdes. No fue agradable, aunque al final todo haya salido bien. Por cierto, también tienes que agradecer mucho a Simón Blum.

—¿A ese gran conseguidor? Joder, no te puedes imaginar cómo nos pusimos de güisqui, él, Adnán, yo, y los Mac Calloway, esos ángeles bien intencionados y valientes.

—Si no llegamos a cortar a tiempo os habríais quedado en Aberdeen, ¿verdad?

—Ya sabes que no. Por cierto, David y Adnán me contaron que tuviste mucho éxito entre la tripulación. No soy machista, pero es que...

—Pero ¿qué confianzas son esas? Los hombres siempre igual. Yo creía que tú eras una excepción... Según lo que consta en tu ficha, eres una persona...

—No sigas, Eila. Todo es puro estructuralismo, las cosas en el fondo son iguales en todas partes. No podemos anular nuestras emociones, nuestros sentimientos... nuestras sensaciones. Hay un pintor uruguayo, Joaquín Torres García, que con su universalismo construccionista refleja esta idea muy bien. ¿Lo conoces?

—Déjate de rollos. Si quieres, te puedes sentar a mi lado. —le ofreció, aprovechando que el asiento contiguo estaba vacío.

—Imagino, Eila, que no estás por aquí de vacaciones, ¿verdad?

—Imaginas bien. Se me ha asignado acompañarte a Venecia. Después de lo que pasó en Ludwigschloss, a pesar de la vigilancia que te habíamos puesto, no te podemos dejar ni a sol ni a sombra. En realidad, somos tres agentes los que te vigilamos. Ahora es mejor que no sepas quiénes son los otros dos. Ya los irás conociendo... si hace falta.

Andrés se sentó al lado de Eila y la conversación prosiguió durante el resto del vuelo, como si se conociesen de toda la vida —como a veces se produce, incluso con extraños, sin que sepamos por qué—. Siempre con disimulo y con una voz apenas audible, ambos platicaron sobre diversos temas de la actualidad política del momento y también, con reticencias de ella, sobre algunos pormenores del rescate. Lo cierto es que Simón y Adnán no le habían contado mucho de la operación en el crucero Aurora, a pesar del abundante güisqui que los tres se habían escanciado en sus vacaciones con los Mac Calloway, allá por las tierras altas de Escocia, para celebrar con sus benefactores el éxito de la operación de rescate.

—Y... ¿qué tal está Salomón? —preguntó Andrés que se sentía muy en deuda con quien había dirigido al grupo Alfa, jugándose la vida hasta conseguir su liberación.

—Mejor que tú y que yo, ha vuelto con su familia a Berseeva, con sus tomates, sus pepinos y sus colmenas, y me encargó que te diese recuerdos cuando volviera a verte. Le hubiese gustado mucho conocerte personalmente, pero su colaboración con el grupo, aunque muy intensa en los últimos meses, sólo fue esporádica, sólo para la operación Aurora.

—Perdona que sea un poco vulgar, Eila, pero ¡qué huevos tiene el tío! Mira que meterse en la boca del lobo haciéndose pasar por un alto ejecutivo y enfrentarse a esos cabrones que me han tenido secuestrado y que... no sé lo que me habrían hecho, o le habrían hecho, si...

—No pienses en ello, Andrés. —le interrumpió Eila pasando suavemente una de sus manos sobre el hombro del español e iniciando algo parecido a un suave masaje, lo cual sentó al español a las mil maravillas—. La verdad es que participar en esa operación no fue una decisión fácil para él. Yo pensaba que no se iba a implicar... pero me equivoqué. Ojalá que a partir de ahora le dejen tranquilo y en paz, con su familia, su desierto... su retiro muy bien ganado —concluyó Eila con un deje de emoción en su voz, mientras pensaba también en su padre, el general Natán Kessler, tan camarada y amigo de Salomón Liebermann.

***

31

Hotel Casanova

Sábado noche, 17 de septiembre

Al llegar a Venecia estaba previsto que Andrés y Eila tomaran caminos distintos para no levantar sospechas. Si en otro tipo de acciones, permanecer juntos era una garantía de éxito, en este caso podía resultar fatal. En el grupo Alfa no querían correr ningún riesgo. Ya habían atentado contra el español mediante un secuestro y unos meses antes había explotado una bomba en la propia sede de la organización en Berlín. Por ello, todas las precauciones eran pocas. En el plan trazado, La vigilancia sería muy discreta. Eila Kessler se alojaría en el mismo hotel que Andrés, el *Casanova Pallazo,* mientras que Ilal Weissman y Yósef Shilinsky, los otros dos agentes del grupo Alfa desconocidos para Andrés, se hospedarían en el hotel *Bonacasa,* un establecimiento más pequeño y de menor categoría, próximo a la plaza de San Marcos.

Los contactos se harían regularmente, en un lugar previamente establecido, con el mismo método que ya se había empleado a bordo del Aurora: un sistema de nanomicrófonos con las dimensiones de una cabeza de alfiler y un auricular receptor, disimulado dentro de una plastilina que se introducía en el oído y simulaba perfectamente la textura y el color de un algodón blanco. Los tres agentes disponían además de nano-cámaras de fotos, y su armamento consistía en 3 pistolas Jericó semiautomáticas que les iban a ser entregadas en unos paquetes que debían recoger en la recepción de los dos hoteles. De todo ello deberían desprenderse al abandonar la ciudad, una vez que la operación Venecia, de protección al español, hubiera finalizado.

Como medida complementaria y obligada, el camuflaje, la mimetización con el entorno, eran fundamentales. Por ello, las nuevas identidades de los tres agentes habían sido cuidadosamente preparadas en Berlín, con las consiguientes falsificaciones de pasaportes, documentos de identidad, permisos de circulación, cuentas bancarias, y tarjetas de crédito, junto con la alteración de varias bases de datos digitales a las que podían acceder con las claves correspondientes si, en el caso de que fuesen detenidos, tuviesen que demostrar su identidad. Paradójicamente, la falsificación en el siglo XXI era mucho más fácil que cuando todo dependía del papel y había que reproducir con total perfección los documentos falsificados. De todos modos, el espacio Schengen, de libre circulación de personas dentro de la mayoría de los países de la Unión Europea, como era el caso de Italia, facilitaba mucho las operaciones de espionaje, eliminando los tediosos y peligrosos controles fronterizos. Pero, sobre todo, lo que caracterizaba a los tres agentes era su gran preparación y capacidad de adaptación al entorno. Si Eila era ahora una tal Margaret Doniphan, una bella turista norteamericana, interesada en el patrimonio histórico-artístico italiano, y, sobre todo, en la *Rinascenza* —el Renacimiento—; Ilal y Yósef eran dos amigos australianos cuyos antepasados eran italianos y que todavía chapurreaban un poco este idioma. Al margen de ello, los dos espías hablaban también español, siendo ésta una de las razones de su selección para tomar parte en la operación Venecia y proteger a Andrés Olmeda.

El aterrizaje en el aeropuerto Marco Polo se produjo sin sobresaltos. Al apagarse los motores del avión, Eila y Andrés se separaron, como si no se conociesen, y se encaminaron a sus respectivos alojamientos en el Casanova Palazzo. Éste era un gran edificio de finales del siglo XVII, cuyo frente daba a uno de los principales canales de Venecia. Su arquitectura era majestuosa y la fachada, de estilo barroco, mostraba sendas estatuas de los dioses Apolo y Artemisa, a cada lado del pórtico de entrada. Sobre éste figuraba una cabeza de medusa de mármol blanco, pulido y veteado en rojo. Por encima del frontispicio, aparecían ciertas concesiones arquitectónicas al neoclasicismo del siglo XVIII, como una columnata de sobrios capiteles y arcos románicos que sostenían el techo de la galería del salón de baile, ahora también comedor-bufé, situado en la primera planta del hotel.

La habitación de Andrés, una suite turística ubicada en uno de los laterales del segundo piso era exterior y tenía una terraza que daba a uno de los canales secundarios de la ciudad. Al entrar en ella, Andrés se quedó impresionado. Una gran araña, de la que pendían rosarios con cuentas de cristal de Murano, exhibía seis lámparas con forma de quinqués que difundían generosamente su luz artificial por toda la habitación. Un sofá persa almohadillado, en forma de barco; un tresillo capitoné, más grande; un gracioso confidente y cuatro sillas de caoba a juego, todos ellos tapizados de color granate con motivos florales; una cómoda de tres cajones sobre la que se asentaba un espejo barroco rectangular; un armario macizo de apreciables dimensiones; y una escribanía con incrustaciones de nácar y marfil, conformaban el mobiliario principal de la suite. Las paredes, forradas de seda de color verde claro, incitaban a la calma y al recogimiento, como lo hacían dos grandes tapices con motivos medievales y renacentistas que colgaban a ambos lados de una cama ancha y con dosel, asentada sobre cuatro gruesas esculturas de garras de León que le daban un aspecto poderoso. Una televisión de plasma, situada frente a la cama; una radio embutida en la pared, encima de la mesilla de noche; y la conexión inalámbrica para el ordenador, completaban el equipamiento de la suite. La luz natural estaba asegurada por dos grandes ventanales laterales que comu-nicaban la estancia con la terraza, un amplio espacio enlosado con baldosas de terracota y limitado por una baranda de hierro forjado. El cuarto de baño no desmerecía en absoluto de la habitación. En él destacaban un trono majestuoso y un yacusi semicircular. "¡Qué barbaridad!, si no dan ganas de salir del hotel para hacer turismo!", pensó Andrés, cómodamente echado sobre la cama. "Además, el colchón es perfecto. Me parece que voy a reconsiderar el ofrecimiento del señor Ovejero y dejarme pastorear por ese profeta... ese orondo y astuto burgués, ilustrado en el arte del buen vivir."

Domingo 18 de septiembre

El primer día de vacaciones se inició de la manera más clásica: un desayuno continental en el restaurante-bufé del hotel. Situado en el primer piso, el refectorio del Casanova Palazzo, un gran salón con vistas a uno de los principales canales era todo un lujo y un deleite para los sentidos. Se componía de una zona interior semicircular y una galería columnada con vidrieras ornamentadas, que permitían el paso de la abundante luz exterior. El mobiliario, de estilo *art déco*, era más funcional que en las habitaciones. Destacaban las mesas de marquetería, 3 lámparas multicolores de estilo tifany que colgaban del techo, unos grandes espejos adosados a las paredes con molduras austeras, y dos radios de adorno modelo Philco. Cuatro veladores situados en las esquinas del local, sobre los que reposaban estatuillas de Karl Hagenauer y jarrones de Émile Gallé, contribuían a crear un ambiente cálido y tranquilo. Pero sin duda alguna, lo que imprimía carácter y llamaba más la atención eran los 6 grandes bustos de alabastro, de emperadores romanos, que rodeaban la estancia asentados sobre pedestales de mármol de Carrara. Las paredes del salón estaban decoradas con reproducciones de cuadros de Rochenko y Popova, Vasily Kandinsky, y Paul Klee, una mezcla de estilos donde predominaba el arte abstracto. Rematando el conjunto, un piano de cola dispuesto sobre un estrado rodeado de plátanos tropicales y troncos del Brasil, presidía el centro del restaurante. La música en vivo era otro de los atractivos del hotel. Tanto durante el desayuno como en la cena, un experto intérprete desgranaba hábilmente sus notas colmando con placeres acústicos los oídos de huéspedes e invitados. En esta ocasión, el susodicho estaba interpretando unas piezas de ragtime y foxtrot, ritmos binarios que imprimían carácter y estilo al refectorio del Casanova Pallazo junto con el decorado y la época recreados en él.

Eila había anticipado a Andrés que tamb007ién estaría en el bufé por la mañana. Éste sería su primer contacto visual. Luego estaba previsto, que, desde un restaurante próximo y a la misma hora, la agente le llamase todas las noches a una de las cabinas ubicadas en la recepción del Casanova. Por lo demás, la espía asumía con garbo el papel de una de esas turistas norteamericanas que en cuanto pueden se escapan de su país, para reencontrarse con sus raíces perdidas en la vieja, decadente, desgastada, vetusta, pero siempre atrayente Europa.

Siendo las ocho de la mañana, Eila desayunaba sentada a dos mesas de distancia de Andrés. Degustaba un café negro en taza grande, con un suculento croissant recién horneado, y unos buñuelos parecidos a los *sufganiot* —berlinesas— que se comen en Janucá, la fiesta judía de las luces. La agente ignoró a Andrés deliberadamente y continuó con su ocupación culinaria, al tiempo que se entretenía con Il Gazzettino, el periódico veneciano por excelencia.

Después de la colación de bienvenida, el español se dedicó a hacer un poco de turismo cultural. Visitó dos de los más emblemáticos edificios de la ciudad: el Palacio Ducal y la Galería de la Academia de Venecia, donde había cuadros de Giorgione Barbarelli di Castelfranco, *El Giorgione*, maestro de Tiziano y pintor muy valorado por Andrés. Uno de los sueños, que ahora podía convertir en realidad, era admirar de cerca algunas obras del insigne artista, para abstraerse e introducirse en sus cuadros. Tras la vuelta al hotel y después de comer en el bufé-restaurante, donde degustó una excelente pizza a los cuatro quesos, regada con vino blanco de la Lombardía, se dio un paseo por la ciudad con epílogo en la plaza de San Marcos. Allí se sentó en una de las terrazas y se tomó un café con *frittoli y galani*, dos dulces típicos de la ciudad, mientras escuchaba a una orquestina de cuerda interpretar obras de Vivaldi.

La verdad es que a Andrés no le importaba mucho estar solo en Venecia. Necesitaba unos días de calma para asimilar lo que le había ocurrido en Alemania y luego en el Atlántico Norte. Sin duda alguna, el secuestro había sido el acontecimiento más traumático de su vida. Cada vez que pensaba en ello, y trataba de no hacerlo, un escalofrío le recorría la espalda, aunque rápidamente se sobreponía. "No sé dónde acabará todo esto, se decía a sí mismo. No quiero más historias raras, ni más sufrimientos, pero tampoco quiero que otros sufran por mí. Según parece, y aunque todavía no tengo suficiente información, estoy llamado a asumir una responsabilidad que yo no he buscado y cuya esencia desconozco." Luego, para compensar la angustia soterrada, se acordaba de una vieja canción, que en ese momento le venía al pelo: "Disfrutemos mientras aún podamos, antes de que el tiempo nos devore ruin, y polvo en polvo nos volvamos, sin risas, sin canciones, sin cantores y sin fin...".

Siguiendo estos sabios consejos, Andrés retornó al hotel para la cena, que en esas latitudes se empezaba a servir a las siete de la tarde. Al entrar en el restaurante, el pianista del Casanova Palazzo estaba interpretando típicas y bellas canciones del folklore italiano, como O Sole Mío o Santa Lucia. En esta ocasión, el español degustó una tabla de quesos del país y otra de bistec marinado, que regó con vino tinto siciliano, Nero D´Avola, del que le habían hablado muy bien. Acabada la cena, se paseó por los alrededores del hotel. El clima de septiembre, muy agradable, y la belleza del entorno, incitaban a ello. Cuando ya no había un alma en los canales y las últimas góndolas se retiraban presurosas, Andrés, sumido en sus pensamientos, retornó al Casanova y se dirigió a una de las cabinas telefónicas de la recepción esperando la llamada de Eila al número y extensión que habían acordado previamente.

—Buenas noches, Perseo —le saludó la agente utilizando el nombre en clave de Andrés, lo que a éste no sentó bien.

—¡Déjate de chorradas, Eila! Habría dado mi trabajo y mis pertenencias por no haber tenido que soportar el secuestro y luego aguantar vuestros controles. ¡Fíjate qué vacaciones! Me vigiláis por la mañana, y por la noche tengo que fichar contigo, como si estuviéramos casados, pero sin derecho a roce... ¿Te parece esto un chollo?

—No, no lo es Andrés, pero es lo que hay. No te puedo decir más de momento, mientras no me autoricen. ¿Qué te crees?, ¿qué a mí me hace feliz que puedas estar en peligro? ¿Que lo pasé bien en el Aurora donde nos podían haber descubierto y... *despachado*?

—Perdóname, Eila —le contestó el español—. He sido un grosero. Tú también estás metida en esto hasta el cuello. Bueno, hoy no tengo ganas de hablar más, *shalom* (adiós).

La brevedad de la conversación y, sobre todo, la brusquedad mostrada en la despedida, no sentaron bien a la agente dejándola triste y perpleja. A pesar del entrenamiento recibido, Eila era una persona sensible, condicionada por las circunstancias, su sentido del deber, y el ejemplo que había recibido de su padre. Había ingresado convencida en el Mossad y luego en el grupo Alfa. Con éste había participado en la operación de rescate de Andrés, a pesar de los intentos del coronel Salomón Liebermann para apartarla de las actividades más arriesgadas.

Andrés, por su parte, después de su breve *conversación*, subió a su recámara con una botella de Johny Walker etiqueta negra y una cubitera repleta de hielo. Los efectos del elixir de la cebada hicieron su efecto vasodilatador y relajante, sumiéndole en un profundo sueño.

**

Lunes 19 de septiembre

A la mañana siguiente, al despertar, el español se vistió como un relámpago y salió disparado de su habitación, pues se había quedado dormido y ya eran las nueve y media, a punto de cerrar el bufé del hotel. Al entrar en el restaurante, reparó en Eila sentada en una esquina; carraspeó, para que ésta notará su presencia; y tomó asiento al lado de una estatua del emperador Augusto vestido de *togatus velatus*. Todo discurría tranquila y gozosamente, cuando, de pronto, Eila, que estaba enfrascada en la lectura del periódico, al levantar por un instante la cabeza, palideció y se escondió de inmediato tras el diario que elevó rápidamente con sus manos hasta cubrir su cara por completo.

Sentado frente a ella, a unos diez metros, se encontraba un miembro de la tripulación del Aurora, a quien la israelí había reconocido en el acto. Era uno de los anfitriones de Eila y de Salomón, cuando fingiendo ser representantes de la compañía TFE, se trasladaron en helicóptero al crucero Aurora al iniciarse la operación de rescate de Andrés. De aquel hombre, sólo la separaban tres mesas ocupadas por algunos turistas, que estaban ya a punto de terminar su desayuno. Instintivamente, Eila tocó la funda de la pistola que llevaba dentro de su bolso de mano y pensó: "¡Qué casualidad!, o, mejor dicho, ¡qué causalidad! ¿Cómo es posible que nos hayan seguido hasta aquí estos cabrones? ¿Quién les habrá dado el chivatazo?, y ahora, ¿qué hacemos?, ¿me habrá visto?".

Todas estas preguntas se agolpaban en su mente atribulada, pero a los pocos segundos, gracias a su carácter y en buena parte a su entrenamiento, recuperó la calma. En cuestión de segundos, escribió una pequeña nota e hizo signo de llamada a uno de los meseros. Sin levantar mucho la voz y al tiempo que esbozaba una sonrisa pícara y seductora, como sólo lo saben hacer algunas mujeres, indicó al italiano que entregase una nota al señor que estaba sentado junto a la estatua del emperador Augusto. El mesero, un hombre de mediana edad, elegante y de aspecto agradable, captó el mensaje a su manera. Sonriendo a su vez, mientras meneaba la cabeza y pronunciaba las palabras: *l´amore, ahi!, l´amore!* —lo que provocó el sonrojo y luego la mirada seria de Eila—, cumplió el recado con fidelidad. Al recibir la nota, Andrés no podía creer lo que leían sus ojos: "No levantes mucho la mirada. Delante de mí, separado por tres mesas, se encuentra alguien de la tripulación del Aurora. Cuando acabes de desayunar, dirígete a la iglesia de San

Esteban. Está cerca del Campo Sant Angelo. Desde él verás la torre de la iglesia. Allí te estará esperando uno de mis dos agentes, que te dará instrucciones y se dirigirá a ti con tu nombre en clave".

"¡Cuando acabe de desayunar!, pensó Andrés, pero ¿cómo puede decirme esto?". Pues era muy cierto, que, para el español, la atracción por los suculentos manjares del hotel se había esfumado, y había sido sustituida por la angustia y el instinto de supervivencia, con descarga de adrenalina incluida.

Después de abandonar Andrés la sala del bufé en dirección al templo católico, Eila salió también a la calle y se puso en contacto con Yósef, que jerárquicamente era el superior de Ilal. Le contó lo que había ocurrido y luego diseñó sobre la marcha un plan de protección.

—Ahora no quiero que tú e Ilal perdáis de vista a Perseo. Tiene que estar permanentemente vigilado. Dejad diez o doce metros de separación con él, pero no más. Por cierto, ¿dónde se encuentra Ilal?

—Está en la habitación del hotel, mandando un informe de situación a Tel Aviv.

—Bien, no le digas nada todavía. Ve a la iglesia de San Esteban. En uno de sus bancos encontrarás a Andrés. Siéntate a su lado, simula que rezas, habla con él utilizando su nombre en clave, ya sabes que es Perseo. Es conveniente que te conozca físicamente y que le inspires confianza. No puede verte como un extraño. Explícale que vas a ser su guardaespaldas y que no debe pasearse, bajo ningún concepto, por lugares solitarios. Lo ideal sería que hoy cogierais el *vaporetto* (embarcación de transporte público) y os dedicaseis a hacer un tour turístico de esos que en Venecia duran todo el día. Es lo más seguro para evitar sorpresas.

Finalizada la conversación, Eila llamó a Ilal, le informó de lo que estaba pasando, y le ordenó que después de comer subiera a su habitación y la esperase allí para recibir nuevas instrucciones. Repartidos los papeles, la agente puso en marcha la segunda fase de su plan: el camuflaje. Las circunstancias la obligaban a cambiar su fisonomía. Por eso se fue a la primera peluquería que encontró, se cortó el pelo a lo garzón, y se lo tiñó de rubio. Espesó sus cejas y también las tiñó del mismo color. Luego se compró unas lentillas verdes y unas gafas de sol, se dibujó algunas pecas, y se puso una faja que almohadilló como pudo, con lo que se convertía en una mujer gruesa. "Si el recién llegado me ha visto alguna vez en el Aurora, creo que ahora con esta pinta, le costará reconocerme", se dijo un tanto satisfecha cuando se miraba en el espejo de su habitación, una vez concluida la transformación. Pero la agente no las tenía todas consigo y no pudo evitar que un nudo de angustia le atenazara el estómago.

Mientras Eila se hallaba en estas lides, Andrés se dirigió según lo previsto a la iglesia de San Esteban. Una vez dentro, se sentó en uno de los bancos situados en la parte trasera de la nave central, para llamar menos la atención y controlar el acceso al templo. "No quiero sorpresas desagradables, si vienen a por mí, es mejor que esté prevenido, aunque no sé lo que podría hacer...". A los pocos minutos, entró Yósef, sin duda alguna el más fuerte de los integrantes del grupo Alfa.

Yósef Shilinsky había sido destinado a Madrid, junto a Ilal, el mismo sábado 17 de septiembre por la mañana, en una operación de apoyo urgentísimo al grupo Alfa. En Tel Aviv se consideraba que David Kurnilov, Adnán Álvares y Simón Blum estaban quemados por el esfuerzo realizado en la operación de agosto para liberar a Andrés. Por ello, en esta ocasión, se consideró necesario enviar al grupo Alfa un refuerzo de dos nuevos agentes, y encargar a Eila Kessler la monitorización de toda la operación Venecia que tenía por único objetivo la protección efectiva pero discreta del español.

Calvo a pesar de su juventud, pues no tendría más de treinta y cinco años, Yósef Shilinsky, con una estatura de 1,75 metros, se había expandido a los lados gracias a una anatomía de Hércules, pero no era un matón descerebrado pues en los test que había tenido que superar para integrarse en el Mossad, había obtenido buenas notas. Su pasión no disimulada, a lo Arnold Schwarzenegger, eran las pesas y los entrenamientos físicos donde no tenía rival. Contrastando con su cuerpo, su rostro exhibía unas facciones muy finas y proporcionadas, asentadas sobre un poderoso cuello. Pero eran sus ojos de color verde gris, engastados en una cara ancha dentro de un cráneo de tipo braquicéfalo, lo que llamaba poderosamente la atención. Yósef formaba parte de la tercera generación de una familia polaca emigrada a Israel en los años 30.

De ideas demócratas y socialistas, y apasionado de los Kibutz, sus padres le habían enseñado desde pequeño a pensar en la comunidad antes que en él, a destinar una parte de su tiempo a los quehaceres colectivos, algo que ya en el Israel moderno estaba decayendo, dado el carácter capitalista del país. Esta mentalidad fue la que le llevó a entrar en los servicios secretos. También pensaba que sus condiciones físicas le allanarían el camino, como así fue.

Más reservado que hablador, más contemplativo que activo, Yósef era del género no emotivo, activo, secundario, en la clasificación caracterológica de Le Senne. Eso no significaba que no tuviera sentimientos, sino que los escondía y sólo se sinceraba con sus más allegados. Lo que más le gustaba era prevenir, preparar, entrenarse. En estos campos, nunca tenía suficiente y odiaba las improvisaciones. Prefería obedecer a tener que tomar decisiones, pero no rehuía sus responsabilidades. Si había que arriesgar y jugársela, lo hacía, y además tenía detalles de generosidad que desconcertaban. Pensaba, como Thomas Jefferson, que no son la riqueza ni el esplendor, sino la tranquilidad y el trabajo los que proporcionan la felicidad.

Una vez dentro de la iglesia, Yósef se sentó al lado de Andrés y se cubrió la cara con las manos, como si estuviera en acto de contrición, como lo veía hacer a algunas personas que se encontraban dentro del templo. De esta manera, nadie podía notar que movía los labios.

—Perseo, soy Yósef Shilinsky, del grupo Alfa. He venido con Eila y otro agente en el avión que te trajo aquí. ¡No digas nada!, ¡sigue sentado y haciendo que rezas!... Eila me ha enviado para que me conozcas. Hablo español, como mi otro compañero. Ahora escucha: a partir de este momento no debes ir a lugares solitarios. Yo, de todos modos, voy a ser contigo como una lapa. Te seguiré discretamente a todos los sitios y no debes molestarte. Ten en cuenta que me estoy jugando el pellejo. Si te atacan me tocará defenderte y no voy a escurrir el bulto. Esperemos que no pase nada, pero no es una buena señal que haya aparecido un miembro de la tripulación del Aurora en el bufé del hotel. Si has entendido lo que te he dicho, levántate y vuélvete a sentar...

—Muy bien, ahora voy a darme una vuelta por dentro de la iglesia. Me sigues y me miras para que me conozcas, pero a distancia. No conviene que nos vean juntos. —De esta manera, tan escueta, Andrés y Yósef entraron en contacto.

**

La situación creada con la aparición del tripulante del Aurora en unas latitudes tan alejadas del Mar del Norte, como era la laguna de Venecia, complicaba mucho las cosas y requería un contacto urgente con Tel Aviv. De nuevo había que actuar con sumo cuidado, para no crear un conflicto internacional en caso de enfrentamiento. Nada de decisiones apresuradas. "De momento, pensó Eila, Andrés está protegido, pero debo ponerme en contacto cuanto antes con mis superiores de Israel."

Al atardecer, cuando Ilal se encontraba en su hotel, dentro de la habitación, la agente se reunió con él.

—Hola, jefa. El tema se pone interesante, ¿eh?

—Sí, interesantísimo y peligrosísimo —respondió Eila con cara de pocos amigos.

Acto seguido, tecleando un código secreto que conectaba el ordenador portátil de Ilal con un satélite militar de uso restringido, la agente se puso al habla con la central. Allí se encontraba el general Daniel Goldman, amigo de Salomón Liebermann y especialista en operaciones secretas en territorio europeo. Después de exponer Eila lo que había pasado, Goldman, un hombre decidido que sabía moverse muy bien en la burocracia israelí, le comunicó que antes de tomar una decisión y ante la gravedad de la situación, era preciso mantener una reunión con otros mandos. Las únicas instrucciones que le dio en ese momento, fueron las de no llamar mucho la atención, vigilar discretamente al enemigo, tener las armas con el silenciador puesto, y preparadas para utilizarlas, pues se desconocía si había más elementos hostiles y si estos tenían localizados a los agentes del grupo alfa. Pero llevar armas encima no era tan sencillo. Las acciones del terrorismo internacional en gran parte del mundo, los atentados del 11 de septiembre de 2001 en Nueva York, del 7 de julio de 2005 en Londres, o del 14 de marzo de 2009 en Madrid, entre otros muchos, habían vuelto al público y a los gobiernos muy suspicaces, y se habían diseñado protocolos preventivos muy exigentes. Los arcos de seguridad a la entrada de los edificios públicos y de algunos privados importantes, verdaderos detectores de metales con rayos x, constituían una amenaza para cualquier agente secreto, que se las veía y se las deseaba para llevar encima su artillería.

—¡Qué complicado es esto de ser espía! —exclamó Ilal, antes de recibir de Eila las últimas instrucciones—. Si pasas por un arco de seguridad, suena un pitido. Entonces, ¿qué haces con la pistola? ¿La pones en la bandeja?... ¿Te la metes en el culo?, ¿echas a correr? ¡Vaya película! Luego están esas malditas cámaras que lo graban todo por doquier. Por cierto, jefa, el maquillaje te queda de narices. Estás muy guapa, y tan rubia, aunque tu figura deja un poco que desear, en fin... no quiero...

—Menos sorna, Ilal. Ya sabes que no estoy para bromas. Esta noche a eso de las once, como se nos ha ordenado, conectaremos de nuevo con el general Goldman. A ver qué se le ocurre a ese viejo búfalo. Entretanto, nos separaremos para vigilar al enemigo. A partir de ahora le llamaremos Z. Si Z sale del hotel, le seguirás discretamente. Pero para estar seguros de que el enemigo a su vez no nos vigila, uno de nosotros que puedo ser yo mismo, saldrá detrás. ¿Entendido?

—*Aní maskim* (De acuerdo), oficial. —Después de la reunión, Ilal y su jefa se dirigieron a la recepción del hotel Casanova, donde esperaron en vano a Z para vigilarle de cerca como estaba previsto. Quien apareció fue Andrés, a las nueve de la noche, con el semblante enfermizo y seguido por Yósef. El español, ignorando a Eila, se fue direc-tamente a cenar. Ilal le siguió al interior del restaurante unos minutos después, y al no estar hospedado en el Casanova Palazzo, pidió una mesa al encargado. Yósef se quedó vigilando en el vestíbulo del hotel. Finalmente, Eila subió también a cenar, sentándose en una mesa distinta a la de Ilal.

La segunda noche de *vacaciones*, el hotel tenía reservada una sorpresa para sus clientes. La cena no iba ser de bufé sino con servicio francés. Según la carta —un pergamino policromado e iluminado por la llama de una lucerna romana que expandía su luz desde el centro de la mesa—, se iban a servir simultáneamente una serie de platos de degustación, de la cocina internacional. "¡Qué paradoja!, pensó Eila, el día que nos dan una desagradable sorpresa, el hotel se esmera al máximo. ¡Pobre Andrés!..., ¡joder!, ¡vaya vacaciones!".

Efectivamente, Andrés, que era de los que disfrutaba comiendo, y pensaba que la comida entra no sólo por el estómago sino también por la vista y el olfato, no tenía mucha hambre. Más bien, lo que tenía era la boca pastosa y seca, con un nudo en la garganta que le dificultaba la ingesta de alimentos. Lo cierto es que esa noche la cena también entraba por los oídos. El pianista, acompañado por una orquestina de cuerda, estaba interpretando nada menos que Vino, Mujeres y Can-ciones, de Johan Strauss hijo, creando una atmósfera todavía más propicia para saborear las abundantes y exquisitas viandas que estaban siendo servidas por los elegantes y esbeltos mese-ros y azafatas del hotel, vestidos de etiqueta como obligaban las exigentes reglas del Casanova Palazzo.

En plena cena, Z apareció en el restaurante-bufé, pero no estaba solo. Habían llegado refuerzos: una bella mujer de rasgos orientales, esbeltas piernas, labios insinuantes, y formas redondeadas —que quitaban el hipo y levantaban el ánimo de los más reacios y castos—, le acompañaba. "Esto significa que la acción que vayan a emprender está próxima", pensó Eila, mientras untaba un poco de queso a las finas hierbas en una barrita de pan integral recién tostado. Luego, mientras acometía con su cucharita un montículo de caviar iraní del mar rojo, coronado con muestras de salmón noruego, marinado en vinagre de sidra, se dijo dando concesión a su egoísmo: "Espero que nos dejen esta noche tranquilos, quiero hacer una buena digestión... estos manjares se lo merecen". Finalmente, y ya a los postres, Eila se quedó extasiada cuando un apuesto mesero le guiñó un ojo y le sirvió un exquisito bizcocho de pan de nueces, bañado en chocolate y duchado con unas lágrimas, o, más bien, un llanto de licor de cerezas que nada tenía que envidiar al producido en el Valle del Jerte español. "Creo que me voy a quedar a vivir aquí", pensó irónicamente. "No diré nada de esto en Berlín, ni por supuesto en Tel Aviv. No me enviarían a más misiones de este tipo...". Pero la gota que colmó el vaso fue el café expreso, el *limonccelo* —licor de limón—, y el *gelati* —helado— que sirvieron como epílogo de la sabrosa cena. Sin quitar el ojo a Z y su acompañante, que estaban poniéndose morados sin mirar a nadie, les imitó y disfrutó de una sobremesa inolvidable, donde no faltó la música. Después de interpretar la marcha del general Radetsky, el pianista abordó el valse que Fréderic Chopin dedicó a Madame Nataniel de Rotschild, para finalizar con el excelente Valse sobre las olas del mexicano Juventino Rosas, tres delicias, tres *chefs-d' oeuvres* —obras maestras— que hicieron aún más inolvidable la ingesta de alimentos en el bellísimo restaurante-bufé del Casanova Palazzo.

Al término del festín, Andrés se levantó de su asiento y tosió con fuerza. Esto hizo que Eila saliese de su ensueño culinario y retornase bruscamente a la cruda realidad. La agente, con cara de enfado, rezongó primero unas palabras incomprensibles en hebreo, y luego, con un guiño y un gesto de la mano, indicó a Yósef que siguiera al español a su habitación y no le perdiera de vista. Así lo hizo y ambos se reunieron en el ascensor, sin cruzar palabra. Nada más entrar en la habitación, Yósef hizo signos a Andrés para que le acompañase al cuarto de baño. Una vez dentro, abrió el grifo del lavabo y en medio del ruido, le dijo: "Siento de verdad todas las molestias que te estamos ocasionando, pero ya sabes que obedezco órdenes. Esta noche me toca quedarme contigo y vigilar."

—Si quieres, me dejas tu revólver y nos turnamos —se ofreció Andrés en un rasgo de generosidad irreflexiva.

—No lo creo conveniente. No es un revólver, y tú no tienes el entrenamiento adecuado; además, ¿sabes manejar la artillería?

—No, la verdad es que no. Lo mío es el cuerpo a cuerpo y la resistencia corriendo.

—De todos modos, gracias, Andrés. Cuando quieras decirme algo, me haces signos y volvemos al cuarto de baño. Aquí, con el ruido del agua, es imposible que nos puedan oír, aunque pueden haber plagado la suite de micrófonos. No lo sabemos y todas las precauciones son pocas.

—Vale, Yósef. Trataré de dormir algo, aunque en estas circunstancias me va a ser muy difícil.

—*Laila tov* (buenas noches), Andrés.

Antes de salir del cuarto de baño, el agente, a través de su dispositivo inalámbrico, se comunicó con Eila para decirle que todo estaba en orden, y que Perseo estaba controlado. Luego comprobó el cargador de su Jericó y preparó otro más, por si las moscas.

***

Sorpresa mayúscula

El lunes 19 de septiembre por la noche, en el hotel Casanova Palazzo reinaba la calma. El embrujo propio de un establecimiento de lujo, destinado a albergar a los más exigentes turistas, seducía y envolvía a sus huéspedes en un ambiente relajante, alejado del mundanal ruido y de la jungla de la vida. La luna estaba en cuarto menguante, y de los canales no ascendía ningún ruido capaz de romper la atmosfera pacífica de la Venecia nocturna. El agua de La laguna salada que rodeaba a la ciudad no se asemejaba a la de ningún torrente. Era agua de mar salobre, sujeta a las mareas propias del Adriático, bastante más suaves que las del Atlántico o las del Pacífico. El oleaje era imperceptible, pues la configuración de la laguna y las edificaciones de la ciudad disminuían mucho su efecto.

Por otra parte, en 2011, la capital de la región del Véneto era una zona eminentemente turística y poco poblada. Si a principio de los años setenta, tenía 360.000 habitantes, ahora, la población de Venecia apenas alcanzaba los 260.000. Esta intensa disminución obedecía en parte a las consabidas molestias de la marea alta, que anegaba los bajos de las casas y las plazas; pero se debía sobre todo al alto nivel de los precios de la ciudad, que se habían disparado en los últimos años haciendo difícil la supervivencia de una familia con uno o dos sueldos normales. Por ello, una gran parte de los trabajadores de la ciudad, una vez cumplida su jornada laboral o sus negocios, retornaban a la zona peninsular donde tenían sus viviendas y había muchos menos turistas. Esto hacía que en la antigua capital de la República Serenísima de San Marcos el ambiente fuese aún más tranquilo.

Después de cenar tan magníficamente, Eila abandonó el restaurante-bufé del hotel y subió a su habitación, situada en el tercer piso del Casanova Palazzo. Una vez en su interior, atrancó la puerta con una silla, como medida extra de seguridad por si intentaban entrar durante la noche. Todas las precauciones eran pocas para evitar sorpresas desagradables, máxime cuando la vida podía depender de ello. Ilal, por su parte, se dirigió al hotel Bonacasa. Mientras caminaba por la calle se comunicó con Eila, ya que en el restaurante-bufé, y antes en el hall, no habían cruzado palabra para evitar que pudieran relacionarles si algún enemigo se encontraba al acecho.

**

Martes 20 de septiembre, de madrugada

En su suite de la segunda planta del hotel, Andrés, al poco de salir del cuarto de baño, se puso su pijama y trató de dormitar algo sobre la gran cama de la estancia. Por su parte, Yósef, que se había tomado en la cena dos cafés bien cargados, se acomodó en una silla que situó justo frente a la puerta de la habitación, dispuesto a velar el sueño del español como fiel escudero. La noche discurrió tranquila hasta que, de pronto, sobre las tres de la mañana, las alarmas contra incendios se activaron. Yósef, que a pesar de su empeño se empezaba a medio dormir, pegó un respingo y se acercó a la puerta, poniendo un oído en ella. En breve, escucho ruido de voces y de pasos apresurados en el pasillo de la planta.

—¡Salgan inmediatamente!, ¡el hotel se está incendiando! —exclamó alguien con marcado acento alemán al otro lado de la puerta, mientras se daban golpes muy fuertes en ella, y la voz desconocida continuaba ordenando el desalojo a gritos.

Al principio, Yósef se quedó, aturdido, sin reacción, pero luego, en cuestión de segundos, superó su estado de confusión y empezó a sospechar. El extraño acento del desconocido, que continuaba aporreando la puerta, y sobre todo su excesiva insistencia en el abandono de la habitación, estaban fuera de lugar, pues Andrés no era el único huésped del hotel. Por ello no le hizo caso y aguantó la presión permaneciendo atrincherado detrás del sofá persa que había volcado a modo de parapeto, mientras apuntaba con su pistola hacia la puerta. "Si efectivamente la alarma se debe a un incendio, nada más fácil que tirarse al canal desde el segundo piso. Tampoco hay tanta distancia al agua y no creo que el canal tenga sólo un metro de profundidad", pensó Yósef. Entonces ocurrió lo que el agente de Alfa esperaba: él o quienes estaban al otro lado de la puerta trataron de derribarla, aunque sin éxito. Andrés, que a causa del estruendo se había medio incorporado en la cama, reaccionó inmediatamente:

—¿Qué pasa, Yósef?, ¿qué ruidos son estos?

—Andrés, ¡tu vida está en peligro! Quieren entrar en la habitación, ¿no te das cuenta? ¡¡¡¡Salta al canal!!!, ¡salta ahora mismo!, ¡yo les entretengo!

—Pero ¿qué tonterías dices?, ¿cómo que...?

—¡¡¡Salta inmediatamente!!!, ¡¡¡Salta!!!, ¡¡¡ya entran!!!

Entonces, en pocos segundos, Andrés se recuperó de la parálisis inicial y se hizo cargo de la situación. Mientras los golpes y las voces extrañas continuaban oyéndose a su espalda, cada vez más fuertes, abrió uno de los ventanales que daban a la terraza, y, sin pensárselo dos veces, saltó al agua en posición vertical, aunque doblando ligeramente las piernas. Dentro de la estancia, Yósef, que continuaba parapetado detrás del sofá persa, se preparaba para hacer frente a quienes finalmente habían conseguido forzar la puerta disparando a la cerradura:

—¡Andrés!, ¡levante las manos y síganos sin rechistar! ¡No oponga resistencia o nos veremos obligados a abatirle! ¡Elija!, ¡tiene cinco segundos! —conminó el hombre armado que era Z, el tripulante del Aurora, el que había cenado el día anterior en el bufé del hotel con la mujer de rasgos orientales, que ahora también le acompañaba.

Pero Yósef no se inmutó. Guardaba su sangre fría y había puesto a salvo a Andrés. Además, los intrusos habían mordido el anzuelo pues: o creían que Andrés no estaba protegido, o no habían detectado esa protección. Todos estos pensamientos pasaron muy rápido por su mente. Ahora había que jugársela y él lo iba a hacer gracias a su gran sentido de la responsabilidad, pero, sobre todo, por convicción, porque creía en lo que hacía y tenía frente a sí al enemigo.

—¡No soy Andrés, cabrones! —increpó a las dos sombras que acababan de entrar en la habitación, al tiempo que vaciaba sobre ellas el cargador de su Jericó.

Los intrusos respondieron al fuego mientras huían corriendo ante una reacción brutal que no esperaban. Yósef sintió que una bala le penetraba en su hombro izquierdo y otra en el muslo derecho, a pesar del *blindaje* del sofá que no había sido suficiente para protegerle; pero como en sus más duros entrenamientos, el agente aguantó mientras sentía brotar sangre del muslo y se debilitaba por momentos. Ahora, el reto era no quedarse inconsciente y hacerse un torniquete para detener la hemorragia. Casi instintivamente, tomó una navaja que llevaba siempre consigo; rajó su pantalón; palpó la herida situada en la parte media del muslo; y notó que la hemorragia parecía disminuir, lo que le hizo suspirar: "No tengo dañada la arteria femoral... a lo mejor salgo de ésta... sino, que Dios me ayude". Rápidamente, sin dejar de mirar a la puerta, se quitó, como pudo, la chaqueta y la camisa, mientras contenía también el dolor punzante que le ocasionaba la herida del hombro izquierdo. Luego rajó la camisa, y, con varias bandas de tela, se hizo un torniquete en el muslo derecho. "Bueno, la herida del hombro no parece tan grave, creo que podré aguantar lo suficiente para repeler un segundo ataque. No les voy a poner fácil las cosas", pensó mientras introducía un nuevo cargador en su pistola y apoyaba su mano derecha en el canto del sofá, apuntando y esperando aparecer de nuevo a sus enemigos. "Dios mío, ayúdame, pensaba, y empezó a rezar... aunque no era muy creyente ni practicante".

Mientras esta escena se desarrollaba en la suite del segundo piso del hotel Casanova Palazzo, Andrés se mantenía a flote, zambullido en las sucias aguas del canal secundario que bañaba uno de los muros laterales del hotel. Con suma prudencia, optó por nadar hacia la entrada del establecimiento que se hallaba frente a uno de los canales principales. "Debo ir adonde haya mucho público, pues si quieren secuestrarme o liquidarm, les va a ser más difícil en medio de la gente y de las autoridades... salvo que hayan dejado una bomba como plan B". Este segundo pensamiento le produjo más frio que el que sentía ya en el agua, a pesar de estar en el mes de septiembre. "Debe ser el *acojone*. De todos modos, continuó pensando, si estos hijos de la gran puta quieren matarme, al final lo van a conseguir. Debo de tranquilizarme, aceptar las cosas con dignidad, y luchar hasta el final. Lo jodido es que no sé por qué ni para qué estoy luchando".

Controlando sus emociones, Andrés continuó nadando por el canal lateral. A unos treinta metros, torció y alcanzó por fin la escalinata de granito, que, medio sumergida en las aguas, daba acceso a la pequeña y recoleta plaza semicircular situada frente a la entrada del hotel. En ella se encontraban ahora más de cien personas, entre huéspedes y personal de servicio, concentrados en la plaza al ser ésta el punto de reunión para situaciones de emergencia. El estado de confusión y nerviosismo de los allí congregados era tal, que ni siquiera repararon en la aparición *mojada* de Andrés. De todos modos, en aquellas circunstancias, era muy fácil actuar como camaleón y mimetizarse con el entorno. Así, una gran parte de los clientes masculinos del hotel estaban en paños menores, es decir en pijamas o en menos que pijamas. Las mujeres, por su parte, aparecían en camisones recatados o sugestivos, o incluso en menos que camisones, que semiocultaban bragas, braguitas, tangas, o hilos, que con un triángulo diminuto en salva sea la parte, es decir en el coño, dejaban al aire o traslucían todas las demás *vergüenzas*, a veces de buen ver, y otras de mal ver, a pesar de los estiramientos, el botox, los antioxidantes y la baba de caracol.

—¿Qué ha pasado? —preguntó Andrés a una de las matronas que, en estado de *shock*, enseñaba medio culo y una teta sin apenas inmutarse.

—¡¡¡Han atacado!!!, ¡¡¡han atacado!!! ¿No ha escuchado

Usted los disparos? ¡Deben de ser los terroristas!

—Claro que los he escuchado... muy cerca. ¿Ha habido muertos?

—No sé, ¡qué desgracia!, ¡qué desgracia! —exclamó, mientras se tapaba pudorosamente el bonito pezón que tenía al aire, al notar que Andrés, a pesar de la violencia del momento, no había dejado de mirar sus encantos, pues en el fondo la desconocida no estaba nada mal y el español, un mortal al fin y al cabo, estaba empezando a animarse y ponerse nervioso, aunque el horno no estuviese para bollos. Su siguiente interrogatorio se dirigió, más que a una persona gruesa, a una máscara de maquillaje —de esas que se ponen bastantes mujeres por la noche, ocultando sus facciones, por lo que no sabes con quien estás tratando—. El *antifaz* era verde y entonces Andrés se imaginó que no iba a hablar con un ser humano normal, sino con un alienígena, o con James Carrey, el personaje principal de la película *La máscara*. Incluso durante unos segundos dudó del género de la persona interpelada, aunque luego salió de dudas al ver el largo faldón blanco y de encajes que cubría sus orondas vergüenzas.

—¡Señora!, ¡señorita! ¿Me puede decir qué es lo que ha pasado? Soy huésped del hotel, acabo de salir del canal... perdón, quiero decir de la bañera de mi habitación, y he bajado corriendo, pero...

La segunda persona interpelada por Andrés, se encontraba menos nerviosa que la primera:

—Al parecer, se ha detectado un pequeño foco de incendio en una habitación. Eso ha sido lo que ha disparado las alarmas. Todas esas cosas que dicen algunos de que se han escuchado disparos, son una patraña. ¡Estamos en Italia!, ¡Por favor! ¡Yo no he escuchado ningún tiro!

Finalmente, Andrés se dirigió a uno de los empleados del hotel, que parecía muy entero a pesar de las circunstancias:

—¡Señor!, acaban de comunicarme que se ha desatado un incendio en el interior del hotel, ¿es cierto?, ¿qué ocurre?

—¡Qué bah!, no ha pasado nada. Se trata de un ejercicio de rutina, con simulacros de incendio o terremoto, pero no hay nada de eso, ¡no se preocupe! —sentenció el interpelado.

Era que lo que le faltaba por oír. Haciendo un balance rápido antes de continuar con sus pesquisas, Andrés acababa de escuchar las tres versiones típicas frente a un suceso calamitoso: la postura extrema y catastrofista pero que se acerca mucho a la realidad; la postura que niega una parte de la realidad a causa de los prejuicios que filtran la mente e impiden la entrada de una parte de la verdad; y la postura oficial, a menudo la más mentirosa, pues niega hasta lo más veraz para mantener la calma y no crear *alarma social,* esa expresión tan socorrida y pedante que a menudo se utiliza para manipular las mentes de las masas.

Sin saber qué hacer, y siendo imposible subir a la habitación, pues el personal del hotel y sus vigilantes impedían el paso al interior del edificio, a Andrés no le quedó más remedio que resignarse y sentarse en uno de los pocos bancos de madera que había en la plaza. En él se aposentaba también un hombre delgado, con barba y abundante pelo blanco, que aparentaba tranquilidad e inspiraba confianza. Lo que había ocurrido parecía no afectarle. Por lo demás, llevaba puesto un pijama a rayas, o sea que la alarma le había pillado acostado o a punto de acostarse, igual que a la mayoría.

—¡Vaya gaita! —exclamó Andrés al sentarse al lado del desconocido.

—¿Cómo dice? —le respondió éste.

—Usted no es español, ¿verdad? —Le preguntó al desconocido.

—A mi manera sí, soy judío sefardita.

—¡Ah!, ¡bueno! Le decía que ¡qué faena! No puede uno ni venirse a Italia de vacaciones.

—Pero, amigo, la vida es así. O ¿qué cree usted?, ¿que el infortunio no le va a perseguir dondequiera que esté?

—¡Joder!, ¡qué pesimista es usted! Lo que me faltaba ya por oír.

—No soy pesimista, soy realista, que es distinto. Un hombre tiene que estar siempre preparado para encajar la desgracia y aprender a vivir con ella, es la única manera de...

—Perdone que le interrumpa, pero eso ya lo he oído. Es de los ascetas y aun de los místicos.

—¡Vaya!, veo que se interesa por la filosofía. Pero como decía Santa Teresa, Dios también está en los pucheros.

—¿Qué quiere decir con eso?

—Que por mucho que recemos, la realidad está ahí delante, trágica, dura, y hay que afrontarla con entereza.

—¡Qué estoico es usted!

—Como decía Ortega "Yo soy yo y mi circunstancia y si no la salvo a ella no me salvo yo". Digamos que soy algo agnóstico, la expresión eufemística del escepticismo. Mire usted, después de todo lo que pasó en el siglo XX, ¿qué quiere que le diga? Yo tengo mis creencias, pero sobre todo confío en la ciencia y en el hombre activo y bondadoso.

—Ya, usted cree en el que piensa por sí mismo y es capaz de decir no a algunas cosas, incluso a algunas ideas de la propia religión, porque lo más importante para él es tratar de ser una buena persona y buscar y aceptar la verdad.

—Así es, amigo, y creo en el que no piensa sólo en su bienestar material, sino también en el de los demás, sin envidia; en el que cree que se debe vivir, pero también morir con dignidad...

—¿Me perdona un minuto? En ese momento Andrés se incorporó y giró instintivamente su cabeza, alarmado por unas sirenas que empezaban a escucharse cada vez más cerca. Entonces continuó hablando en voz alta a su contertulio, sin mirarle:

—Señor, creo firmemente que usted y yo estamos de acuerdo. Por cierto, ¿cómo se llama usted?, ¿con quién tengo el honor? —pero no recibió respuesta alguna, y cuando se volvió... allí no había nadie... "No sé, pensó Andrés, debo de haber soñado esta conversación. Habrá sido mi subconsciente, la tensión del momento... alguna alucinación, pero parecía ¡tan real!".

Por fin, tras una tensa espera que fue serenando algo los ánimos exaltados del ya numeroso gentío que abarrotaba la plaza del Casanova Palazzo, los equipos de salvamento llegaron por los canales. Rápidamente, mientras protección civil acordonaba la zona, los sanitarios y los bomberos entraron en el establecimiento. A los pocos minutos, salieron portando en camilla a una persona herida que había sido estabilizada. Una mascarilla de oxígeno cubría parcialmente su rostro, pero Andrés pudo ver que se trataba de Z, el miembro de la tripulación del Aurora que Eila había detectado en el restaurante-bufé del hotel esa misma mañana, y que luego, por la noche, era acompañado en la cena por la belleza oriental. La visión del herido hizo suspirar a Andrés: "De modo que este cabrón es el que quería secuestrarme o algo peor... ¡de la que me he librado!, parece que ahora hay menos peligro... pero ¿y quién lo acompañaba? ¿Dónde está? ¿Habrá abandonado el hotel?, ¿o estará preparando su venganza? Pero sus pensamientos principales se dirigieron a Yósef: "¿Estará vivo? ¿habrá salido con bien del tiroteo?, ¿o le habrán alcanzado los terroristas? Todas estas preguntas quedaban en el aire y eso no contribuía a aplacar el estado de ánimo del español.

Pronto, las ambulancias y los bomberos abandonaron la zona, pues habían comprobado que la alarma antiincendios se había activado en falso. Por su parte, los servicios de protección civil, después de tener conocimiento de la violencia que se había desatado dentro del hotel, con un herido grave de bala, pusieron los hechos en conocimiento de la policía. Poco a poco, las aguas se remansaron y los huéspedes volvieron a sus habitaciones. La del español, con la puerta destrozada, había quedado acordonada prohibiéndose el paso hasta que la policía lo autorizase. En medio del desconcierto que todavía reinaba en el Casanova, Andrés aprovechó para subir a la recámara de

Eila, en el tercer piso, y llamó a la puerta.

—Pasa rápido, Andrés —le requirió la agente con la voz angustiada al percibir su estado calamitoso —. ¡Toma!, ¡sécate! —le ordenó, alcanzándole una toalla grande.

—Eila, ¿has tenido noticias de Yósef?, ¿qué ha pasado?, ¿está vivo? —Los pensamientos más siniestros se agolpaban vertiginosamente en la mente del español, que apenas conseguía enhebrar algunas palabras dado su nerviosismo.

—Sí, Andrés, ¡tranquilízate! Cuando oí la alarma, me temí lo peor. Inmediatamente salí al pasillo para dirigirme a tu suite, pero dos vigilantes del hotel me lo impidieron y me recomendaron que hasta que cesara la alerta permaneciera en mi habitación, así que no tuve más remedio que refugiarme aquí. Me he asomado a la ventana y he visto lo que ha pasado en la plaza. Te localicé entre la gente y luego te vi sentado en un banco. Ahora tengo que darte la mala o la buena noticia, según se mire: a Yósef le han herido en el hombro izquierdo y en el muslo derecho... pero está controlado.

—¡Pobrecillo!, ¡qué mala suerte! ¿Has hablado con él?

—Sólo unas palabras por circuito cerrado. Ha sido Ilal quien me ha informado más. A los pocos minutos del tiroteo, Yósef disimuló sus heridas que taponó como pudo; aguantó el dolor; y poniéndose encima una bata de baño, salió del Casanova en medio del tumulto. Consiguió llegar cerca del hotel Bonacasa. Llamó a Ilal para que le bajase ropa limpia y toallas. Después de cambiarse rápidamente, esperaron unos minutos y volvieron juntos a su hotel, disimulando, como si nada. Sólo había un empleado en recepción que, a esas horas, estaba medio dormido, así que después de identificarse no les prestó mucha atención. Así consiguieron llegar al ascensor, esperemos que, sin levantar sospechas, luego el pobre Yósef se derrumbó... se desmayó.

—Eso es una proeza, Eila.

—Sí, estoy muy orgulloso de él... y de ti también. Habéis hecho frente a una situación límite. Hemos evitado, entre todos, que te secuestraran otra vez... o quizás algo peor, Andrés.

—Siento mucho todo esto, Eila. Me gustaría ver a Yósef y darle las gracias por lo que ha hecho. Me ordenó que me lanzase al canal. Yo estaba aturdido, pero el argumento de las voces extranjeras en la puerta y los golpes me convencieron rápidamente. Menos mal que la suite es exterior, y el canal hondo, sino a lo mejor ya no estaría aquí, sino tocando la lira o el arpa entre nubes de algodón... por ahí arriba... no se sabe dónde.

—No digas eso ni en broma, Andrés... ni en broma.

—Bueno, y ahora ¿qué hacemos?

—A Yósef le verás cuando se pueda. Tu habitación ha sido forzada a tiros. Tú te has tirado al canal. Hay además un herido por arma de fuego que todo el mundo ha visto. Como comprenderás, en estas circunstancias la policía debe de estar a punto de llegar al hotel, si no ha llegado ya.

—¿Qué insinúas?

—Que te van a interrogar largo y tendido. De hecho, puede que en el hotel te estén buscando ya y no conviene que sepan que estás aquí.

—Desde luego, Eila... no te preocupes, ya me voy. —Dicho y hecho, Andrés se levantó del cómodo sofá con orejeras en el que estaba embutido y se dirigió hacia la puerta de la habitación.

—Espera un poco... —le conminó Eila—. Lo mejor es que digas que al escuchar los tiros y los golpes en la puerta te tiraste al canal preso del pánico, que no viste lo que pasó dentro, que sólo quieres disfrutar de tus vacaciones, etc. Ahora, lo mejor es que bajes al hall y te identifiques.

—¿Me vas a explicar por fin de qué va todo esto, Eila?

—Ahora tenemos que estar fuertes, apoyarnos entre nosotros, y no derrumbarnos. Las explicaciones te las daré... te las daremos en Madrid. Como verás, el tema es muy serio.

—Y que lo digas, Eila... y que lo digas. De todos modos, ¿sabes que es inevitable que la policía se entere de mi secuestro?

—Ya lo sé... Tendrás que contárselo de la misma forma

que lo hiciste en Escocia y luego en Alemania. Eso les va a descolocar mucho, pero no creo que de ello saquen nada en limpio. De todos modos, voy a tratar de mover los hilos de las altas instancias para que te retengan lo menos posible, y se pueda echar tierra sobre el asunto.

—Gracias, Eila. Tengo miedo, ¿sabes? Ya es la segunda vez que van a por mí. Esto no es agradable.

—Ya lo sé. Pero no lo aparentas, ni eres un cobarde. Eso lo tengo muy claro. Tirarte por la terraza de tu habitación al lago no es una decisión fácil. De diez, yo creo que sólo uno o dos lo habrían hecho. Eso hace que te admire. ¿Sabes que te estás pareciendo a Salomón Liebermann?

—No lo sé, no lo he conocido. Pero lo que me han contado de él, David, Adnán y Simón Blum, me ha impresionado mucho. No sólo es osado y desprecia el peligro, sino que también es un gran actor. Además, a su edad, meterse en la boca del lobo es una locura... pero lo ha hecho.

—Pues sí, lo hizo. Ese maestro nos ha dado una buena lección a todos.

—Eila, aunque no entienda porqué me está pasando todo esto, nunca le estaré lo suficientemente agradecido a ese viejo lobo estepario.

—*¡Mazal tov, javer! ¡kadima!* (¡Enhorabuena amigo!, ¡adelante!). —Al abandonar Andrés la habitación, Eila se quedó pensativa. "¡Ojalá estuviese Salomón aquí! Él sí que sabe gestionar la tensión, sin dejar que le devore, sin soltar el timón en ningún momento en medio de la tormenta. ¡Qué suerte tienen algunos!". Luego continuó con sus reflexiones centrando esta vez su atención en David Kurnilov, Adnán Álvares y Simón Blum, los agentes de Alfa que habían intervenido junto a ella en la operación de rescate de Andrés en el Aurora: "¡Qué excelentes compañeros!".

La nostalgia, uno de los medios que tiene el cerebro para refugiarse y huir de la realidad, cuando ésta es inhóspita o cuando el nivel de exigencia frente a una determinada situación es excesiva, empezaba a invadir la mente de Eila Kessler.

La agente comenzaba a sentirse agotada. Había hecho toda la operación de rescate sin siquiera poder retirarse a descansar unos días con su familia, con su madre y su hermano. "Me están pidiendo demasiado, pero tengo que proteger a Andrés... Tenemos que protegerle. En cuanto volvamos a Madrid, le daré toda la información... Tiene derecho a saberlo". Luego, en medio de sus pensamientos, recordó a su padre, el general Natán Kessler. Éste no había tenido una vida fácil, siempre volcado en el servicio al país, a la patria, como a él le gustaba referirse a Israel. La guerra del *Yom Kippur* —el día del arrepentimiento— le marcó mucho. Pero Natán no odiaba a sus enemigos y no había enseñado a su hija a odiarlos.

"Esto es una herencia buena, pensaba Ella. No tengo rencor, me limito a cumplir con mi deber. Él siempre decía que lo importante era hacer el trabajo lo mejor posible, con altitud de miras, cuidando todos los detalles, sin pensar demasiado en lo que te vayan a dar, sino más bien en el valor añadido que tú puedas dar." Porque para Natán Kessler lo más importante era dormir en paz, sin tener que reprocharse nada: "Tu tranquilidad de espíritu, hija, eso es lo importante, lo que va a dar a tu vida una dimensión diferente, un sentido de misión que evite el apego excesivo a los bienes materiales. Estos son necesarios, pero no suficientes. La satisfacción duradera, la que te da estabilidad llega por otros conductos y no me estoy refiriendo sólo a la religión".

Luego, recordó a su madre, Vered Bejarano. Ya no era la clásica ama de casa, aunque su ascendencia sefardita la condicionara tanto. En la familia se decía que los Bejarano eran oriundos de la ciudad española de Béjar, donde hubo una importante judería hasta 1492 y que algunos, bastantes, se quedaron en España por diversas razones. Estas circunstancias hacían que Eila mirase a Andrés con simpatía y que pudiera hablar en español con él. Vered, ahora con 57 años, trabajaba como abogada en un conocido bufete de Tel Aviv. También daba clases de español en una academia, preparando a sus alumnos para superar los exámenes del Instituto Cervantes. "Quizás tenga yo que cambiar de ocupación más adelante, pensó la agente... Esto no es vida." Pero estos pensamientos de debilidad sólo ocuparon su mente unos segundos. De inmediato, volvió a la realidad, centrando su atención en la operación Venecia.

Entretanto, Andrés, que bajaba a la recepción del hotel siguiendo los consejos recibidos, había experimentado un cambio en su interpretación y valoración de los hechos. Ello se debía a algo tan sencillo como aceptar lo que le había ocurrido. Una dosis de realidad, y no estar quejándose y haciéndose preguntas continuamente, era lo que su cerebro había decidido unos segundos antes por él. "Mi vida ya no es la misma, ni va a serlo. Me ponga como me ponga... Me haga una o mil preguntas. En esta tesitura tengo que aprender a vivir de otra manera y a confiar en el grupo Alfa. Ellos me han demostrado que son capaces de jugarse la vida por mí y además son personas con fuertes convicciones. Saben lo que quieren, y yo, al parecer, soy un engranaje de la maquinaria. ¿Qué engranaje?... No lo sé, ¿con qué objetivo final...? Tampoco lo sé... pero es así". Luego cayó en un detalle, aparentemente sin importancia, aunque le dejó un tanto perplejo, y es que, Eila, al comentarle que le había visto sentado en un banco de la plaza, desde la ventana de su habitación, no mencionó que estuviera platicando con alguien, o que hubiera alguien sentado a su lado... "¡Qué curioso!", pensó Andrés...

**

Cuando el español se presentó en la recepción del hotel, varios agentes de la *polizia di stato* —Policía Nacional— y algunos *carabinieri,* se encontraban ya por toda la planta baja del Casanova para indagar sobre lo ocurrido. El extraño aspecto del recién llegado, con un pijama muy arrugado que parecía recién extraído de la lavadora, por lo húmedo que aún estaba, llamó rápidamente la atención de los investigadores. Pero Andrés no les dio tiempo a reaccionar al dirigirse a ellos ipso facto.

—¡No sé qué me ha ocurrido! —exclamó en inglés con cara de susto, aunque no era necesario que fingiera nada después de todo lo que había pasado y de que su vida hubiera estado en peligro—. Sólo recuerdo que me he despertado, que alguien intentaba entrar en mi habitación, dando golpes y gritando desaforadamente, con un acento extraño. Luego escuché tiros, y, muerto de miedo, salí a la terraza y me tiré al canal.

—Pero ¿qué dice usted?, ¿de qué está hablando? —le preguntó un inspector de la *Direzione centrale della polizia criminale* que acababa de aterrizar en el lugar y a quien sus compañeros no habían puesto al día—. ¡Acompáñeme ahora mismo! —conminó autoritariamente y con antipatía simulada, mientras se dirigía, el primero, a una especie de oficina provisional que la policía italiana había montado en el pub del hotel.

Allí, sentado frente a una mesa de juego sobre la que había unas cartas de póker boca arriba, Andrés volvió a explicarlo todo lentamente y con más detalle, pidiendo permiso al terminar para subir a su habitación y cambiarse de ropa, pues se estaba resfriando. Después de que el personal del hotel confirmase a la policía los datos del español y su condición de cliente, y tras hacerle esperar casi una hora, por fin, cuando ya se sentía muerto de cansancio, accedieron a su petición. Dos inspectores y dos *carabinieri* acompañaron a Andrés en comitiva fúnebre hasta su suite, pues no cruzaron ni una palabra y sus miradas graves les hacían parecerse mucho a unos cofrades procesionarios. Al llegar a la zona acordonada, a la vista de la puerta destrozada y los impactos de bala en las paredes de la suite, a Andrés se le nubló la vista unos segundos, pero rápidamente se recuperó y pidió permiso para retirar ropa del armario y cambiarse en el cuarto de baño. Los inspectores accedieron, ordenando que uno de los guardias le acompañase para que no tocara nada salvo el armario y la ropa.

Mientras tanto, los expertos de la policía, que ya se encontraban en la habitación, tomaban fotografías, huellas dactilares, y examinaban todo lo que con arreglo al protocolo pudiera ser útil para conducir al esclarecimiento de los hechos. Después de mudarse, Andrés fue conducido de nuevo al pub del hotel, donde continuó el interrogatorio de la policía criminal. A los huéspedes del Casanova Palazzo, salvo en casos muy justificados, se les había prohibido abandonar el establecimiento, hasta que todas las habitaciones hubieran sido inspeccionadas y se hubieran ultimado los interrogatorios, que estaba previsto se prolongasen in situ hasta el día siguiente.

Cuando el español volvió al pub, Eila, que se había desmaquillado y lucía un aspecto normal, estaba siendo interpelada por los inspectores, auxiliados por intérpretes de distintos idiomas, dado el carácter internacional del hotel. En su papel de turista norteamericana adinerada y despistada, la agente declaró que no se había percatado de nada sospechoso antes de que sonase la alarma antiincendios. Cuando le enseñaron la foto del herido, Eila se encogió de hombros e hizo una mueca que ponía a las claras que no lo conocía.

—Se llama Ottmar Wugel y es de nacionalidad alemana, oriundo de Hamburgo. ¿Le conoce usted, Miss Margaret?

—¿Cómo dice que se llama, Amar, Omar ...?

—¡Ottmar Wugel!¿Le dice algo su cara? ¿Nos puede decir algo de él?

—No, nada... pobrecillo... Yo no tengo nada que ver en esto, ¡me han estropeado mis vacaciones!, ¿qué más quieren? ¡Déjenme tomar el sol!, o ¡visitar sus museos!, ¡tan bonitos!, ¡Cómo está el mundo!, ¡¡¡oh Dios mío!!!, ¡¡¡qué horror!!!

Finalmente, la actuación magistral y teatral de Eila, en su papel de Margaret Doniphan, convenció a la policía italiana, que por otro lado estaba deseosa de quitarse de encima a la histriónica y pedante turista norteamericana, cuyo interrogatorio estaba resultando una verdadera tortura, aunque a la inversa. Pero, antes, registraron someramente su habitación donde no encontraron nada sospechoso, pues la agente había tenido la sabia precaución de desprenderse de su pistola Jericó, tirándola al canal; de borrar todos los sms de su celular, depurando los contactos de éste; y de eliminar rápidamente los escasos objetos que pudieran involucrarla con el Mossad.

Después de tomar declaración a varios huéspedes, que tenían sus habitaciones en el primer piso, el turno le llegó a Andrés. Su posición era más endeble y requería muchas explicaciones. ¿Por qué habían entrado violentamente en su habitación?, ¿y cómo se había producido un tiroteo dentro de la suite? Frente a las preguntas de sus interrogadores, Andrés repitió hasta la saciedad la primera declaración que había hecho antes de subir a cambiarse.

—Sólo recuerdo que me he despertado de repente, cuando alguien intentaba entrar en mi habitación, dando golpes muy fuertes, y oyendo gritos de varias voces con acentos extraños. Entonces me asusté… y cuando escuché tiros ya fue el colmo. Muerto de miedo, abrí el ventanal y me tiré al canal, casi como un acto reflejo…, no me iba a quedar…, después me he enterado de que hay un herido grave, pues he visto que lo sacaban en camilla… Poco más puedo añadir…

Tras media hora de preguntas de todo tipo, y casi sin servirse ya del intérprete, pues más o menos se entendían, los agentes se cansaron y se dieron cuenta de que no iban a sacar nada más de Andrés.

—Señor Olmeda, ahora nos queda comprobar el motivo de su viaje, su vinculación con su empresa, y sus antecedentes penales y policiales. Hasta que lo hayamos hecho, deberá permanecer en el Casanova Palazzo. Será cosa de algunas horas. No creo que tengamos que retenerle más. ¿Tiene algo que añadir?

—Bueno, si les soy sincero, hace algo más de un mes, el 15 de agosto, me secuestraron en Hamburgo, en Alemania. Aunque parezca mentira, no les puedo contar mucho de mi secuestro, yo creo que me drogaron pues sólo tengo recuerdos inconexos de ruidos y olores marítimos, y poco más. El 31 de agosto, me desperté en una playa solitaria de Aberdeen, en Escocia, con un gran vacío en mi memoria. Todo esto lo pueden comprobar ustedes con sus contactos, pues lo declaré ante la policía escocesa y luego también en Alemania. —Los policías italianos y su intérprete se quedaron de piedra y sin saber qué decir. Esta declaración inesperada complicaba las cosas y les puso un poco nerviosos:

—Señor Olmerdi..., perdón, su nombre es... quiero decir Olmedi, Olmeda... *ma questa notizia* (pero esta noticia), esto que nos está contando... en fin... añade mucha incertidumbre a nuestras pesquisas. Tendrá que esperar un poco... aquí en el hotel. No puede abandonarlo sin nuestra autorización y vamos a tenerle vigilado. Ya sabe que podemos retenerle durante 72 horas por razones de la investigación.

—Lo comprendo. Ustedes cumplan con su deber. Pero les repito: yo no he hecho nada.

—Además, tiene que saber, que en el caso de que se le acusara de algo, tendríamos que ponerle a disposición del juez.

—Sólo les falta ya leerme mis derechos, la quinta enmienda, etc. De todos modos, en ese caso solicitaría la protección consular y la asistencia de un abogado.

—Mire, señor Olmeda, nosotros preferimos que usted se quedé aquí por voluntad propia, y no tener que llevarle a la comisaría. Eso facilitará las cosas. Si no encontramos nada al comprobar lo que nos ha declarado, le pondremos en libertad.

—Vamos, que me secuestran de nuevo.

—No exagere, además nosotros somos los buenos.

—Muy bien, señores, hagan ustedes lo que consideren oportuno, pero les reitero que yo no tengo nada que ver con lo que ha pasado, ni lo he provocado, ni soy su autor, ni nada de nada. Por cierto, ahora mismo carezco de habitación en el hotel...

—¿A qué se refiere? —le preguntó uno de los dos agentes que le habían interrogado, un hombre joven y muy atildado, que llevaba un traje gris claro rayado, sobre camisa de color rosa, y lucía una corbata amarilla con nudo estilo Giancarlo.

—Que alguien tendrá que hacerse cargo del coste extra de

otra recámara, mientras ustedes siguen inspeccionando mi habitación, salvo que la dirección del hotel quiera invitarme.

—Bueno, pero...

—Ni pero, ni pera... Como comprenderán, yo no voy a hacerme cargo de su coste puesto que yo no he provocado esta situación.

—Bueno, ya hablaremos con el director del Casanova Palazzo.

En el fondo lo que más preocupaba a los dos policías no era la declaración desconcertante de Andrés, sobre su secuestro en Alemania y posterior reaparición en Aberdeen, en las tierras altas de Escocia, sino los problemas de su estancia en el hotel. Después del interrogatorio, los dos miembros de la *Criminalpol* (la policía criminal) se reunieron en un aparte:

—¡Joder, jefe! —exclamó Paolo, el más joven, mientras fruncía su ceño—, vaya problema que nos ha creado el tal Andrés con sus insinuaciones sobre el coste de la habitación. Si es que nos lo teníamos que haber llevado detenido al calabozo.

—No teníamos ningún motivo para hacerlo. Sabes que lo de la retención, que en realidad sería una detención, es un cuento chino. —le respondió el *ispettor* (inspector) Renzo Bartoloni—. Si no tienes una causa de imputación, si no hueles delito, no puedes detener a nadie contra su voluntad. Menos mal que se lo ha tragado y se quedará en el hotel mientras realizamos las averiguaciones.

—Tampoco había pasado nada por tenerlo dos días en la *comi*.

—¿Qué quieres, que llame a su embajada y nos encontremos con un mandamiento judicial de habeas corpus? No te puedes ni imaginar cómo disfrutaría un juez, sobre todo si es un mamarracho recién ingresado en la judicatura... también los hay así. Le entusiasmaría, haría méritos, a los periodistas les encantaría también, y luego el que sería retenido y expedientado sería el policía de turno, es decir: nosotros.

—No siga, jefe. Tiene razón. ¿Para qué arriesgar?, ¿es que nos lo van a agradecer?

—No te van a agradecer nada, Paolo. Lo que van a hacer es darte por culo en cuanto puedan. Acuérdate del caso Panini. Octavio evitó el reparto de la droga que estaba almacenada. Para ello tuvo que realizar una grabación ilegal, sin autorización del juez. Pero la droga se demostró en el juicio que estaba ahí... y se requisó toda... millones de euros... y luego el traficante salió libre porque la prueba de la grabadora se invalidó. En lugar de valorar la arriesgada y eficaz actuación de la policía, dado el contexto mafioso, el juez la anuló sin más y se quedó tan pancho.

—Ya lo recuerdo. El traficante cambiaba todos los días de restaurante y era imposible saber dónde comería la vez siguiente. Una autorización de grabación tan genérica difícilmente la hubiese dado un juez, a quien, además, en muchos casos, le temblarían las piernas. Por eso Octavio decidió hacerlo por su cuenta.

—Así es, Paolo. Octavio consiguió que se detectase y se decomisase un gran alijo de droga y por poco lo degradan. Creo que ahora está en Cerdeña en una pequeña comisaría de pueblo.

—Condenado al ostracismo, aunque puede tomar el sol e ir a la playa.

—Sí, tuvo suerte de que no fuese peor...

—Lo más *curioso* del caso, jefe, es que el narco está ya fuera de la trena.

—Perdona, Paolo, eso es lo normal. Desgraciadamente, El dinero, el chantaje, y los mejores abogados, suelen ser argumentos muy convincentes y fructíferos.

—Jefe, hay que andarse con pies de plomo.

—Así es... Aprendamos la lección... Por otro lado, si el hotel no paga, pues ya platicaremos con el director. Seguro que le convencemos. Será más fácil que convencer al *interventore* que nos va a tener tres meses con esta historia, llenándonos de requerimientos.

— A mí, que, como quien dice, acabo de aterrizar en la comisaría, me sorprende tanta burocracia formal.

—Pues yo ya estoy curado de espanto: que si el anticipo de caja no está justificado, que si la factura no es original, que por qué compulsas tanto, que si falta la aprobación del gasto, que si no habéis puesto el tipo de contrato, que si falta una memoria justificativa, que si no está el pago debidamente acreditado, que si se pasa del límite legal, que si la partida presupuestaria no es la correcta, que debes citar tal o cual decreto, que no pone bien el concepto en la factura, etc. Es peor que un dolor de muelas. Es que se me pone la carne de gallina... tanta formalidad, tanto rollo patatero, para que luego le metan goles a la intervención. ¿por qué no investigan y piden cuentas a los peces gordos... a los del piso de arriba... Eso es lo que tendrían de hacer y dejarse de tanta mandanga formal, pero claro... el miedo y también la comodidad son libres. Además, están las medallas y los honores inmerecidos que se llevan... algunos... en definitiva, ya lo decían los clásicos: el palo y la zanahoria.

— Sí, *Ispettore*, será mejor que hablemos con el *diretore*. —asintió Paolo que, como policía novel recién salido de la academia, estaba empezando a sudar y a ponerse nervioso por las palabras, tan descarnadas, tan precisas... y tan políticamente incorrectas de su compañero, el *ispettore* Renzo Bartoloni.

—Paolo, *caro amico* (querido amigo), no te quepa la menor duda. A veces no se puede ser legal. Es el eterno problema de la pugna entre la consecución de los objetivos y la sacralización de los medios... Para mí, lo importante es el objetivo, es decir que el gato cace ratones, y más importante que la legalidad, que a veces es injusta, contradictoria, o imposible de aplicar, es la equidad y la eficacia. *Summum ius, summa iniuria*, como dirían los clásicos.

***

Los sueños de Andrés

Martes 30 de septiembre, por la mañana

Después del interrogatorio, Andrés exigió al personal del Casanova Palazzo que le proporcionase una habitación equivalente en espacio y calidad a la que tenía antes del desagradable incidente, que él no había provocado. El director del hotel, que acababa de mantener una *conversación* con el inspector Renzo Bartoloni y el subinspector Paolo, no quería ninguna publicidad negativa. Por otra parte, el establecimiento se había beneficiado de las estancias relativamente frecuentes de Raimundo Ovejero y su mujer en Venecia. Por eso, y por otras razones *inconfesables*, accedió y realojó a Andrés en una suite de superlujo: una de las dos que el hotel tenía siempre preparada para acoger a los personajes más ilustres.

"¡Vaya!, no hay mal que por bien no venga", pensó el español al acceder a la recámara y quedarse extasiado… Pero apenas tuvo tiempo de disfrutar de su nueva residencia. Los sucesos del día, o más bien de la noche, habían sido tan intensos emocional y físicamente, que, al poco rato de entrar, Andrés se sintió presa del agotamiento como si de pronto tuviera que soportar un peso extra de cuarenta kilos sobre sus hombros. Ya no había que fingir, ya no había que adoptar poses, y nadie observaba su lenguaje gestual para detectar alguna incoherencia… para descubrir la mentira. La amígdala de su cerebro había funcionado mucho haciendo de las suyas los días anteriores, y, ahora, después del combate, el cansancio era enorme. En realidad, el español no llegó a acostarse, más bien se derrumbó sobre la gran cama redonda que había en el centro de la estancia; se tiró un sonoro pedo; y se quedó dormido como un tronco en cuestión de segundos.

Fuera, en el pasillo, un sufrido y elegante *carabinieri,* con uniforme y gorra alta de plato, permanecía de guardia, mientras en el exterior del hotel, el sol iluminaba los rincones más bellos de Venecia. Como cada mañana a lo largo del año, los primeros turistas, ya desperezados y pertrechados con sus cámaras de fotos, sus celulares, su botellita de agua, y un plano de la ciudad o folletos turísticos, discurrían alegremente como hormigas presurosas por los itinerarios preestablecidos, ajenos a lo que se había cocido en el Casanova Palazzo. Ya se habían ocupado las autoridades de silenciar al máximo todo lo relativo al suceso. Sin embargo, como suele ocurrir, éstas no pudieron evitar que los rumores se expandieran por la ciudad como una mancha de aceite.

Martes 30 de septiembre, por la noche

Cuando Andrés despertó, ya era casi de noche y bajó a cenar al restaurante del hotel, seguido por su nuevo compañero de fatigas, es decir, por el nuevo *carabiniere* que había sustituido al que estaba de guardia en el pasillo, mientras el español dormía a pierna suelta. El hotel había vuelto a la calma y aparte de la zona acordonada del segundo piso y la puerta destrozada de la habitación de Andrés, nada recordaba, que, sólo unas horas antes, hubiesen saltado las alarmas antiincendios y se hubiese producido un tiroteo. Además, como suele ocurrir, los sucesos desagradables habían despertado las ansias de vivir y los apetitos de todo tipo de los huéspedes del Casanova, que habían sentido mucho miedo; sufrido las molestias derivadas de la falsa alarma de incendio; y soportado la intervención de la policía.

Ahora, la música en vivo los regocijaba de nuevo, y no paraban de cotillear sobre lo ocurrido, sintiéndose protagonistas por un día, intercambiando sus experiencias personales, exageradas unas veces y otras tergiversadas, hablando sin parar por sus móviles, al tiempo, que, raudos, seleccionaban y asían con avidez incontenida las exquisitas viandas preparadas por los expertos cocineros del hotel. Los mostradores del bufé rebosaban más que nunca de exquisiteces irresistibles, y la carta de música ofrecía esa noche como aperitivo un famoso *rag time two step* de Scott Joplin y Scott Hayden, titulado Something Doing, y luego una joya del foxtrot de la misma época, December Morning, de Harry James Lincoln. A pesar de ello, Andrés no se sentía capaz de disfrutar de la música, ni tampoco de concentrarse en la comida, pues no podía dejar de pensar en la suerte que corría Yósef. "¿Estará muy malherido?, ¿habrán conseguido evacuarle sin levantar sospechas?".

Luego el español, mientras miraba a su alrededor, fue presa de la angustia, temiendo ver a la acompañante de su agresor, la misteriosa y voluptuosa mujer de los ojos rasgados que la noche anterior estaba cenando plácidamente en el bufé-restaurante del hotel... pero, ni rastro de ella. "Debe de haber salido de estampida al resultar herido su compinche." Otra preocupación era no ver a la agente israelí. "¿Por qué Eila no ha bajado a cenar? Ya la han interrogado y, que yo sepa, no la han detenido... No parece que la policía haya sospechado nada." Nervioso, Andrés comió muy rápido. Después de la cena, estuvo tentado de bajar a recepción y esperar la llamada de la agente, prevista para las diez de la noche, pero pronto se le quitó esa idea de la cabeza. "Estoy muy vigilado, sería suicida hablar ahora con Eila. Además, ella, que es una profesional, no va a llamarme ahora. Estaría loca."

Tranquilizado a medias, el español subió a su suite donde se homenajeó con una copa llena de cubitos de hielo generosamente bañados en güisqui, y después de unas horas de televisión y un par de valerianas, se durmió. Sin embargo, esa noche, su sueño no fue pacífico. Una larga pesadilla le acosó sin tregua y sin piedad. El *ello* de su subconsciente estaba luchando con el *superyó*, con mucha falta de respeto, sin ningún miramiento hacia el *ego,* que desde hacía días no se sentía protagonista de nada, sino carne de cañón.

**

En la primera escena de la pesadilla, Andrés formaba parte de un batallón de *poilus* —peludos—, los soldados rasos franceses de la Gran Guerra (1914-1918), la que luego pasaría a llamarse *Primera Guerra Mundial*. Era difícil determinar en qué sector del frente se encontraban. Delante de él, más allá de los sacos terreros y los alambres de púas, que rodeaban la posición, se extendía una inmensa planicie surcada de hoyos producidos por la artillería y cadáveres entremezclados de soldados de ambos bandos, enteros o destrozados, y, a veces, en las más grotescas y absurdas posturas. El tiempo era frío e inhóspito, y no había ni flores ni nieve, por lo que probablemente estarían al final del otoño o en las primeras semanas del invierno. Las baterías alemanas Krupp empezaron a bombardear con la ayuda de varios zepelines que transmitían las coordenadas de las posiciones aliadas a los artilleros teutones. La respuesta a ese fuego por los Schneider, los cañones franceses, no se hizo esperar. De pronto, sonó un silbato, y todos los hombres que ocupaban la trinchera francesa tomaron posiciones para el ataque, calando en los fusiles sus afiladas bayonetas. Dentro del sueño, Andrés se había quedado atónito; pensaba que lo que vivía en la trinchera no era cierto. Sin embargo, las sensaciones y las emociones le contradecían. Lo que estaba viviendo era real en su cerebro y sentía lo mismo que si estuviese ocurriendo de verdad. Las bombas caían a su alrededor. Al lado de Andrés había un soldado que le sonrió y le llamó sargento. Se parecía mucho a Agustín Grande, su más fiel y allegado compañero en Protraesa, el que había desaparecido misteriosamente en Alemania, allá por septiembre de 2010.

—Mi sargento, no se preocupe, saldremos de ésta.

—Pero ¿qué dices, Agustín?, ¡soy, Andrés!, ¡de Protraesa! El coordinador comercial y de producción. ¡Acuérdate de la operación Nórdica!... *Mais..., qu´est ce que je fais ici?* (Pero ¿qué hago aquí?) —preguntó en un perfecto francés, sorprendiéndose a sí mismo. —La respuesta, igualmente perpleja, del sufrido *poilu,* no se hizo esperar:

—¿Qué está diciendo, sargento André?, ¿qué le ocurre? Soy Pierre... Pierre Moulin, su cabo. ¿Se encuentra bien? Concéntrese, tiene que encabezar el ataque de nuestro pelotón.

—Entonces, el español sintió que se metía de lleno en la realidad del sueño, en su papel de militar, pero sobre todo de camarada y protector del resto de los soldados de su escuadra.

—Pierre, quiero que sepa que le aprecio... *Vous êtes un très brave soldat* (Eres un soldado muy bravo).

—Usted también, sargento..., André.

—Pierre, no se separe de mí durante el ataque. No quiero perderle.

El segundo toque de silbato fue el detonante de la embestida y todos los valientes y sufridos *poilus*, excelentes soldados de infantería que defendieron a su país con bravura en una guerra absurda, al igual que los alemanes, salieron de la trinchera. Gritaban corriendo hacia el enemigo en carga suicida, pues lo hacían a pecho descubierto, enfrentándose, primero, a la artillería, y luego, más cerca del objetivo, a la *sierra* de las ametralladoras que los hacían picadillo. Pero, esta vez, hubo suerte. La ametralladora que estaba frente al pelotón de soldados franceses se encasquilló, y sus servidores no tuvieron tiempo de arreglarla. Primero fueron arrollados, y luego liquidados de inmediato, al no rendirse y enfrentarse al pelotón comandado por Andrés. Superada la primera línea del enemigo, las tropas francesas entraron en un pueblo con las casas derruidas, salvo la iglesia, que era el punto fuerte de los alemanes. El ataque iba bien, habían tenido pocas bajas. El capitán de la compañía decidió entonces tomar el templo donde las muy temidas *Stosstruppen* (tropas de asalto) alemanas, esperaban atrincheradas a los franceses.

—¡Vaya putada, Pierre! No creo que salgamos de esta, después de lo bien que nos ha salido el ataque —exclamó Andrés.

—¡Ánimo, sargento!, ¡piense en *Éliane*!

— ¿Qué, "Éliane"?

—¿Otra vez de broma, sargento André? ... tu Éliane.

Andrés no le contestó. Imaginó que en su cartera habría una foto de ella, así que abrió su capota e introdujo su mano en uno de los bolsillos de la guerrera, donde, efectivamente, había una cartera de cuero, raída y ajada por la humedad. La abrió y extrajo unas fotos. El español no se lo podía creer; Eila Kessler aparecía en varias de ellas. En una, figuraba escrito: "Diciembre de 1915, el día de nuestra boda". Se fijó más para disipar todas las dudas y... Era ella... indudablemente. Con un vestido blanco de seda, un moño recogido a la griega, y unos pendientes de perla, estaba elegantísima... Las lágrimas empezaron a brotar de los ojos de Andrés, pero rápidamente se contuvo y volvió a meterse de lleno en su papel.

—Sí, Pierre. Tengo que vivir, por ella y por todos vosotros. Os he entrenado para que seáis los mejores soldados, os ayudéis entre vosotros, y arriesguéis sólo lo justo.

El capitán, Gérard Thévenet, al mando de la compañía, era un tío de Burdeos, duro como una roca y con suerte, pues todavía no había muerto en la guerra como la mayoría de los oficiales franceses, que a mediados de la Gran Guerra, ya casi no tenían recambio. En el fondo, el ataque a la iglesia era una cuestión personal, pues las *Stosstruppen* eran los enemigos más crueles. Utilizaban el lanzallamas en sus ataques, así que el capitán Thévenet les tenía muchas ganas... y no estaba dispuesto a hacer ningún prisionero. Así se lo comunicó a la compañía, que no rechistó, y lo vio bien... muy bien. La mitad de los hombres de su unidad habían estado en la batalla de Verdún, donde perecieron más de setecientos mil hombres entre ambos bandos. Los *poilus* habían sufrido lo indecible: la terrible sed del combate; el fuego de mortero; los obuses que te podían despedazar y enterrar vivo; los gases asfixiantes; las minas debajo de las trincheras, sin saber cuándo iban a explotar... y a quien le iba a tocar la lotería diabólica; los enfrentamientos cuerpo a cuerpo, a la bayoneta, con palas, con mazas... con todo lo que pudiera matar; el olor del miedo y el sabor agridulce de la muerte... Así que atacaron con rabia, con bravura, como lo habían hecho el siglo anterior los *Grognard* de Napoleón. André, junto al capitán, iba en cabeza, y Pierre a su lado, pero en realidad los alemanes habían engañado a los franceses montando en el pueblo una segunda línea de defensa, en la que habían concentrado toda su potencia de fuego y las mejores tropas. Así que el ataque fue un completo desastre. Los infantes franceses se estrellaron contra las defensas alemanas y la mayoría... perecieron.

En la siguiente escena del sueño, Andrés empezó a sentir un fuerte olor a una mezcla de éter, cloroformo, y lejía; luego una punzada en la boca del estómago que le dolió mucho. En ese momento abrió los ojos; miró a su alrededor; y escuchó voces extrañas... Se encontraba en un hospital de campaña alemán. Al principio, aturdido, no sabía por qué estaba allí, no caía en la cuenta, pero poco a poco la memoria reaccionó, inundando su cerebro de sonidos e imágenes al cual más terrible. Entonces recordó el final del ataque: un soldado enemigo le clavó su bayoneta y otro le golpeó en la cabeza con la culata de su fusil, mientras Andrés cargaba a su vez contra el oficial alemán que estaba al mando de los defensores de la Iglesia. Luego todo se oscurecía y ya no recordaba nada. Ahora, en una sala muy espaciosa, con veinte camas todas ocupadas, un médico le estaba atendiendo. El parecido del galeno con Heinrich Fischler, el nuevo empleado de Protraesa que había sustituido a Agustín Grande, tras la misteriosa desaparición de éste, era extraordinario.

—Yo te conozco, tú eres, Heinrich Fischler. —se dirigió en alemán al médico haciendo un gran esfuerzo, pues estaba todavía muy débil y se acababa de despertar.

—No hable, su herida es muy grave, y no quiero que vuelva a abrirse —le ordenó el médico para luego añadir—: No me llamo Heinrich, me llamo Helmut... Helmut Weil. Hemos conseguido detener la hemorragia. Ahora, rece para evitar la septicemia.

—*Herr* (señor) Weil, lleva usted una cruz de hierro.

—Sí, me condecoraron en la batalla del Marne. Estoy orgulloso de ella, es un símbolo... Logré superar el miedo.

Pero el sueño reservaba más sorpresas a Andrés. El enfermero que acompañaba al médico, con unos bucles dorados que le sobresalían de su bonete, era idéntico al agente David Kurnilov, el que había rescatado a Andrés de su secuestro y había sido gravemente herido en el Atlántico Norte, el jefe del grupo Alfa junto con Eila Kessler. Al acercarse al español, el sanitario le sonrió y guiñó un ojo. Luego, cuando el médico se fue, se acercó a su cama. Después de mirar receloso a uno y otro lado, se dirigió a éste:

—Usted se llama André Benaser. —Afirmó en tono neutro, pero poniendo una cara que transmitía serenidad y confianza.

—Sí, ¿hay algún problema?

—¿Usted es judío?, ¿verdad?

—Mis abuelos, por parte de mi madre, lo eran.

—Yo también lo soy. No lo comente con nadie, le voy a ayudar, y, desconfíe de las enfermeras, sobre todo de las que se hagan más simpáticas.

—Pero usted es alemán, ¡es el enemigo!

—Déjese de chorradas. Yo soy un ser humano y usted ya ha cumplido con su país. Debe saber, que cuando le conminaron a rendirse, usted se negó y atacó a un oficial alemán a la bayoneta, sabiendo que iba a morir. ¡Qué más quiere hacer! No sea usted estúpido. ¡Está vivo de milagro! El coronel Von Liebermann...

—¿Cómo ha dicho?, ¿de quién está hablando? ¿Liebermann?, ¿Salomón Liebermann?

—Salman von Liebermann. También es judío. Se le quiere mucho en el regimiento, aunque es muy exigente. Por cierto, ¡qué casualidad! Por ahí viene ese viejo gruñón. *Shalom*, Andrés.

El español iba de sorpresa en sorpresa en su sueño. Intuía que iba a conocer a Salomón Liebermann, su salvador, el cerebro de la operación diseñada para rescatarle de sus secuestradores... la que iba a tener lugar en el futuro... casi cien años después... en las frías aguas del Atlántico Norte, cerca del puerto de Lerwick, ¡el lunes 29 de agosto de 2011!

—*Herr* Benaser, es un honor para mí saludarle. —le dijo el *Oberst* (coronel) Von Liebermann mientras posaba su mano izquierda sobre el hombro derecho del español—. Es usted un valiente, un ejemplo para el soldado alemán, para todos nosotros, y me alegro de que esté vivo. Por fin se ha despertado. Creíamos que ya no le íbamos a recuperar. Por cierto, no para usted de hablar en sueños.

Andrés, complacido, se quedó mirando fijamente al tal Salman que le recordaba con fidelidad a Salomón, por una foto que de éste le habían mostrado Adnán y Simón, durante su estancia etílica en Aberdeen, después del secuestro. Esta sensación de *déjà vu* (ya visto) le animó para desconcertar al alto oficial:

—Gracias, mi coronel. ¡Acuérdese del Aurora!

—¿A qué se refiere usted? —le preguntó Von Liebermann con extrañeza, mientras enarcaba las cejas realizando la proeza de que el monóculo que portaba en su ojo izquierdo no se le cayera.

—Me refiero a otros tiempos, a otras épocas... Le estoy viendo en...

—*¡Sie sind verrückt geworden!* (se ha vuelto usted loco) —le interrumpió bruscamente el coronel—. ¡Qué imaginación tiene usted! Me parece que la herida le ha afectado a la mollera. Por cierto, cuando se reponga le invitaré a mi casa. El teniente Von Heusenberg, mi oficial más valiente querrá conocerle, y yo, mi esposa y mis dos hijas, estaremos encantados de recibirle. ¿Le gustan los puros?

—No fumo, mi coronel. —Luego, continuando con lo que a los alemanes les pareció un delirio producido por la fiebre o el *shock* del combate, añadió sin venir a cuento—: Seguro que a usted le encanta todo lo relacionado con la agricultura.

—Sí —respondió sorprendido Von Liebermann, aunque al mismo tiempo encantado, y añadió—: ¿Cómo lo sabe?

—Y le gusta la cultura ibérica. —continuó Andrés.

—Pues también, sobre todo la Edad Media de Castilla, pero como un buen habano y una copa de licor no hay nada. Nos alegran la vida. En fin, lo dicho... Le espero. La guerra para usted ya ha acabado, *¡Aufwiedersehen, Feldwebel!* (hasta la vista, sargento). —Pero antes de abandonar la sala donde se encontraba el herido, el *Oberst* Von Lierbermann, que reflejaba extrañeza en su cara, se volvió y le dijo en voz alta: "No sé por qué, pero me suena eso del Aurora, ¡qué curioso! *Herr* Benaser, debería usted dedicarse a las ciencias ocultas".

En la tercera escena del sueño, una enfermera se le acercó. Era muy bonita y a Andrés le resultaba familiar. Al inclinar su bella y prometedora anatomía sobre el herido, el español pudo verla más de cerca y se quedó de piedra.
—¡Elena!
—¿Cómo se atreve? No me llamo Elena, me llamo Helga. —contestó la germana.
—Helga, ¿te gusta bailar?, ¿verdad?, ¿quizás el foxtrot?, ¿o mejor el rock and roll?
—¿Pero qué confianzas son esas?
—Seguro que me he equivocado y te estoy confundiendo con otra persona... en otra época... perdón, quiero decir en otro escenario.
—No, no se equivoca usted. Parece que me lee el pensamiento... pues sí, he ido a una academia de baile en Berlín, antes de la guerra. Pero eso del rec o roc rol... eso no me suena... yo bailo la polka, el valse, y un poco de rigodón. Ahora relájese, soldado, tengo que administrarle una inyección —añadió mientras dedicaba a Andrés una sonrisa diabólica: le arremangaba su brazo con decisión sin dejar de sonreírse; y luego tomaba en sus manos una enorme jeringa de cristal, con una aguja hipodérmica de más de 15 centímetros.
—Pero... ¿por qué?, si ya me encuentro mejor —protestó el español a quién de golpe una corriente de sudor frío recorrió su maltrecho y debilitado cuerpo—. Ya no me duele nada.
—Necesita un fuerte calmante... está usted muy excitado, sargento. Debe dormir... dormir profundamente... plácidamente. Piense que se va a despertar en el paraíso... sin más preocupaciones... no más guerras... no más sufrimiento... ¿Ha leído usted el cuento de las Mil y Una Noches?

—¡¡¡Noooooo!!!, ¡por favor!, ¡¡¡noooo!!!,¡¡¡auxilio!!! Entonces, cuando veía a la aguja acercarse amenazante y agrandarse por momentos, a unos centímetros del brazo, Andrés salió de su sueño y se despertó dando un grito muy fuerte. Estaba totalmente empapado en sudor. Se tocó el brazo y no notó nada. Entonces, encendió la luz, y observó con placer su suite de superlujo del hotel Casanova Palazzo. "¡Qué gusto estar aquí!, ¡qué pesadilla! Por cierto, tengo que llamar a Elena y a Heinrich..." y se durmió de nuevo, a los pocos segundos, esta vez de un tirón y sin ninguna pesadilla.

**

Miércoles 21 de septiembre, por la mañana

El miércoles 21 de septiembre, a Andrés le despertó muy pronto la luz que entraba por el gran ventanal de su suite, situada en el ático del hotel. Después de darse una ducha generosa y regeneradora, y de enfundarse uno de los dos floridos y cómodos albornoces que había en el cuarto de baño, salió a la terraza de la recámara. La vista no podía ser más cautivadora, pues entre bellos e históricos edificios se divisaba la plaza de San Marcos, y, al fondo, el Mar Adriático. La terraza descubierta tenía por lo menos 40 metros cuadrados. En su centro había un parterre con plantas naturales. Dentro del pequeño jardín, una sencilla fuente circular de granito, con caída de agua, chisporroteaba creando un ambiente relajante. A cada lado del parterre, había dos mesitas redondas de mármol blanco con sujeción de hierro forjado, pintado en negro. Alrededor de ellas, varios sillones de enea, lacados en marrón oscuro y provistos de cojines de realce bordados con motivos de la mitología griega y romana, completaban un decorado que parecía sacado de una película de los años 20, como en un chalé granítico de la Sierra de Guadarrama. "¡Qué contrastes tiene la vida!, ¡qué contradicciones!", pensó Andrés. "Anteayer, de madrugada, me encontraba de lleno en el peligro, y hoy, estoy disfrutando de lo mejor de este hotel, aunque, de todos modos, estoy deseando perderlo de vista."

De pronto, sonó el teléfono. Andrés reaccionó como un Resorte y se puso en guardia: "Ya empezamos, pensó". Pero, esta vez, la ley de Murphy no hizo de las suyas:

—*Buongiorno siñore Olmeda.*

—Sí, buenos días, ¿con quién tengo el gusto?

—Le llamamos de la recepción del hotel por si quiere que le subamos el desayuno a la habitación. Está incluido en el servicio de la suite.

— ¡Ah!, ¡bueno!... Sí, si quiero, *prego* (por favor).

Después del suculento desayuno, disfrutando del panorama veneciano y con un tiempo espléndido, Andrés se acordó de Elena y la llamó por teléfono. Había hablado con ella el lunes a mediodía, por lo que la comunicación dos días después entraba dentro de la normalidad, ya que ni estaban casados, ni comprometidos. En cualquier caso, no iba a decirle la verdad del asalto al Casanova Palazzo. En realidad no tenía la intención de decírselo a nadie. Eso sólo podía dañar a las personas que quería; traerles problemas; y hacerle tener que dar explicaciones. Tampoco quería que le consideraran un apestado; un cenizo que atrae las desgracias.

—¡Hola, cariño!

—Hola, bribonzuelo, ¿has ligado ya? —preguntó Elena, que estaba ávida de noticias.

—¡Qué manía!, ¿pero tú que te crees?, cuando te comentaba que estaba agotado, era verdad. Me estoy reponiendo, claro que, si surge un buen plan, quiero decir...

—Pero qué cabrón eres, Andrés, yo aquí esperándote y tú allá... de picos pardos.

—Joder, es que no soy de piedra y hay unas italianas de muy buen ver y de mejor... ejem, quiero decir... muy bien vestidas, muy elegantes... mejor que en España, mejorando lo presente.

—Sí, arréglalo ahora... Casanova. Bueno, bromas aparte, ¿qué tal estás?

—¡Muy bien!, ¡señor!, ¡sí señor!

—Ya veo que no has perdido tu sentido del humor.

—No, y me encantaría que estuvieras aquí conmigo. Los masajes que tú me das no tienen nada que ver con los que me da Brutus, el masajista del hotel. Ahora en serio, estoy recuperándome, sin sobresaltos.

—Me alegro mucho, es lo que necesitabas.

—Además, la comida aquí es muy buena y tengo la tranquilidad que necesito antes de volver a la lucha en Protraesa, el lunes que viene. Ahora, en la recta final de las vacaciones, voy a aprovechar para visitar los museos y todos los palacios que pueda. Ya sabes que las piedras me entusiasman.

—Y ¿qué has hecho hasta ahora?

—Leer, sobre todo leer, también escuchar música. El hotel ofrece actuaciones en vivo. Por supuesto, he probado todo tipo de pastas: *spaghetti; tagliatelle, fetuccini*, pero también *maccheroni y tortiglioni*... No tengo palabras.

—¿No has hecho footing o algo de deporte? Ya sabes que las pastas engordan mucho, si no haces ejercicio...

—No he superado todavía el trauma de Ludwigschloss, pero he entrenado duro en el gimnasio del Casanova y he corrido en la cinta. Y tú, ¿qué tal en el trabajo?

—Montando la operación Báltica con Heinrich, ya sabes. Garfio y Balones fuera vienen de vez en cuando a dar el coñazo, o con el aguijón, pero no consiguen nada.

—Ya me lo imaginaba. No pueden estar quietos, siempre conspirando, y me la tienen guardada. Pero qué le vamos a hacer; ellos forman parte del escenario. Es la parte más sórdida. Y, por lo demás, ¿qué más me cuentas, amor?

— Que te echo mucho de menos; necesito estar junto a ti. Eres una persona ¡tan polifacética! Contigo es imposible aburrirse. Si es que no paras... me tienes muy colada, ¿sabes?

—Tú a mí también... En mi vida eres una persona muy valiosa. Es lo que siento... pero no me hagas hablar más... por favor —añadió, Andrés, con el clásico laconismo masculino a la hora de expresar los sentimientos.

Tras la jugosa conversación con su amiga especial, Andrés se vistió y bajó a recepción para enterarse de las últimas noticias sobre su retención por la policía italiana. Al llegar al vestíbulo, se topó con uno de los *ispettori* —inspectores— que le habían interrogado el día anterior. Le saludó con cortesía, y acto seguido se inició la conversación en una jerga compuesta de inglés, italiano, francés y español, que les hizo entenderse bastante bien.

—Buenos días, señor...

—*Bongiorno, Andrés,* mi nombre es Renzo Bartoloni, *ispettore* Renzo Bartoloni. ¿Cómo está nuestro retenido?

—Déjese de bromas *ispettore* y dígame: ¿Cuándo puedo irme?

—Ya nos han confirmado su declaración, especialmente lo de ese secuestro surrealista. Del herido de bala no hemos sacado nada en claro. Sólo sabemos que es alemán. Se niega a abrir la boca y cuando lo hace, desvaría. Así que después de reunirnos esta tarde, le comunicaremos lo que proceda.

—¡Caramba!, ¡qué lenguaje más administrativo!

—Si quiere que se lo diga de otra manera, esta tarde le soltaremos, le relajaremos.

—¿Qué dice de relajarme? —Por un momento, Andrés se acordó de los tribunales de la inquisición. Cuando relajaban a los convictos, ello significaba que los entregaban al brazo secular, es decir a la Justicia ordinaria, para que se ejecutase la pena impuesta por el *santo* tribunal—.

—¿Qué susceptible es usted?, quiero decir que le soltaremos para que continúe con su vida, pero si sigue mi consejo, no se busque más problemas; ¡le secuestran en Hamburgo!, ¡y ahora esto!... Amigo, no sé en qué está usted metido, pero si sigue así, no le auguro nada bueno.

—¿Qué me va usted a contar, *Ispettore*? Los caminos del Señor son inescrutables.

—No me diga que está metido en alguna secta religiosa.

—No se trata de eso… —le contestó Andrés que estaba empezando a divertirse con la conversación, pensando que el tal Renzo no era un mal tipo.

—¿Acaso es usted espía o algo por el estilo? —le espetó el italiano que empezaba a congeniar y seguirle la corriente.

—Sí, si le parece soy James Bond… o Rocambole.

—¿No estará usted metido en política?

—¡Qué gracioso es usted, *Ispettore*!, pero se la voy a devolver, le voy a aconsejar algo. Se trata de una frase atribuida a un personaje muy conocido que gobernó en España durante muchos años, después de la Guerra Incivil. Se llamaba Francisco Franco y, en una ocasión, le dijo a otro personaje del régimen: "Usted, haga como yo, y no se meta en política".

—Creo que ni el *Duce* (Mussolini) tenía un sentido del humor tan negro.

—Querido, Renzo, si me permite que le tutee, es que los pueblos tenemos que asumir nuestra historia, lo bueno y lo malo. Si yo le contara ahora cómo está el patio en España.

—Querido Andrés, es que la historia nos une: ustedes no son tan distintos de nosotros.

—Querido Renzo, es que los italianos y los españoles nos parecemos mucho, somos primos carnales… Además está la *pasta*… —En ese momento, tanto Andrés como el inspector prorrumpieron sin ningún recato en sonoras carcajadas, llamando la atención de las personas que se encontraban a su alrededor y haciendo sonrojarse al *carabiniere,* que escoltaba al policía de la secreta y vigilaba de pie en una esquina del hall. Después de la legitima concurrencia de pareceres, los dos decidieron finalizar su plática en bar del hotel, donde Andrés comandó sendos Johny Walker, etiqueta negra.

—Andrés Olmeda, no sabía yo que usted era tan simpático. El lunes pasado tenía usted otro talante, claro que después de zambullirse en las sucias aguas del canal… La verdad es que no le veo como un extranjero. Me es usted familiar.

—Soy español, pero luego soy también ciudadano del mundo. Creo que ambas cosas no están reñidas y facilitan la comunicación.

—Es bueno tener una identidad bien definida. Eso arraiga al individuo, y le sirve para evitar contaminarse con cosas muy feas. De todos modos, con eso de las identidades no hay que exagerar ¡eh! Los extremismos, los nacionalismos, no llevan a ningún lado, o mejor dicho, llevan al enfrentamiento asegurado. Además, en la mayoría de los casos, nada es blanco o negro.

—Es así, y como le he dicho, últimamente me siento más universal, como mi admirado Joseph Roth, quizás se deba a lo que me está pasando. Uno se cree que, en casa, en su país, está a salvo de lo que ocurre en otros lugares del mundo, y de pronto, sin comerlo ni beberlo, hete aquí, que, ¡zas!, te dan por todos los lados. Lo más curioso es que, a menudo, la gente que te ayuda y te comprende es de fuera. *Ispettore* Renzo, ¿le apetece otra copa?

—¡Cómo se atreve! ¡No debiera!, ¡estoy de servicio! —contestó el italiano mostrando un enfado fingido.

—No se preocupe, hágase a la cuenta de que me está usted investigando. —En honor a la verdad, Andrés no tuvo que insistirle mucho al sufrido *ispettore* de la policía criminal, que rápidamente se avino a la propuesta de manera entusiasta.

Después del segundo güisqui vino otro... y luego, otro más. Al final, la pareja acabó cantando: Oh sole mío, Santa Lucia, luego un fragmento de la Traviata de Verdi, y finalmente la canción del partisano. "*Questa mattina, mi son svegliato, Oh bella ciao, bella ciao, bella ciao, ciao, ciao...*" Y es que Andrés, en el fondo, lo necesitaba; necesitaba romper sus prejuicios, sus envaramientos, sus temores, necesitaba tirar todos sus pensamientos negativos a la basura, correrse una juerga y purgarse por todo lo que le había pasado.

Al finalizar la *entrevista*, y cuando era ya la una y media de la tarde, el español salió del pub y a duras penas consiguió subir a su suite, pues casi no se tenía en pie. Renzo, por su parte, hizo lo imposible por acudir a la reunión de los mandos policiales, que estaba programada para esa misma hora. Allí se expuso que Andrés estaba fuera de toda sospecha, pues: no se le había encontrado ningún arma; la versión de su viaje a Italia era correcta; también su pertenencia a Protraesa; la historia truculenta de su secuestro en Hamburgo también era cierta; y su versión del suceso en el Casanova Palazzo no podía ponerse en entredicho, pues no había testigos y el herido de bala no les había aclarado nada. Además, le amparaba la presunción de inocencia. También se comentó la existencia de restos de sangre que eran de un grupo distinto al del herido, y de huellas de la presencia de dos personas más, un hombre y una mujer, por las marcas de sus calzados en el suelo. Finalmente, se tomó la única decisión posible: no retenerle más y no ponerle a disposición de la autoridad judicial, ya que no había ningún indicio racional de criminalidad.

El inspector Renzo Bartoloni, que prácticamente no había abierto la boca durante la reunión —y no porque no quisiera, sino porque se le trababa la lengua—, asintió con la cabeza en todo momento, lo cual fue interpretado por sus superiores como muestra de fiel acatamiento. Finalmente se decidió que la vigilancia de Andrés se mantendría toda la noche, discretamente, hasta el día siguiente, pero que a la hora de la cena, un miembro de la policía se pondría en contacto con él y le comunicaría que ya no iba a ser retenido. Entonces, Renzo, haciendo un esfuerzo supremo, consiguió balbucear algunas palabras sin que se notase mucho su estado etílico. Se ofreció para comunicar al español la buena nueva. Al *ispettore*, el español le había caído muy bien y deseaba repetir la *jugosa entrevista* que había mantenido con él, hacía unas horas, y que los demás policías desconocían. Su propuesta fue aceptada, pues el inspector Renzo Bartoloni era tenido por un policía muy profesional y digno de confianza, a pesar de algunas excentricidades que sus mandos pasaban por alto, dada su eficacia en el servicio.

**

Miércoles 21 de septiembre por la noche

Siendo las siete de la tarde y ya repuesto de su cogorza, Andrés se levantó de la cama y se dirigió al bufé-restaurante, donde en esos momentos el pianista estaba interpretando diversas piezas de *El Padrino*. El inspector Renzo, que se encontraba en el salón-recepción del hotel, leyendo un libro sobre programación neurolingüística, recomendado por sus superiores, fue avisado inmediatamente por un *carabiniere* de la presencia del español, yendo presto a su encuentro.

—*Caro* (apreciado) Andrés Olmeda, me han encargado que le comunique su libertad. Ya no está retenido. Puede hacer lo que quiera dentro del espacio Schengen sin que tenga que pedirnos permiso.

—Gracias, *carissimo* Renzo, siéntese y cene conmigo. ¿Está usted casado?

—¿Cómo dice? —le respondió el inspector que se quedó con la boca abierta... no pretenderá...

—No me malinterprete, no quiero ligar... tengo novia en España.

— ¡Ah, bueno? Clareta, mi mujer, sabe que hoy estoy de servicio. No hay problema.

—Entonces, podremos platicar a nuestras anchas.

—Sí, pero será inevitable que pidamos un vino italiano, ¿Quizás un reserva?...

—Hecho, estoy de vacaciones y ¿sabe una cosa? No se pueden despreciar las oportunidades de pasarlo bien. Yo soy joven y usted también. Disfrutemos mientras podamos. Además, paga la casa. Hágase a la idea de que estamos en una comida de empresa.

—Andrés, estoy alucinando en colores con usted. Creo que tenemos una visión muy parecida de la vida. ¡Viva la vida! ¡Brindemos! Y que se jodan todos esos que tienen cara de amargados y quieren amargarnos a los demás.

—Renzo, he visto a muchos de eso en los últimos tiempos,

dentro y fuera de Protraesa, la empresa en la que trabajo, y estoy de acuerdo con usted.

La corriente de simpatía entre el italiano y el español se mantuvo a lo largo de toda la cena. Pero fue a los postres donde las lenguas se soltaron de verdad. En un momento de la conversación, Renzo levantó su copa de vino y la estuvo observando, intensamente, mientras removía su contenido y luego se la acercaba a su gran nariz roja inspirando el olor del caldo con deleite y fruición, como si estuviera en una bacanal.

—Andrés, ahora que este elixir tan maravilloso, que seduce a las lenguas y a los espíritus, se ha apoderado un poco de mí, le voy a confesar una cosa: estoy hasta los huevos de la *Criminalpol* (la policía criminal).

—Pero ¿qué dice, Renzo? ¡Tenga cuidado! ¡Hasta las paredes oyen!

—Es una crítica que se puede extender a toda nuestra *amministrazione Pubblica de l´Italia* —administración Pública italiana—. Estamos llenos de reglamentos tan ambiguos, tan enrevesados, o tan mal redactados, querido Andrés, que no se pueden cumplir. El tema es de risa. Yo ya no sé qué tengo que aplicar, así que a veces hago lo que me dicta el sentido común o también el miedo.

—Me parece increíble. Yo no puedo opinar al respecto. No tengo esa experiencia en España. Trabajo en la privada.

—Pues no se pierde usted nada. Todo es una puta farsa, llena de amiguismos y de mafias. Al final, si no dedicas una parte de tu tiempo a hacer la pelota, o te integras en un lobby, no tienes nada que hacer. William Goldman tenía razón: "El fondo está lleno de buenas personas, sólo el aceite y los bastardos ascienden."

—Pues sí que me lo pone usted bueno.

—Aunque hay excepciones, en muchos casos es la puta verdad. Te engañan cuando entras en la policía. Te crees eso del mérito para ascender y luego, *naranjas de la china*. En fin, si lo llego a saber no me había metido en esto. Y luego, además, te engañan en el sueldo. El único consuelo que tenemos los funcionarios es que nos lo podemos cobrar *en carne*. Yo a un político le diría: "Usted ¡congele!, ¡congele el sueldo!, ¡las veces que quiera!, y ¡meta a su amiguete!, pero no espere adhesiones incondicionales, ni que las cosas salgan como debieran salir."

—A lo mejor, querido Renzo, lo que se pretende de verdad es que las cosas no salgan bien, para mangonear más y mejor, y poner en los cargos, como usted dice, a los amiguetes, queridos, queridas, primos, primas; a los, amantes, *amantas*, *pelotos*, pelotas, etc. Esos que nunca se van a chivar... por la cuenta que les tiene. A lo mejor es que siempre ha sido así... y no hay solución.

—Ése es un punto de vista muy interesante. Luego están los cargos de confianza.

—¿Qué es eso?

—Los privilegiados y privilegiadas, como se dice ahora, que entran por la cara en la Administración, sin exámenes, sin nada, sin pasar ningún filtro, por pura amistad, o consanguinidad o, en su caso, braga, braguita, bragueta, o incluso tanga... o no se sabe por qué. Ocurre hasta en las más altas instancias. Lo curioso del caso es que, encima, a veces hacemos su trabajo.

—¡No me diga!, ¿es eso posible?

—¡Qué si es posible!... Es el pan nuestro de cada día, y seguro que, en España, también. ¿Sabe lo que le cuesta eso al contribuyente?

—¡Joder, Renzo!, si lo sé no le pongo más vino, no quiero que se me deprima.

—¡Qué bah, Andrés! Si me viene bien soltárselo a alguien, pues entre mis compañeros, hay mucha hipocresía, muchas componendas, y muchos silencios, una reproducción de los usos y modos de antaño. Hogaño, nada nuevo en el mundo. Cada uno busca su acomodo y hace muy poco individualmente por cambiar la situación. Sí, es la verdad. Y quizás yo tampoco haga nada... Pero conviene, de vez en cuando, sincerarse y decir la verdad. Levantemos nuestra copa: ¡por el fiscal Bardellino!, ¡por el general de la Chiesa!, o por ¡Sérpico! Esos, sí que tenían cojones para defender lo que creían, y no nosotros. ¡Por ellos!, ¡por Italia!, ¡por España!... ¡por las buenas gentes!

La velada terminó muy bien, pues, después de la confesión espontánea y llena de *patriotismo* del inspector Renzo Bartoloni, y de no abusar demasiado de la bebida, las aguas discurrieron por un cauce más tranquilo. Los dos nuevos amigos intercambiaron sus teléfonos y se conjuraron para volverse a ver en España, en Italia... o en el fin del mundo. Acababan de conocerse dos almas gemelas.

***

Entre bambalinas

Jueves 22 de septiembre

El jueves por la noche, cuando la vida en el Casanova Palazzo había recuperado la normalidad, después de los traumáticos sucesos de los días anteriores, Andrés se puso en contacto con Eila Kessler desde una de las cabinas del hotel. Aparentemente, no se sentía vigilado por la policía italiana, pero no las tenía todas consigo, así que empleó una conversación intrascendente, utilizando además el nombre ficticio de la agente:

—Buenas noches, aquí Andrés Olmeda.

—¡Qué tal estás Andrés!, ¡Ya era hora! Me tenías preocupado.

—Querida señorita Doniphan, querida Rita, es para mí un placer volver a platicar contigo. Cuando nos veamos no te vas a creer lo que me ha ocurrido en estas vacaciones. Por cierto, ¿qué tal te va con la música?

—Muy bien, compongo más ahora, sobre todo cacofonías, que son mi especialidad. Entonces, ya me llamarás cuando estés más tranquilo.

—Sí, por supuesto, y no te olvides de darle recuerdos a José, seguro que se alegrará.

—De tu parte. Está deseando hablar de cine contigo.

—Sí, pero a él le gustan demasiado las escenas escabrosas. Adiós, Margaret.

—Hasta pronto, Andrés.

De esta manera improvisada, rápida, y velada, el español entendió que tenía que acercarse lo antes posible al hotel Bonacasa. El problema era evitar ser seguido. Pero la ventaja era, que, de noche, los puentes y los canales secundarios estarían casi desiertos, siendo más fácil detectar a un posible enemigo. Además, si llegase a sospechar que alguien le seguía, podría fingir que se estaba dando un paseo y cambiar el itinerario.

A las once de la noche, el español salió del hotel Casanova y se encaminó a paso lento hacia la plaza de San Marcos. Allí se detuvo un rato para tomar una cerveza, en una pizzería que todavía estaba abierta. Acto seguido, se dirigió al hotel Bonacasa. Después de identificarse en recepción como Jasón y preguntar por Yósef, utilizando el nombre falso de éste, el encargado llamó a la habitación del agente, que se encontraba en el tercer piso, y después de colgar, le pidió a Andrés que esperase en el hall. Eila, que había estado vigilando la llegada de Andrés desde la habitación de Yósef y contestado al teléfono, bajó de inmediato por la escalera principal al encuentro de aquél. Cuando se cruzaron, ella le dio las buenas noches y le dijo un rápido: "Espérame en la zona de los elevadores". Luego, se dirigió al mostrador de la recepción, donde pidió una botellita de agua mineral y volvió con Andrés. Cuando entraron en la cabina del ascensor, ninguno de los dos pudo evitar abrazarse compulsivamente y darse un beso profundo y sostenido en los labios... un beso de amor. Eso no se lo esperaba Andrés, ni Eila tampoco. Sus cerebros les habían traicionado, y algo más que una camaradería forjada en momentos de peligro se estaba gestando inconscientemente. En pocos segundos, recuperaron el control y se desasieron, como si nada hubiera pasado.

—¡Esto no ha de volver a ocurrir, Andrés! ¡No puede ser! —exclamó la agente con cara de pocos amigos.

—Lo siento, han sido unos días de mucho peligro, realmente de vida o muerte, de tensiones fuertísimas... y no sé lo que ha pasado... pero la verdad es que me ha gustado mucho —confesó Andrés arrepentido, aunque sentía que acababa de rozar el séptimo cielo.

—No digas nada... Simplemente... no puede ser. Ahora escucha: me he subido contigo en el ascensor para que vayamos a la habitación de Ilal que está en el cuarto piso, no a la de Yósef.

Es por un tema de seguridad. No hay que dejar pistas al enemigo después de lo que ha pasado.

—¿Cómo está Yósef?

—Dentro de lo que cabe... bien. Él ya ha hecho su actuación magistral. Es un primer actor en este drama. De eso no me cabe la menor duda. Ahora está entre bambalinas.

—No hace falta que me lo jures. Tiene un buen entrenamiento y mucha sangre fría. No, como decimos en España: no ha escurrido el bulto.

—Ahora lo verás, está con Ilal. De hecho, éste no le ha dejado ni a sol ni a sombra. Trajimos de incognito a un médico cirujano de nuestra red italiana. Lo atendió y nos tranquilizó sobre su estado. No era preciso internarlo, pues las heridas eran limpias y no habían afectado a órganos vitales. Después de retirar algo de tejido, desinfectarlas, y cerrarlas con unos cuantos puntos de sutura, el doctor le recomendó reposo y buena alimentación, además de recetarle antibióticos. Nos hemos librado de una desgracia por la mínima.

El herido se encontraba en una habitación sencilla que no tenía nada que ver con las suites que había ocupado Andrés en el Casanova Palazzo. Al entrar, el español se le aproximó sonriendo.

—¿Cómo te encuentras, Yósef?

—Podía haber sido peor. En el hombro, La bala sólo me rozó y me hizo una herida superficial. El médico me la ha cosido y unos puntos han bastado. El muslo está un poco más dañado, pero, gracias a Dios, no ha habido fractura del fémur. La bala traspasó el músculo sin afectar a la arteria femoral. He tenido suerte. No me puedo creer que todavía esté vivo.

—No ha sido sólo suerte, Yósef. Ha sido tu pericia y tu sangre fría lo que te ha salvado y me ha salvado. Las cosas podían haber salido de otra forma. Ahora te vas a poner bueno muy pronto. Si no es por ti... no sé qué me habría pasado. —reiteró el español, emocionado.

—Era mi obligación; además lo hice por convicción.

—Eso es lo que más me gusta de vosotros. En este mundo mezquino todavía hay personas que tienen ideales y son capaces de arriesgar por algo en lo que creen, sin fanatismos.

—Andrés, eso hace que me sienta en paz. Mi abuelo me dijo que lo fundamental era la tranquilidad de conciencia y que eso lo conseguíamos con las obras, con las buenas obras, y siendo generosos, aunque a veces nos cueste; pero si nos cuesta algo... mejor. De hecho, la intensidad de la recompensa emocional y espiritual está en función del precio que hayamos pagado.

—Palabras sabias, Yósef... palabras sabias. Descansa ahora y no te preocupes de nada.

—No sabía yo que erais los dos tan filósofos. —intervino Eila que en el fondo estaba sintiendo celos por lo que decía Yósef.

—Cambiando de tema —continuó Andrés—, hay un cabo suelto que no me gusta nada. Es la tía esa que iba con Z, la de los ojos rasgados que, por cierto, mejorando lo presente estaba buenísima.

—Sí, debe de ser como las víboras; debe de tener un veneno buenísimo —matizó Yósef—, si te echa la mano al cuello te lo corta.

—Es verdad —asintió Andrés—, la belleza no está reñida con la suma crueldad, recordemos a Erzsébet Báthory (noble húngara del Siglo XVI), que se bañaba con la sangre de sus víctimas como medio para conservar su belleza física. Pero volviendo a lo nuestro, después del ataque no ha dado señales de vida, que yo sepa.

—Es así —admitió Eila —. He estado vigilando mientras tú dormías y te recuperabas, y no la he visto. Debe de haber huido, pero tenemos que tener cuidado. Podría producirse un segundo ataque a cargo de esa *Cruella de Vil.*

—Pues sí que me subes la moral. Ya he tenido unas cuantas pesadillas y lo que quisiera es olvidarme de todo. Por eso vine a Venecia. A pesar de ser unas vacaciones forzadas, realmente me eran necesarias.

—Habría sido mejor que te hubieras quedado en Madrid, reflexionando sobre todo lo ocurrido y recuperando tus fuerzas con el deporte. —opinó Yósef.

—No hace falta que lo jures —reconoció Andrés y añadió—: Pero a toro pasado... los juicios son muy fáciles.

—Pues menos mal que nos avisaste el viernes pasado, aunque fuese sólo un día antes de partir —terció Ilal—. Si no te hubiésemos acompañado en tu viaje de placer, a lo mejor estabas ya fiambre, o buceando *ad eternum* en un bonito canal veneciano. Eso sí, te habríamos hecho un funeral de la leche, con rabino incluido. —añadió con un humor muy negro.

—Eres un irreverente y un cabrón Ilal —le abroncó Yósef—. ¿Cómo le dices eso a Andrés? No se pueden gastar bromas de ese tipo. Él se ha encontrado con todo esto en su vida, sin comerlo ni beberlo.

—Sólo quería quitar hierro al tema. Quizás me he pasado un poco —admitió el agente—. *Slija, javerim* (perdón amigos).

—*Lo norá* (no importa). ¿Para qué sirve hablar de eso ahora? —le quitó importancia Andrés—. Agua pasada no mueve molino. En todo caso, no sabemos lo que habría ocurrido. El enemigo puede asestar un golpe en cualquier lado.

Entonces Andrés se dio cuenta de que ya estaba empezando a hablar como los agentes del grupo Alfa: "Joder, si ya hablo como vosotros. ¡Esto no puede ser!".

—Ya te irás acostumbrando —le tranquilizó Yósef—. A mí me costó un poco al principio, pero hice muchos ejercicios mentales, y al final me adapté y aquí estoy. Ahora sólo quiero recuperarme rápido y volver al servicio. Mientras tanto, perfeccionaré mi español, con la ayuda de Ilal.

—Pues yo no quiero acostumbrarme a esto. No es lo mío, pero quiero tener ya toda la información. ¿Por qué os habéis fijado en mí? Si sólo soy un pigmeo, un trabajador más de Protraesa, un sufrido español soportando la terrible crisis económica. La verdad es que no entiendo qué hago aquí, y qué hacéis vosotros aquí. —En ese momento, Eila intervino para tranquilizarle:

—Andrés, cuando volvamos a España pediré a Tel Aviv autorización para darte toda la información de que disponemos. Hasta ese momento, ¡olvídate del tema! Pero, por supuesto, ahora no vamos a relajar tu protección. Ya ves lo que ha pasado. Cuando abandones el hotel, yo te seguiré a unos metros. Cuando subas a tu recámara, Ilal se quedará contigo, por si acaso. Así va a ser a partir de ahora. En la recepción del Casanova dirás que se trata de un amigo. De esta forma no se extrañarán de que se quede toda la noche y desayune contigo por la mañana. Si te piden un suplemento, nos lo dices.

—¿Por el *servicio* que pueda darme o por la cama adicional? Ilal, yo no soy homófobo, pero ¿no serás tú un...?

—¡No!, es por lo que pueda comer —le cortó Eila—. Debes saber que Ilal no come, devora.

—Pero si es un fililí... un alfeñique —apuntó Andrés.

—Y tú un petimetre, un pijo reformado, ¡mamón!. —se defendió esta vez Ilal.

—No os peléis, debéis quereros —terció Eila, que también estaba empezando a divertirse.

—Tienes toda la razón, Eila. El amor, ante todo. ¿Por qué no te quedas tú conmigo en la suite? No hace falta que venga Ilal. Además, yo te invitaría a todo. Tú tienes más experiencia. Podríamos jugar a las cartas, y luego si quieres a las prendas... la habitación es impresionante. Es mejor que una nupcial y...

—¡Calla!, eres un pícaro. No creo que sea una buena idea... —le interrumpió Eila, a quien la insinuación del español no había hecho ninguna gracia después del "incidente" del ascensor.

Pero Andrés tampoco se sintió bien por lo que acababa de decir espontáneamente: "Eres un cabrón, a ti no te gustaría que te hiciera esto Elena", pensó en un alarde de sinceridad y de justicia; pero la excesiva testosterona y la adrenalina de los últimos días estaban haciendo de las suyas en el organismo del español. Varias emociones de signo contrario, provocadas por las fortísimas experiencias vividas, se entremezclaban dentro de su cerebro límbico y pugnaban entre sí. La euforia de saberse vivo por haber sobrevivido de nuevo a un ataque; los temores sobre su futuro; y la espera ansiosa por las revelaciones que le iban a hacer en Madrid, eran difíciles de sobrellevar y de asimilar. Su mente no dejaba de hacerse preguntas y de clamar en silencio por la injusticia de una situación sobrevenida, que el español nunca habría imaginado que pudiera producirse en su vida... que estuviera inscrita en su destino... si es que éste existía.

Ya de madrugada, Andrés abandonó el hotel Bonacasa y volvió a su lujosa *sede* para disfrutar en paz del resto de sus *vacaciones*. Todavía le quedaban cuatro días de asueto, durante los que quería aislarse del mundo. Lo necesitaba, y no le importaba lo que pudieran pensar en Madrid. De todos modos, al día siguiente por la mañana llamó a sus padres, a Elena, y a Heinrich. Les aventuró que ya no hablaría con ellos hasta la vuelta; que la estancia en la *Perla del Véneto* estaba resultando muy movida e interesante; que se sentía muy bien; y que amaba mucho la vida. Esta última afirmación dejó a sus padres un tanto desconcertados, pero después de la llamada y platicando entre ellos, pensaron que su hijo estaba todavía bastante alterado por lo que le había ocurrido en Alemania. En su benevolencia paternal, pensaban que todavía no había transcurrido el tiempo suficiente para que Andrés aplacase sus emociones y superase las heridas psicológicas del secuestro.

***

Confesiones

De vuelta a Madrid, a Andrés le costó mucho recuperar el ritmo y la ilusión en el trabajo. Los extraños sucesos acaecidos en su vida durante los últimos meses, coronados por el ataque de Venecia, le habían marcado profundamente. En cuanto a ser más benevolente con las debilidades humanas, a aprender a esperar y no ir como un loco por delante de los acontecimientos, hacia ninguna parte, el español había dado pasos de gigante. Había madurado mucho y rápido

Esto no significaba que se hubiera vuelto un *carca,* o un teórico enfrascado en los libros y encerrado en sus teorías. Lo que había hecho era andar el camino del filósofo, que es la vida: existía y por lo tanto pensaba, no al contrario. La otra cara de la moneda es que, en su existencia, el español se había vuelto más grave, más distante. Después de todo lo ocurrido, el recelo se había apoderado de él y ya no se daba tanto a los demás como antes. Del cambio operado en su comportamiento se percataron pronto sus compañeros de Protraesa. Algunos, como ocurre a menudo, lo interpretaron erróneamente y no hicieron el esfuerzo mental de comprender, de ponerse en lugar del otro. Enseguida le etiquetaron, le clasificaron con fórmulas simples, sin reparar en que la naturaleza humana es poliédrica y muy compleja. Otros, en cambio, se hicieron cargo y le ayudaron, o por lo menos le respetaron y no le trataron como a un apestado o con cinismo.

Pero fue a sus padres a quienes más preocupó la actitud de Andrés:

—¿Te has dado cuenta de cómo se está comportando nuestro hijo?

—Sí, se muestra muy distante, muy enrocado en sí mismo —reconoció Lucía.

—No sé si ahora sería un buen momento para...

—Te refieres a...

—Sí, Lucía, creo que ya es hora de que conozca lo que le hemos estado ocultando todos estos años. Tiene derecho a ello.

—Fernando, yo se lo iba a confesar de todos modos. Ya te dije, antes de que volviese de Alemania, que tenía y tengo la intuición de que sus desventuras allí, y antes en España, pudieran estar relacionadas con esa parte velada de su identidad. Yo creo, que aunque esperemos unos días, deberíamos decirle la verdad.

La confesión de los padres de Andrés

Por fin, una tarde-noche del mes de octubre de 2011, Fernando y Lucía se reunieron con su hijo y se sinceraron:

—Andrés, tú ya sabes que no eres hijo biológico nuestro y que eres adoptado desde que tenías dos años… pero no te hemos contado toda la verdad. La causa de la adopción fue que tus padres biológicos murieron a resultas de un incendio.

"Además, tienes que saber que eres judío de nacimiento… tu madre y tus abuelos por parte de tu madre, fallecidos todos en ese incendio, lo eran. Siempre nos preguntabas que por qué estabas circuncidado y nosotros te respondíamos que era por razones higiénicas

—¡Ya! —fue lo único que acertó Andrés a decir, al tiempo que su cara se tornaba inexpresiva y con la mirada perdida.

—Todos estos años —continuó Fernando—, hemos preferido ocultarte la verdad. Pensábamos que así evitábamos perjudicarte en tu educación, en tu maduración… no sé si hemos hecho bien. —Andrés continuaba sin reaccionar pareciendo una estatua de marfil o un jugador de póker.

Por fin, después de unos segundos que se hicieron eternos, Andrés tomo la palabra:

—No me extraña nada lo que me estáis revelando. De hecho, yo ya me lo estaba oliendo estos últimos meses. Incluso tuve un sueño premonitorio en Venecia. Os agradezco que me lo hayáis dicho ahora y no antes. Ha sido mejor así... y no tengo nada que echaros en cara. Os estoy eternamente agradecido por la educación que me habéis dado, por haber cuidado de mí cuando era pequeño... por... —En ese momento, a Andrés se le nubló la vista y tapó su cara con las manos empezando a llorar copiosamente. Cuando superó la crisis de llanto y se serenó un poco, su madre continuó con la confesión:

—Me imagino, nos imaginamos, que ahora querrás saber sobre tu familia biológica, sobre lo que pasó. Fernando tiene documentos, incluso fotos de tus padres biológicos. Aquí está todo lo que recopilamos en su momento, en esta maleta —Lucía, se la entregó a su hijo y... después... se abrazó a Fernando.

—Papá... mamá... si me permitís, ahora quisiera irme sólo a mi apartamento. Quiero ver todo tranquilamente y asimilarlo. Esto me va a hacer comprender muchas cosas, muchas reacciones, incluso muchas creencias... y necesito tiempo... algún tiempo —requirió casi susurrando mientras levantaba la cabeza y sus ojos miraban hacia un punto indefinido de la habitación donde se encontraban.

—Lo que necesites, hijo, ya sabes que te apoyamos siempre, pase lo que pase. Cuando te adoptamos tomamos una decisión irrevocable, para lo bueno y para lo malo. Así que aquí nos tienes. —Entonces, Andrés abrazó a su madre... que lo estaba esperando. Luego su padre también se unió al abrazo y todos lloraron. Las emociones se dispararon, espontáneas e incontenidas.

¡Cuántas familias de sangre hubiesen querido sentir lo que sentían Andrés, Lucía y Fernando, en ese momento!, pues el apego y el cariño se consiguen sobre todo con la convivencia generosa. Los lazos de sangre no son suficientes si no están acompañados del roce diario y del sentimiento que, juntos, son más importantes.

**

La maleta, que con tanto esmero Fernando y Lucía habían preservado para su hijo, contenía cartas, fotos, informes de la policía, y testimonios escritos de personas que habían conocido directamente a la familia natural de Andrés. Durante unos días, con la información de que disponía y consultando también internet, Andrés fue componiendo el rompecabezas de su pasado y las circunstancias por las que habían atravesado sus bisabuelos, sus abuelos y sus padres biológicos.

La familia de Andrés Olmeda, por parte de su madre, era sefardita, que significa judía oriunda de España, o lo que es lo mismo, judeoespañola. Sus bisabuelos residían en Salónica, ciudad griega conocida como la *Jerusalén de los Balcanes,* por su prosperidad y por la gran población judía que llegó a ser mayoritaria hasta principios del siglo XX. La primera y segunda guerra de los Balcanes (1912-1913) acabaron con la dominación otomana de Salónica, y los bisabuelos de Andrés decidieron emigrar a la isla de Rodas en 1920. A partir de 1923, a raíz del Tratado de Lausana, la isla quedó oficialmente bajo dominio italiano. Allí nació en 1925 la abuela de Andrés, Miriam, y luego su hermana Ana. Ambas estudiaban en la Alliance Israélite Universelle, prestigiosa escuela de estilo francés que con los italianos pasó a denominarse Scuola Israelita Italiana. Los bisabuelos de Andrés eran pequeños comerciantes, muy laboriosos, que ganaban lo suficiente para tener una vida digna y poder dar una buena educación a sus hijos. Pero el fantasma de la crisis económica, cuyo desencadenante fue, en 1929, el Crac de Wall Street en Nueva York, se hizo presente en la isla y una buena parte de la comunidad israelita emigró hacia otros lugares. La familia de Andrés, los Benaser, permanecieron en Rodas pues las autoridades italianas se llevaban bien con las comunidades religiosas.

Después de la crisis económica, vino la guerra, en 1939, y las condiciones de vida empeoraron para todos. Los bisabuelos de Andrés pensaron entonces en emigrar de nuevo, pero la guerra mundial lo hacía más difícil y al final decidieron quedarse en la isla. Mientras Rodas permaneció bajo el dominio italiano, la vida transcurrió allí con cierta normalidad, dentro de las restricciones derivadas del conflicto mundial y del régimen fascista. Mas todo cambió en 1943, a partir del 25 de julio, con la destitución de Mussolini y la firma del armisticio con los aliados por el nuevo gobierno italiano. Inmediatamente, la isla fue tomada por los alemanes. Una consecuencia de la ocupación fue la aplicación de las medidas antisemitas y, entre ellas, la más letal, la denominada eufemísticamente: *Endlösung der Judenfrage*, o solución final al problema judío, acordada en Berlín, en la Conferencia de Wahnsee de enero de 1942.

Para poner en práctica las decisiones adoptadas en Wahnnsee, una comisión de las SS, la denominada *Comisión Rosenberg,* viajó a la isla para organizar in situ el traslado de toda la población judía que quedaba en Rodas al campo de exterminio de Auschwitz-Birkenau, situado en Polonia a 60 kilómetros de Cracovia. Los judíos fueron expoliados y engañados por los mandos nazis al decirles que iban a ser deportados a un campo de trabajo. Los bisabuelos de Andrés, junto con sus hijas, Miriam y Ana, fueron concentrados al igual que el resto de la población hebrea, en el Edificio de la Aviación, donde a punta de pistola los SS les robaron su dinero, sus joyas y sus títulos de propiedad. Finalmente, el 23 de julio de 1944, los subieron en tres barcos con destino a Grecia. Dentro de las naves, los deportados fueron *alojados* en las bodegas, donde usualmente se transportaban animales y mercancías, no personas, con un calor y una humedad insoportables. Después de 7 días de travesía, con muertes por hambre y enfermedad, llegaron en penosas condiciones al puerto del Pireo, en Atenas. Desde allí les condujeron al campo de Haidari, donde permanecieron desde el 1 al 3 de agosto de 1944. Luego los llevaron a una estación ferroviaria y los metieron en vagones de carga. Pero antes, los ancianos y enfermos que no pudieron subir fueron liquidados por los nazis, in situ. Los que protestaban eran rápidamente *disuadidos*, sin ninguna contemplación, como algo rutinario. En el tren transcurrieron trece días horrorosos por la atmósfera asfixiante, el hambre, y la sed de los encerrados en cada vagón, donde se hacinaban alrededor de 80 personas que apenas podían moverse. En cada parada se aprovechaba para bajar del tren los cadáveres de quienes no habían podido aguantar. La película *El Último tren para Auschwitz* describe muy bien el ambiente opresivo, angustioso e insalubre, que tenían que soportar los infelices prisioneros, cuando se realizaba este tipo de transportes.

Finalmente, el 16 de agosto de 1944, el convoy llegó a Auschwitz-Birkenau, la factoría de la muerte. Allí, como si fuesen sacerdotes del cruel Moloch —Dios fenicio y cartaginés que recibía a niños en sacrificio—, les esperaba la *comisión* de *selección* del campo, integrada por médicos nazis; el más famoso de ellos era el doctor Mengele. Su cometido consistía en decidir quienes habían de vivir, temporalmente, y quienes debían morir. Pero antes, los supervivientes exhaustos del convoy eran recibidos con violencia, con gritos, perros adiestrados, y todas las demás técnicas estudiadas y aplicadas por los nazis para amedrentar y aniquilar el escaso espíritu de protesta y resistencia que todavía quedara en quienes habían sufrido tanto a lo largo del viaje. Los SS eran unos grandes y eficaces expertos en estas lides, aprendidas en los primeros campos de concentración de Dachau y Sachsenhausen, entre otros.

Un gesto, que señalase hacia la izquierda, significaba la salvación temporal, pero, en realidad, lo que esperaba después a las víctimas era una muerte lenta por hacinamiento, insalubridad, epidemias, hambre, sed, mucho frío en invierno, malos tratos, torturas, trabajos forzados, o terribles experimentos médicos, con una esperanza media de vida que se podía contar en meses. Con un gesto a la derecha, los niños pequeños, los enfermos, y los ancianos, no aptos para el trabajo, eran separados del resto, en medio de escenas desgarradoras, y enviados directamente a las cámaras de gas —que en el argot del campo se llamaban *panaderías*— bajo el engaño de que iban a ducharse. Para disimular la mentira, las cámaras de gas tenían en su interior la apariencia de verdaderas duchas. Allí, los inocentes condenados sin juicio a una muerte horrorosa, después de desvestirse y abandonar todas sus pertenencias en el vestuario, pasaban a esas *duchas*, donde transcurrían sus últimos minutos de vida. El procedimiento de ejecución consistía en la introducción por los SS, a través de tuberías perforadas en el techo del edificio, de un potente insecticida, el gas *Zyklon B*, que provocaba la muerte en minutos. Este gas letal era producido por la compañía IG FARBEN, el enorme conglomerado de la industria química alemana constituido después de la Primera Guerra Mundial, donde se integraban entre otras la farmacéutica BAYER y la *Deutsche Gesellschaft für Schädlings-bekämpfung Gmbh* —Sociedad Alemana para la lucha contra los parásitos—, también conocida como *Degesch*, que era la encargada de suministrar el Zyklon B a los campos de exterminio.

Miriam y su padre, que a pesar de las penurias permanecían fuertes, no fueron seleccionados. Por el contrario, su madre y su hermana, Ana, no superaron la *selección*. El terrible viaje de 24 días desde Rodas, con sus privaciones, había debilitado mucho a Ana, que tenía 17 años y se encontraba enferma sin poder disimularlo. Su madre quiso quedarse con ella para cuidarla, lo que equivalió a firmar su sentencia de muerte.

Auschwitz estaba integrado por tres campos y sus satélites: Auschwitz-Stammlager, el primero que se construyó y que era el centro administrativo del conjunto; Auschwitz-Birkenau, el campo de exterminio formado a su vez por varios campos; y Auschwitz-Monowitz, también llamado Buna-Monowitz, que era un campo de trabajo, un *Arbeitslager,* donde sus prisioneros, alrededor de 10000 en julio de 1944, trabajaban en una fábrica de goma sintética perteneciente a la mencionada IG FARBEN. A Miriam y a su padre los enviaron, separados, al Arbeitslager de Buna-Monowitz. Miriam aguantó, pero su padre no, muriendo en la KB —la *Krankenbau* o enfermería—, un mes antes de la liberación del campo por los rusos, el 27 de enero de 1945.

Miriam resistió en el campo hasta su liberación. Después de varias semanas de esmerada atención por parte de los servicios sanitarios del ejército soviético, se fue recuperando. Durante el mismo período, ironías del destino, bastantes de sus compañeras de infortunio, que habían aguantado tantos meses las penurias del campo, no lo consiguieron y perdieron la vida. Al finalizar su convalecencia, la sefardita se puso en contacto con la delegación de la Cruz Roja. Mientras tanto, la Segunda Guerra Mundial daba sus últimos coletazos. El 20 de abril será el último *Hitlersgeburstag* —cumpleaños— que celebrará el vegetariano Hitler, acompañado de sus fieles, su amante Eva Braun y su perro Blondi, en el Bunker de la Cancillería, en Berlín. El 27 de abril de 1945, Mussolini y su amante Clara Petacci son ejecutados en Italia por los comunistas. Sus cuerpos, colgados boca abajo, son expuestos y vejados por la multitud en la plaza Loreto de Milán. Unos días después, el 30 de abril, Hitler, tras contraer matrimonio civil con Eva Braun y hacer testamento, se suicida junto a su esposa en el búnker de la cancillería. Finalmente, el 7 y el 8 de mayo, el ejército alemán se rinde incondicionalmente a los aliados y a los rusos. En Europa, la guerra había terminado. Unos meses más tarde, también finalizará en Asia, después de la bomba atómica de Hiroshima, lanzada el 6 de agosto de 1945. La capitulación incondicional del Japón se firma a bordo del acorazado Missouri, fondeado en la bahía de Tokio, el 2 de septiembre de 1945.

**

A finales de mayo de 1945, con la intención inicial de volver a la isla de Rodas, Miriam consiguió llegar a Italia donde permaneció varias semanas en un local de acogida de la UNRRA, la *United Nations Relief and Rehabilitation Administration*, el organismo internacional encargado de reubicar a los refugiados en sus países de origen, antecedente del ACNUR de la ONU. Pero allí cambió de parecer tras reflexionar largo y tendido. No tenía mucho sentido volver a Rodas... donde no le esperaba nadie. En realidad, su familia era oriunda de Salónica, donde quizás quedara algún pariente de la familia de sus padres. Pero de nuevo, la elección no tenía sentido. Miriam había sido informada de la deportación a Auschwitz de la población judía de esa ciudad. Ella sabía perfectamente lo que eso significaba. De hecho, sólo unos centenares de los más de 48 000 judíos de Salónica deportados al campo de exterminio habían sobrevivido. ¿Qué le quedaba entonces?, ¿qué podía hacer? Los cupones que le entregaba la UNRRA y que le facilitaban el sustento, mientras trataba de encontrar trabajo y un lugar permanente de residencia, escaseaban y no iban a ser eternos.

La emigración a Israel, que había sido una de las opciones elegidas por una parte de los supervivientes del Holocausto, no la seducía. Sabía por lo que le había contado el personal de la Cruz Roja, el de la UNRRA, y también algunos refugiados con familia en Palestina, que la situación en esa parte del mundo era de levantamiento y de preguerra, con atentados, represión, ejecuciones, y todo el diabólico etc. que acompaña a unas circunstancias de ese tipo. La ocupación británica del territorio, por mandato de la Sociedad de Naciones; la existencia de una población árabe que se sentía amenazada por la fuerte presencia e inmigración de los judíos desde que en 1882 llegaron los primeros; y la decidida intención sionista de fundar un Estado que acogiese a los judíos del mundo, impulsada por los supervivientes del exterminio nazi, convertían a los territorios del Antiguo Testamento, la Torá, de los Evangelios, y de la Cúpula de la Roca, en una bomba de relojería.

La solución aparente a la confusión y angustia en que estaba sumida, como muchos de los refugiados que tampoco sabían qué hacer con sus vidas, se la dio su origen español. Miriam era judía sefardita, es decir española. Su fisonomía, muchas de sus costumbres, incluso el idioma que se hablaba en la familia, el judeoespañol, no dejaban lugar a dudas. Tenía que retornar a España y quizás a través de ella, a algún país sudamericano. En París le habían informado que, durante la guerra, muchos judíos sefarditas habían conseguido emigrar a México, gracias al apoyo decidido y valiente de Ernesto Bosques

Zaldívar, quien había sido embajador de ese país en Francia; y que también el régimen de Franco había concedido muchos visados de tránsito a los judíos que huían igualmente del régimen nazi.

Tomada la decisión, el siguiente paso consistió en personarse en el Consulado de España en París. Su intención era iniciar los trámites para solicitar la nacionalidad española u obtener un visado provisional para residir en España. Dicho así, todo parecía muy simple, pero la situación internacional; el propio régimen del General Franco que aislaba a España del resto del mundo, por haber mantenido unas relaciones cuando menos cordiales con las potencias del Eje; y la lentitud y requisitos agobiantes de la burocracia ibérica, dificultaron mucho la iniciativa de Miriam que al cabo de unos meses pensó en arrojar la toalla.

En aquel entonces, la concesión de visados se miraba con lupa. No digamos ya la concesión de la nacionalidad española. El recelo del régimen frente a quienes querían asentarse en España era patente. Paradójicamente, la península se había convertido en un refugio para muchos nazis huidos de Alemania. Estos tenían menos problemas para entrar en el país. Pero el destino, la providencia o lo que fuese, habían decidido que Miriam tenía que volver a Sefarad, la querida patria añorada de sus antepasados, oriundos de la judería de Toledo, la más prospera y poblada de España en la Edad Media, con más de 5000 vecinos judíos censados según el padrón de Huete de 1291. A raíz del Decreto de Expulsión de los Reyes Católicos, el 31 de marzo de 1492, los judíos que no se habían bautizado y convertido al catolicismo, tuvieron que salir de España con muy pocas pertenencias hacia un porvenir incierto, asentándose en diversos lugares. Muchos, como los ancestros de Miriam, lo hicieron en la ciudad de Salónica (en la actual Grecia), que en el siglo XVI estaba bajo dominio turco. El Sultán Beyacid II acogió favorablemente a la numerosa diáspora hebrea procedente de España y luego, a partir de 1497, de Portugal.

Miriam había recibido clases de piano en Rodas, hasta su deportación a Auschwitz. La música era una de sus pasiones y había retomado su afición. Uno de los patrocinadores de la ayuda ofrecida por la UNRRA en París, al enterarse de que la joven sefardita era músico, le ofreció ir a tocar el piano a un pequeño restaurante propiedad de un judío askenazi que se había asentado en la colina de Montmartres. De inmediato, Miriam aceptó y esta decisión fue crucial en su vida, por lo que había de acontecer con posterioridad. París, a diferencia de otras ciudades europeas, no había sido destruida, de milagro, por la *Wehrmacht* —el ejército alemán en la época nacional-socialista—. En efecto, el jefe de la guarnición alemana en la capital de Francia, el *General der Infanterie* —Capitán General— Dietrich von Scholtitz, incumplió en el último momento las órdenes de Hitler de arrasar la ciudad y sus principales monumentos e instalaciones. Ello facilitaba la reanudación de la vida normal y unas posibilidades de alojamiento y trabajo que no existían en otros lugares.

En junio de 1945, la colina de Montmartres, con su famosa iglesia, el Sacré Coeur, su plaza del Tertre, y sobre todo su ambiente bohemio y artístico, eran campo abonado para disfrutar y olvidar el horror de un conflicto que todavía continuaba en el Pacífico. No en vano, ya antes de la Gran Guerra (1914-1918), las vanguardias artísticas habían tomado la famosa colina como uno de sus lugares principales de reunión y sobre todo de vida, de mucha vida. Lo mismo había ocurrido durante los locos años 20 y los convulsos años 30, hasta que el 1 de septiembre de 1939, los 4 jinetes del Apocalipsis cabalgaron de nuevo hacia la locura de la Segunda Guerra Mundial.

Ahora, Montmartres despertaba de la pesadilla de la guerra y de la ocupación alemana de París —desde mayo de 1940 hasta agosto de 1944—, y lo hacía con renovados bríos. Conocidos artistas y actores se dejaban ver allí con asiduidad, y algunos visitantes empezaban de nuevo a invadir la zona con sus cámaras fotográficas. Una de las tardes, mientras Miriam interpretaba sus partituras en *La Renaissance*, el nombre del coqueto local adonde ella acudía para amenizar al piano los cafés y las meriendas de sus visitantes, un elegante señor de pelo cano, bastón plateado, sombrero stenton, y chaqueta cruzada, se acercó a la pianista en uno de los descansos dirigiéndose a ella en francés:

—Permítame que le felicite, *mademoiselle* (señorita). Usted no se limita a ejecutar la música, toca con gran sentimiento... en esta época no me extraña. Ahora quisiera que interpretara algo especial, fuera de lo común.

—Usted no es de aquí, ¿verdad? No parece francés.

—No, soy español —contestó el desconocido—. Estoy en París para unos asuntos mercantiles.

—¿Español?

—Sí, no es tan raro —replicó poniendo cara de ligero enfado.

—Discúlpeme, es que mi familia hace siglos vivía en Sefarad.

—Ya veo, usted es judía sefardita. Entonces podemos hablar en español.

—Sí, claro.

—Señorita, sus ojos transmiten mucha tristeza, pero ahora no quiero que lo pase mal. Si lo prefiere, toque algo alegre, que nos haga olvidar, sobre todo a ustedes, los sefarditas, que han sufrido tanto.

—No quiero pensar en eso ahora. Aquí tengo una partitura de Isaac Albéniz, *Granada*, de la Suite española —propuso Miriam.

—No podía ofrecerme nada mejor.

En pocos segundos, los melosos acordes de la serenata Granada llenaron el local concitando la atención de bastantes de los visitantes mientras daban cuenta del café, los brioches (bollos), el *pastis,* anís típico de Marsella, y otros licores que en pocos días habían vuelto a aparecer con decisión en las estanterías de La Renaissance. Al finalizar su actuación, Miriam hizo signos al español para que se acercara a ella.

—Ahora soy yo la que le voy a pedir algo. No tengo nada que perder y la verdad es que en estos tiempos, dada mi situación, no me importa sincerarme. ¿Podría usted ayudarme a viajar a España?

—No la conozco a usted de nada: usted a mí tampoco, pero me cae simpática. Mire, yo no soy político ni funcionario. Lo único que puedo hacer es avalarla frente a las autoridades, apoyarla en el consulado, nada más. Pero ¿quién es usted?, ¿cómo se llama?, ¿por qué esta en París? Como comprenderá, yo no puedo apostar por una persona de la que no tengo antecedentes...

—Si usted tiene la bondad de acompañarme después de mi última actuación, le contaré hasta donde yo sé. Lamentablemente, las otras personas que podían hacerlo... han muerto.

—Lo siento... Sí, la espero.

Al finalizar la actuación, y después de recibir su salario, que consistía básicamente en una abundante merienda-cena, y unos pocos francos, Miriam se reunió con el español y trató de resumirle toda su vida haciendo hincapié en la última etapa.

Terminado el relato, al principio placentero y nostálgico, pero a medida que avanzaban los años relatados, crudo y aciago, el español tomó la palabra:

—No puedo asimilar todo este sufrimiento, señorita Benaser, su padre, su madre, su hermana Ana, el transporte a Auschwitz, las condiciones del campo, las selecciones... en fin... no tengo palabras. Perdone que haya sido antes un poco brusco. Le voy a ayudar, aunque no le prometo nada. Mi estancia en París termina la semana que viene, pero desde Madrid puedo hacer gestiones, algo así como reclamarla. Me voy a poner en contacto con algunas familias judías de Madrid y mis contactos en Santa Cruz (Ministerio de Asuntos Exteriores). Quizás pueda conseguir algo.

—Muchas gracias, señor...

—Esteban Tornero, señorita Benaser.

En noviembre de 1945, al cabo de unos meses, las gestiones rindieron sus frutos y Miriam pudo emigrar a España. Al principio se alojó en casa de su benefactor. Más adelante, al obtener un trabajo administrativo en una empresa de Madrid, gracias a sus conocimientos de francés y a la esmerada educación que había recibido en Rodas, alquiló una habitación en una de las numerosas casas de huéspedes que proliferaban entonces en la capital de España. Los primeros días le costó un poco adaptarse a la ciudad, pero pronto, merced a su conocimiento del idioma y a sus costumbres españolas, empezó a encontrarse bien. El propio ser de Madrid, una ciudad abierta, donde pronto sus visitantes se sienten bien acogidos y madrileños, ayudó a Miriam en el proceso de recuperación de su identidad española.

La comunidad judía de la capital de España era en aquel entonces muy reducida. Ello facilitaba la comunicación entre sus miembros. Miriam fue acogida y protegida por dicha comunidad. Ella respetaba el *sabbat* —el descanso sabático— y participaba en las fiestas hebreas como le habían enseñado sus padres en Rodas. Fue en el *Sukot* de 1946 —la fiesta de las cabañas, que conmemora las condiciones precarias de la estancia del pueblo judío en el desierto— cuando conoció a Elías, un hombre joven, también judío sefardita, que había tenido que emigrar a España desde Hungría.

Elías, de apellido Ferrer, de 30 años, era uno de los privilegiados que fueron salvados de los nazis por el diplomático español Ángel Sanz Briz, en 1944, cuando a pesar de saberse ya la guerra perdida, aquellos extremaron las acciones de exterminio de la población judía europea, siguiendo los dictados de la conferencia de Wahnsee de 1942 para la *Endlösung der Judenfrage* o Solución Final del Problema Judío. Dentro de los planes nazis, cuando el turno le tocó a Hungría, Elías se benefició de la actuación magistral y temeraria del embajador Sanz Briz, a quien apodaron "El Ángel de Budapest". En unos meses decisivos, este heróico diplomático consiguió arrancar de las garras nazis —es decir de la deportación y, muy probablemente, de la muerte—, a más de 5000 judíos, muchos sefarditas, otros no ... le daba igual. Se trataba de salvar vidas inocentes, la labor más maravillosa que puede realizar un ser humano... y él lo hizo, poniendo en riesgo su vida y su brillante carrera , donde otros, los cómodos, los cobardes, los indiferentes, los estómagos agradecidos, los pelotas de turno, y también los que se identificaban con la ideología racista nazi, callaban y miraban para otro lado.

Elías vivió con muchas estrecheces en uno de los pisos que arrendó la legación española, convirtiéndolos en extensiones de la Embajada que gozaban por ello de extraterritorialidad. De esta manera se impedía la actuación de los nazis y sus acólitos húngaros, poniendo a salvo a quienes habían tenido la suerte de figurar como sefarditas en la lista de Sanz Briz. Elías se pudo salvar, sus padres sexagenarios también, no así su hermana Ruth y su hermano Carlos, que fueron apresados y deportados a Alemania donde perecieron en los campos de exterminio.

Después de una estancia de varios meses en Marruecos, a donde se les permitió emigrar a través de España, con un visado de tránsito, los supervivientes de la familia consiguieron establecerse primero en Tetuán, luego, después de la independencia de Marruecos, en Ceuta, y finalmente, en los años sesenta, en España. En Madrid, Elías conoció a Miriam. Ambos se enamoraron y a los pocos meses se casaron. Parecía como si se hubiesen juntado el hambre con las ganas de comer, pues los dos se entendían a las mil maravillas. Lo que querían era olvidar la época pasada, sobre todo Miriam, y disfrutar en paz de su nueva vida, fundando una familia.

Tuvieron una única hija, Ana, que nació en 1957 y que luego sería la madre biológica de Andrés. Ana Llegó a ser una joven de complexión fuerte, ligeramente más alta que las chicas de su edad. Sus bellos ojos azules (que le venían de su padre) indicaban, al igual que luego en Andrés, ciertas ascendencias nórdicas que la diferenciaban mucho del resto de las sefarditas que, por lo general, tenían los ojos castaño oscuro. La generación de Ana se diferenciaba mucho de la de sus padres. Ana no había vivido el Holocausto, no había sufrido el odio y la violencia nazis. Las referencias que tenía eran, por tanto, indirectas, aunque de primera mano, pues sus padres le habían contado todo lo que habían experimentado en esa época: su madre en Rodas y en Auschwitz, su padre en Hungría. Pero Ana no estaba traumatizada y creía en el género humano más que sus progenitores. Su condición de judía no le había acarreado ningún problema en la España de Franco, donde la comunidad hebrea vivía cómodamente y con tranquilidad, dedicándose a sus trabajos, a sus negocios, y a sus familias, sin ser molestados. Ana se relacionaba normalmente con la gente próxima de su barrio, de su ciudad. Tenía una mente abierta y estaba poco condicionada por la religión. Acudía regularmente a la sinagoga y participaba en las fiestas religiosas, a instancias de su padre, pero en lo demás actuaba con mucha libertad, relajadamente, influenciada sobre todo por su madre Miriam, cuyas creencias religiosas habían decaído mucho a causa de lo que vio y padeció en Auschwitz.

Como muchos judíos, Ana estudiaba en el Liceo Francés de Madrid, radicado por aquel entonces en la calle Marqués de la Ensenada. En los años 60, ese colegio era un polo de modernidad en la España de Franco. Muestra de ello era su carácter laico; las clases mixtas, con asistencia de niños y niñas y luego de adolescentes de ambos géneros que coexistían con las clases *normales,* donde sólo había niños o niñas; además de una fuerte disciplina y unos métodos de enseñanza rigurosos que atraían desde su fundación a una parte de las élites españolas. En la segunda mitad de la década de los 60 y ya en el nuevo liceo, que se había trasladado a los terrenos del Parque Conde de Orgaz, donde estaba el campo de deportes, el sistema de enseñanza mixta se generalizó, al tiempo que la disciplina se relajaba y ciertas prohibiciones se levantaban.

Cuando Ana estaba en *première* —el penúltimo año del bachillerato en el sistema francés—, conoció a Gabriel en un guateque organizado por una amiga de clase. Gabriel Lozano no era judío: de hecho, no sabía prácticamente nada de lo que significaba ser judío. Pero desde el primer baile con Ana, sintió algo especial por ella... que le correspondió. Gabi, como le llamaba Ana, era un chico alto y desgarbado. Como diría Schopenhauer, el interés de la especie se hizo patente en el encuentro entre los dos, pues ambos se complementaban mucho. Gabi tenía unos ojos marrones y grandes, pelo castaño oscuro, labios más bien carnosos, piel blanca, una poderosa barbilla y una nariz respingona que imprimían carácter a su fisonomía. Había nacido y crecido en Segovia y, ahora, sus padres, con quienes no se llevaba muy bien por su carácter un tanto anárquico e indisciplinado, habían consentido que su hijo viajase a Madrid para estudiar Bellas Artes. Esta carrera era la que a él le gustaba, pero no a sus familiares que no lo comprendían. Gabriel tenía un alma de artista. El dibujo y la literatura eran dos actividades en las que destacaba. Quizás por ello congenió desde el primer momento con Ana que en este aspecto común bebía de sus fuentes, es decir de su madre Miriam y de su abuela, ambas pianistas y siempre muy interesadas en las vanguardias artísticas. El hecho es que el encuentro entre los dos fructificó. Con el tiempo, Ana consiguió que su Gabi adquiriera autodisciplina y no fuese tan fantasioso; que aplicara el pragmatismo en la vida fijándose otros objetivos además de sus inquietudes artísticas. Gabi consiguió, por su parte, que ella no pensara tanto en el futuro, en lo material; que disfrutara más del día a día, sin hacer tantos planes que luego no salen; que rebajara su carácter introspectivo y su espíritu perfeccionista, aprendiendo a aceptar las cosas, incluso las desagradables. En definitiva, los dos se entendían muy bien.

Desde el guateque del encuentro, en 1973, Ana y Gabi ya no se separaron. Al principio, la relación no sentó muy bien al padre de Ana. A su madre no le pareció mal pues veía que los dos se querían y se complementaban. Para Miriam, eso era lo importante. Para Gabriel, la religión no era un problema, de hecho, nunca lo había sido. Era un católico no practicante, como muchos, que miraba más allá de los a menudo estrechos moldes de las religiones. No le importaba que sus hijos fueran educados en la religión judía, siempre que aprendieran a ser libres y no dogmáticos; a superar los prejuicios para relacionarse con otras personas; a sentirse españoles; y, por encima de todo, a ser buenas personas. Por otro lado, las afinidades culturales eran importantes. Ana veía que las había, y muchas. Con estos mimbres, su relación con Gabriel iba viento en popa. Más pronto que tarde, Elías, que ante todo era una persona inteligente, empezó también a simpatizar con el amigo de su hija sin tratar de imponerle sus ideas. El hecho de que Gabriel se hubiera *reformado*, en el sentido de tener un trabajo regular y estable de oficinista en una conocida empresa de comercio exterior, aun sin renunciar a sus aficiones artísticas, le hizo ganar muchos puntos. Por otro lado, los amigos de la familia, los más jóvenes, educados en la modernidad y con una concepción no cerrada de la religión, aceptaron bien a la pareja sin cuestionar nada. Así las cosas, las campanas de boda empezaron a sonar.

Curiosamente, los prejuicios y la oposición a una relación heterodoxa, juzgada anómala por algunos, no vinieron del lado judío sino del cristiano, pues a los padres de Gabriel, que no se llevaban muy bien con su hijo, la idea de que éste se fuese a unir con alguien de religión judía era difícil de asumir. Todavía en los años 70, en la antesala de la transición española a la democracia, este tipo de relaciones mixtas incitaban a la curiosidad, y a veces provocaban suspicacias e incluso rechazo, también del lado judío. Ello se debía a múltiples razones.

**

En los años 70, España era un país todavía muy uniforme en su estructura poblacional. La inmigración en las décadas anteriores había sido muy reducida. Al contrario, la emigración, primero a causa de la Guerra Civil (1936-1939) y luego, a partir de finales de los 50, por razones económicas derivadas principalmente del Plan de Estabilización, había sido intensísima. A pesar de ello, al país le había bastado con su población interior para encabezar una de las épocas de desarrollo más brillantes de la historia de España, con una media de crecimiento económico superior al 6% del PIB en la década de los 60 y en los primeros años 70. Por otro lado, en un Estado confesional católico, las comunidades de otras religiones no oficiales tenían muy poco peso. En tercer lugar, el pasado judío de España no era todavía muy conocido, permaneciendo oculto para una gran parte de la población que, o no tenía ni idea de estos temas, o, cargada de prejuicios, adoptaba posturas irreflexivas, automáticas, contra el pueblo judío en general. En la mayor parte de las familias españolas, como por influjo de un pacto tácito, este tema prácticamente no se trataba. La Iglesia católica —que empezó a cambiar su postura oficial al respecto en la Conferencia de Seelisberg (1947) y luego en el Concilio Vaticano Segundo con la Declaración Nostra Aetate (1965) —, se había encargado durante varios siglos de adoctrinar a sus fieles en el rechazo visceral de todo lo que oliese a judío, como si fuere la peste negra. De pronto, en medio de una conversación, surgía el prejuicio ideológico: la expresión *perro judío* aparecía y, no sabías por qué, la persona culta que estaba delante de ti la utilizaba sin ningún problema para insultar a alguien; y te dolía; o, cuando menos, te sorprendía; o algo se removía en tu interior, sin saber por qué; y entonces pensabas que él que tenías enfrente no sabía lo que decía, o lo decía pura y simplemente por acto reflejo.

La inquisición había hecho muy bien su trabajo durante los siglos 16, 17 y 18; había tenido mucho éxito con los judíos conversos, en bastantes casos bajo sospecha de judaizantes o de criptojudíos; y con todo lo que se considerase como desviación de la doctrina oficial católica, inculcando un miedo terrible en la población y borrando de las mentes a sangre y fuego el destacado y brillante pasado judío de España. Como corolario lógico, los vestigios materiales de esta herencia histórica —que iban a ser tan escasos y tan difíciles de encontrar en el futuro y en la memoria colectiva de la nación española—, se destruyeron u ocultaron.

El proceso de recuperación del componente histórico judío de España, del judaísmo, se inicia tímidamente a finales del siglo XVII durante el reinado de Carlos II, el último Austria. Así es como Manuel de Lira, Secretario del Despacho Universal de Estado, intenta revertir el proceso por razones comerciales, pero no lo consigue. Lo mismo ocurre con un segundo intento, también formalmente por motivos comerciales, que tiene lugar a finales del siglo 18, a iniciativa en este caso de Pedro Varela, Secretario del Despacho Universal de Hacienda de España y de Indias, pero tampoco tiene éxito. En ambos casos se proponía la derogación del Decreto de Expulsión de 31 de marzo de 1492.

Es a mediados del siglo XIX cuando se empieza a valorar positivamente por distintos autores la presencia judía en el medievo español. Entre otros destacan Adolfo de Castro, con su *Historia de los judíos de España*, o posteriormente, Benito Pérez Galdós, Miguel de Unamuno, o Emilia Pardo Bazán. Desde un punto de vista más popular y político, el primer despertar eficaz de la España contemporánea a sus raíces judías se produce en la Guerra de África de 1860, con motivo de la entrada de las tropas españolas en Tetuán que, con sorpresa, son recibidas con júbilo por los judíos teutíes. A partir de este primer contacto, el proceso de reivindicar la herencia judía española a través de los descendientes de los judíos sefarditas expulsados en 1492, lo que se ha llamado *filosefardismo*, se afianza con etapas más favorables y otras que lo son menos, pero ya de manera imparable e irrevocable. Ejemplos de ello son: los primeros asentamientos de judíos sefardíes en España, principalmente en Andalucía, donde en 1860 se funda la comunidad judía de Sevilla, la primera de España en la época contemporánea; la autorización para la apertura de sinagogas en el territorio nacional, gracias a la campaña orquestada por el senador Ángel Pulido, a quien llamaban *apóstol de la causa sefardí*; la fundación de la Casa Universal de los Sefardíes en

1920; la concesión del estatuto de *protegidos* a los judíos sefarditas de Grecia, de Centroeuropa y de Oriente Próximo; el Real Decreto de 20 de diciembre de 1924, que autorizaba a los protegidos y sus descendientes a solicitar la nacionalidad española por carta de naturaleza hasta el término improrrogable del 31 de diciembre de 1930.

Durante la República, el proceso sufre un parón desde el punto de vista legal, pues la Ley que debía regular con carácter especial la adquisición de la nacionalidad española por los judíos sefarditas, nunca llega a aprobarse. En el otro fiel de la balanza, la situación en Alemania a partir del 30 de enero de 1933, con el advenimiento al poder de Adolfo Hitler, hace que se acojan en España a cerca de 3000 judíos alemanes como refugiados. Antes de la Segunda Guerra Mundial, se calcula que la población judía española ascendía a 6000 personas.

En la Segunda Guerra Mundial, la postura adoptada por España, aliada de las fuerzas del Eje y por tanto de la Alemania nazi, es contradictoria. La política de la dictadura del General Franco, en relación con la población europea de origen judío en los países ocupados por la Alemania nazi, estaba fuertemente condicionada por la colaboración limitada con el régimen de Hitler. El gobierno español ya había sido informado de las barbaridades que se estaban cometiendo contra la población de origen hebreo. Una de las primeras noticias que tuvo el gobierno de lo que estaba pasando con los judíos en la Europa de Hitler fue el informe que, en diciembre de 1941, elaboraron un grupo de médicos españoles que habían visitado Austria y Polonia. En él se hablaba del exterminio de los *locos* (la eutanasia activa sin consentimiento practicada por el Régimen de Hitler) y de la reclusión de los judíos en guetos donde morían de hambre y enfermedades. Estas informaciones fueron corroboradas por la División Azul en los despachos que envió en 1942, en los que también se hablaba de las matanzas de rusos y polacos. En julio de 1943, la embajada española en Berlín informó a Madrid, ya claramente, de que los judíos eran enviados a los campos polacos donde eran asesinados. En 1944, la embajada en Budapest dio detalles más precisos sobre el campo de exterminio de Auschwitz.

Oficialmente, a pesar de los ataques verbales contra los judíos, como las declaraciones reiteradas condenando el conturbenio judeomasónico y comunista, o la orden de no conceder visados a los judíos sefarditas que no tengan la nacionalidad española, el gobierno del general Franco no realizó acciones contra los intereses judíos en España o contra los propios judíos. Se mantiene en una indiferencia, una ambigüedad indecisa que luego se transforma, a medida que la guerra mundial avanza, en un *laissez faire, laissez passer*, incluso haciendo la vista gorda cuando se incumplían parte de las mismas normas o instrucciones que el mismo régimen había establecido. De esta manera, España concedía normalmente visados de tránsito a los judíos que huían de la persecución nazi, lo que permitía a estos instalarse en otros países. También se hizo la vista gorda con las actuaciones individuales de varios embajadores españoles que consiguieron salvar muchas vidas. Entre los casos más conocidos se puede citar a Ángel Sanz Briz, en Budapest; Sebastián Romero Radigales, en Atenas; Bernard Rolland de Miota, en París; José Rojas Moreno, en Bucarest; o Julio Palencia Tubau, en Sofía. También dentro de España y entre la población civil, hubo personas que, a título particular, sin ser relevantes oficialmente, ayudaron en el tránsito hacia la vida y la libertad en otros países, a muchos judíos perseguidos por los nazis. Este fue el caso de las hermanas Touza, en Ribadavia, que ayudaron a escapar a más de 500 judíos entre 1941 y 1945.

Por ello, después de la Segunda Guerra Mundial, es un hecho incontestable que distintos políticos israelíes y otros personajes relevantes del mundo judío reconocieran la ayuda española para salvar a personas de origen judío durante la Segunda Guerra Mundial. Es el caso, entre otros, de Golda Meir, socialista, en un discurso a la *Knesset* (el parlamento israelí), el 10 de febrero de 1959; de Isser Harel, ex jefe del Mossad, en unas declaraciones al diario, El País, en 1989; de Shlomo Ben Amí, laborista y ex embajador de Israel en España, en una entrevista a la revista, Época, en 1991; Israel Singer, presidente de la Junta Directiva del Congreso Judío Mundial, en una entrevista al periódico, El Mundo, en el 2005; o Elie Wiesel, premio nobel de la paz en 1986, quien dijo que España fue probablemente el único país de Europa que no devolvió judíos.

**

Ana y Gabriel contrajeron matrimonio civil en 1978. Los padres de Ana, Miriam y Elías, y un nutrido grupo de amigos de los novios, asistieron a la ceremonia. La familia de Gabriel, que nunca había visto el enlace con buenos ojos, parecía haber desaparecido del mapa. Sólo una de sus hermanas, aquélla con la que se llevaba bien, y que ya era mayor de edad, acudió a la ceremonia. El mismo año de su casamiento, Ana quedó embarazada, y en junio de 1979 dio a luz a un precioso niño al que pusieron de nombre, Andrés. Al matrimonio le iba muy bien. Transcurrido un año desde el feliz nacimiento, Ana empezó a trabajar en una editorial gracias a la ayuda de su madre en las tareas domésticas. Mientras tanto, Gabriel se afianzaba en la empresa de comercio exterior donde continuaba empleado. Pero pronto, el infortunio iba a truncar todos los sueños y expectativas de la joven pareja. En el mes de marzo de 1980, el matrimonio, junto con Miriam y Elías, fueron invitados a una fiesta de cumpleaños. El lugar elegido era un conocido salón de bodas, dentro de un edificio de varios pisos de altura, donde era habitual que se celebrasen también primeras comuniones y demás fiestas infantiles, pues uno de sus pisos estaba enteramente destinado a los juegos de los niños, con monitora incluida.

En lo más álgido de la fiesta, un incendio se desató en la parte baja del edificio. Las alarmas sonaron y se hizo uso de los extintores que había, pero la fuerza del incendio era tal que los invitados y sus hijos tuvieron que subir a los pisos superiores, huyendo de las llamas. Pronto, los bomberos hicieron acto de

119

presencia y la evacuación se inició. Al estar muy afectada la estructura del edificio —pues la casa era antigua y sus vigas de madera— los bomberos, ante unos ruidos extraños, decidieron prudentemente acelerar la evacuación. Por altavoz, conminaron a los que quedaban dentro a lanzarse por la ventana para caer en las lonas que se habían desplegado fuera del edificio.

Lamentablemente, la acción no llegó a tiempo para salvar a todos. La casa, con sus seis pisos, se derrumbó como un castillo de naipes ante la impotencia de los bomberos y del público que se había congregado alrededor. El pequeño Andrés fue el único miembro de la familia Ferrer Benaser que sobrevivió al derrumbamiento. Luego fue adoptado por los Olmeda, es decir por Fernando y Lucía, al no reclamarlo nadie de su familia paterna.

**

Este fue el relato que en la soledad de su apartamento, y en los ratos libres que le dejaba su trabajo en Protraesa, pudo recomponer Andrés, a través del contenido de la maleta recibida de sus padres: el diario de su abuela Miriam; recortes de periódico, partidas de nacimiento, otros documentos registrales; y un acta de manifestaciones que una pareja de amigos del joven matrimonio habían entregado a Fernando y Lucía cuando se enteraron de que estos habían adoptado a Andrés. Ciertamente, el conocimiento de la parte oculta de su identidad había revelado al español unas cuantas claves. Pero eso no explicaba lo que le había pasado. "Judíos hay muchos, y más que yo. Además, yo soy en parte judío, pero no de religión judía. Aunque el Antiguo Testamento, la Torá, también forma parte de la Biblia para un cristiano. Al menos así lo entiendo yo... Jesús era judío. No entiendo nada, ¿por qué van a por mí?, ¿qué he hecho yo? ".

Un día, metiendo su cabeza bajo el agua fría de la ducha y mirándose luego en el espejo del cuarto de baño, pensó que seguía siendo el mismo y que las cosas no habían cambiado nada: "No he avanzado mucho con esto. La realidad es que estoy en el punto de partida". Dicho lo cual, decidió ir cuanto antes a casa de sus padres. Ya habían pasado varios días desde que estos le habían entregado la maleta secreta, y no quería que pensaran cosas raras o se preocuparan en exceso.

—¿Cómo te encuentras? —le preguntó Fernando, contento de ver de nuevo a su hijo—. No tienes mal aspecto.

—No me encuentro mal. He encajado todo mejor de lo que esperaba.

—Eres un hombre cabal, hijo mío. Además, tienes un espíritu crítico muy desarrollado. Si tienes algo que decirme, que no me vaya a gustar, puedes hacerlo. No me voy a enfadar. Tu madre tampoco. Lo más importante es que te queremos, y te vamos a ayudar... Siempre estaremos contigo.

—Mamá, papá, no os cambiaría por nada, sólo que ahora tengo un sentimiento de confusión. Tengo que asimilar lo que soy, de donde vengo en parte... mi herencia biológica y cultural. En cierta forma, ahora soy, en muchos aspectos, como un polluelo recién salido del cascarón. Y tú, mamá, no pongas esa cara, que no ha pasado nada. Se trata de un cambio positivo. Me voy a abrir a una parte importante de mí. Israel será mi segunda patria y estoy orgulloso de ello. No reniego de mis raíces, de mis orígenes judeoespañoles.

***

Otros enigmas

Reconfortado por la reacción positiva de sus padres, Andrés se puso en contacto con Eila Kessler, que había recibido instrucciones de permanecer en Madrid después de la operación Venecia, mientras sus compañeros Ilal y Yósef, éste ya recuperado de sus heridas, volvían temporalmente a Berlín, a la sede de la Alianza Boreal Internacional. Por fin, Eila había sido autorizada por sus superiores para informar a Andrés de todo lo que se sabía sobre su caso. Después de lo que había soportado y sufrido, el español tenía derecho a ello. Además, en Tel Aviv ya lo consideraban como uno de los suyos.

Por cuestiones de seguridad, para la revelación se eligió un lugar concurrido, el Círculo de Bellas Artes. Con este fin, una tarde del mes de noviembre madrileño, en pleno veranillo de San Martín, ambos quedaron en el salón La Pecera, en la planta baja del majestuoso edificio que diseñara Antonio Palacios en 1919. A la agente, que llevaba poco tiempo viviendo en Madrid, el lugar le impresionó mucho por la belleza y solemnidad de su estilo neoclásico, el salón de columnas, la influencia del Art Decó, la decoración de las paredes, y los frescos del techo.

—Sí, a mí también me encanta —comentó Andrés, tratando de rebajar un poco la tensión del momento—. Los años 20 y el Art Decó están presentes en todas las estancias del Círculo. Si quieres, te puedo enseñar los lugares más emblemáticos de Madrid.

—Gracias —contestó Eila—. Es muy galante por tu parte. Las cosas son siempre mejores con un poco de arte y de alegrías.

—No te quepa la menor duda, Eila —ratificó Andrés al tiempo que fijaba intensamente su mirada en los bellos ojos, la cabellera morena y larga, y las finas facciones de la agente.

"La verdad es que está muy bien, es muy simpática y parece buena persona, pensó Andrés. Lástima que nos hayamos conocido en tan extrañas circunstancias".

A modo de introducción, Andrés estuvo una hora entera relatando a Eila, con pelos y señales, todo lo que había descubierto sobre su pasado oculto gracias a la confesión de sus padres y los documentos que le habían entregado. Al concluir su relato, Eila le interpeló:

—¿Cómo te sientes ahora con tu identidad añadida?

—En realidad me siento un poco raro. Un híbrido que ahora tiene que beber de otra fuente para completarse. Católico, con origen en parte judío, insertado a regañadientes en una célula del Mossad. ¿A ti qué te parece?

— Es tu destino, no te lo has buscado. Simplemente es así. Ahora, si quieres, yo te puedo instruir sobre la historia de Israel, sus orígenes y evolución hasta los últimos tiempos. De hecho, me han alentado a hacerlo.

—Siempre me he interesado mucho por los temas referentes a la Diáspora, a la evolución del pueblo judío en Europa, y luego a la creación del Estado de Israel y los esfuerzos que hace para sobrevivir rodeado como está de pueblos distintos en su religión, sus costumbres, y a veces con gobiernos hostiles. Te voy a ser sincero, Eila, hay cosas que admiro de Israel, pero otras me gustan menos.

—Sí, yo también creo que las adhesiones incondicionales son peligrosas en sí mismas y que hay que tener, en un momento dado, un espíritu crítico, so pena de cometer muchos errores.

—En el lado positivo de la balanza pondría su cohesión y su solidaridad interna, más allá de las diferencias políticas. También su permanente búsqueda de la paz. La misma palabra de saludo, *Shalom*, es la mejor forma de recibir a alguien. Es el equivalente a darse la mano como signo de paz. Nosotros los católicos, en la misa de los domingos, también nos damos la paz.

—En mi familia, al menos, no nos han educado en el odio, eso quiero que te quede claro. Tendremos otros defectos, pero este no. ¡Ojalá todos un día podamos vivir en paz!... Pero falta mucho.

—También me atrae mucho ese afán por conservar las tradiciones como elemento cultural y fundamental de la identidad judía. No me refiero sólo a las celebraciones religiosas, sino al caso extraordinario de los sefarditas. Me parece increíble que hayan podido conservar el idioma judeoespañol como algo vivo durante tanto tiempo, y como signo de su identidad. Es una lástima que ya se haya perdido en buena parte.

—Andrés, las tradiciones están bien, siempre que no fosilicen a los pueblos. Por ejemplo, yo no quiero un pueblo que se pase todo el día rezando. Me estoy refiriendo a los *Haredim*, a los judíos ultraortodoxos. Son más un problema que una solución, pero son parte de nosotros.

—Esas actitudes fanáticas me gustan menos. La ultraortodoxia, venga de donde venga, nunca es buena, separa. No podemos permitir que las tradiciones ahoguen el progreso, coarten las libertades de las personas, o den la espalda a los descubrimientos científicos. Ése no es el Israel que yo quiero. O fundamentamos la causa de Sion en la defensa de la verdad y los derechos humanos, o el proyecto de nación no tiene sentido.

"Además yo considero que Israel es un país muy europeo. Realmente, es un trozo de Europa y de democracia en Oriente Medio. Sólo por eso, los países occidentales deberían apoyarle claramente. Siempre se está hablando con la boca pequeña del derecho de Israel a defenderse, pero luego, a la mínima ocasión, se descalifica al Estado de Israel minimizando lo bueno y poniendo el énfasis en los errores que comete. Nadie se pone en su lugar cuando, por países como Irán, se declara, pura y simplemente, que se le borre de la faz de la tierra. Eso Israel no lo hace nunca. No hace una declaración de que Irán, Siria o Líbano, o Palestina, no deban existir. La mayoría de los israelíes desean vivir en paz con sus vecinos. Al menos, eso es lo que yo pienso. Pero no sé si estoy equivocado, si es así realmente.

—Me parece, Andrés, que quien tiene que darme clases eres tú a mí. ¡Si sabes más que yo del tema! Bueno, sabes más de la teoría. Lo que está claro es que, como decís vosotros aquí, hay que ir: "A Dios rogando y con el mazo dando". Si esperas algo de los demás, vete preparando. La mayoría te darán unas palmaditas en la espalda, fingirán interesarse por ti, pero luego nada más...

—Pero siempre hay excepciones, muy honrosas, admirables. No se puede meter a todo el mundo en el mismo saco —matizó Andrés—, aunque casi siempre, quien reacciona con sacrificio frente a los acontecimientos es una minoría *muy minoritaria*, si me permites la redundancia. En general, los humanos somos muy cómodos y egoístas. También podemos estar angustiados, corroídos por la envidia, o incluso no sentir... como los psicópatas, que están muy metidos en todos los lados y no sabemos quiénes son... Quizás sea mejor así, pues nos podríamos llevar muchas sorpresas.

—Estás muy acertado, Andrés. Viaja ahora 80 años atrás, en los años 30. Cuando Hitler llegó al poder, su intención inicial no era cargarse a todos los judíos, por más que los pusiera a parir en *Mein Kampf* y en sus discursos. Se trataba de despojarles de sus riquezas y de su poder, y luego de echarles de Alemania haciéndoles antes la vida imposible. Pero no era fácil *colocar* fuera a los aproximadamente 520 000 judíos que había en Alemania en 1933. Probablemente porque eran judíos. A lo mejor si hubiesen sido católicos, budistas, mongoles o chinos, habría sido más fácil.

—Bueno, ya sabes que si hay un problema grave, inexplicable, es muy socorrido echarle al vecino la culpa, en este caso, a los judíos. Hay bastantes ejemplos en la Historia, uno de los más terribles fue el de la epidemia de peste de mediados del siglo XIV en Europa. En muchos lugares, como en Narbona, Carcasona, Estrasburgo o Basilea, se les echó la culpa porque decían que habían envenenado los pozos de agua y se ensañaron con ellos, masacrando a muchos, linchándolos, quemándolos, o imponiéndoles unas multas fuertísimas por el mero hecho de vivir.

—¡Joder, Andrés!, ¡qué razón tienes! Volviendo al tema

de la emigración en momentos de peligro, en los años 30 no era fácil obtener un visado para poder largarte de Alemania. La verdad es que en España entraron bastantes judíos perseguidos por los Nazis, desde que Hitler llegó al poder el 30 de enero de 1933, hasta el final de la guerra mundial. Lo que se hizo, sobre todo, fue facilitarles el tránsito hacia otros lugares. Lo cierto es que en la mayoría de los países no se estuvo a la altura de las circunstancias. ¿Has leído a Leonardo Padura?

—No, sólo sé que es un escritor cubano que ha ganado el premio Cervantes.

—Pues él, en una de sus novelas, nos da un ejemplo de lo que podía pasarles a los judíos que intentaban salir del infierno alemán, en medio de la pasividad general. El MS Saint Louis era un transatlántico de la naviera alemana Hamburg America Line (HAPAG). EL 13 de mayo de 1939, el Saint Louis zarpó desde el puerto de Hamburgo con destino a Cuba. Todos los pasajeros tenían visados otorgados, previo pago, por la Embajada de Cuba en Alemania.

—Pues entonces, ¡todo estaba en regla!

—Pues no, Andrés, no todo estaba en regla. La miserable codicia de algunos hombres con poder, unido a decisiones de tipo político, detrás de las cuales estaba Estados Unidos, hicieron su lamentable aparición en escena. El caso es que, a los inocentes pasajeros, que sólo querían salvarse, no se les permitió la entrada en la isla caribeña a pesar de haber pagado por ello y cumplido con todas las formalidades legales. ¡Imagínate el chasco de familias enteras...!, de todos los que se encontraban en ese infierno a bordo del barco.

—¡Qué putada! ¡Qué poco valor tenían las vidas humanas para algunos!

—Así fue, sólo 29 de los 937 refugiados pudieron entrar en Cuba tras pagar una mordida extra de 500 dólares. ¡Qué asco! Después, justo es reconocerlo, el capitán del transatlántico, Gustav Schroeder, un hombre honrado, que luego recibiría el título de Justo entre las Naciones, trató de desembarcarlos, primero en La Florida, en Estados Unidos, y luego en

Canadá, pero ante el fracaso de los intentos tuvo que volverse a Europa. ¿Qué te parece?

—Es terrible, Eila. No admite paliativos de ningún tipo. Esa gente había pagado sus visados y tenía todo en regla.

—Es la realidad, mi querido Andrés. Incluso la conferencia Internacional de Evian, en el verano de 1938, cuya finalidad era solucionar o al menos paliar la situación de los judíos alemanes, facilitando su emigración a otros países, no tuvo mucho éxito.

—Yo creo que esa conferencia abrió los ojos a muchos sobre lo que se podía esperar, en general —añadió Andrés.

—De hecho —continuó, Eila—, el gobierno nazi calificó de "asombroso" que los países extranjeros criticaran a Alemania por su trato a los judíos, pero que ninguno de ellos quisiera abrirles las puertas, cuando "se les ofrecía la oportunidad". En esa conferencia, la mayoría de los países, incluyendo a Estados Unidos y Gran Bretaña, ofrecieron excusas por no admitir más refugiados judíos. Como excepción, la República Dominicana, con su dictador Leónidas Trujillo, aceptó recibir hasta un máximo de 100.000. ¿Sabías eso?,¿Qué paradojas?, ¿no?

—¡Es increíble!, sobre todo después lo que se conocía ya del régimen nazi: ausencia de libertad, leyes racistas, detenciones sin garantías, tortura, asesinatos, acoso constante a diversas minorías además de los judíos, como los gitanos, los disidentes políticos, los homosexuales, etc.

—Por eso, Andrés, quiero que comprendas que los judíos debemos desconfiar de las buenas palabras de muchos gentiles y confiar sobre todo en nuestras fuerzas. Lo que importan son los hechos. Pero, además, pienso que esto es un principio aplicable a todos los humanos en nuestra vida diaria. Así nos irá mejor.

—Creo que te estás pasando, Eila. La endogamia en exceso es mala. No puedes estar permanentemente mirándote el ombligo y desconfiando de quien te rodea. A veces, incluso, te venden los tuyos. Dentro de los propios judíos hay grandes diferencias de pensamiento y de sentimiento, como en todas partes, y no te quiero ni contar en materia de religión: ultraortodoxos, ortodoxos, conservadores, reformistas, laicos, mesiánicos, ateos, etc.

—Perdona, Andrés, me he pasado. Lo que digo es un principio general, pero hay muchas excepciones, y luego, efectivamente, están los sentimientos... las sensaciones... las emociones que se producen y lo distorsionan todo, porque no somos de piedra y todos somos personas, antes que nada.

—Desde luego. No hace falta que lo jures... Volviendo a teorizar, yo, el futuro de Europa, y el futuro de la humanidad, lo veo complicado. Creíamos que las luchas ideológicas, después de la caída del Muro de Berlín, ya no iban a condicionar mucho nuestras vidas. Antes de noviembre de 1989, las fronteras políticas estaban en los conceptos de derechas e izquierdas, con el símbolo vivo del muro sustentado por esas diferencias. Después, esa frontera, esa clasificación reduccionista y cartesiana, se ha visto muy afectada y se ha borrado mucho, aunque algunos se aferren todavía a un modelo que hace agua a la hora de explicar o actuar frente a los problemas modernos.

—Tienes razón, Andrés. Yo soy de la misma opinión. Incluso algunos pensaban como Fukuyama que estábamos asistiendo al ocaso de las ideologías.

—No, lo que ha pasado es que la división entre los humanos se fundamenta en otras ideologías. Yo pienso al respecto que Samuel Huntington tenía razón al decir que en el futuro —y yo diría que ya en el presente—, la clasificación fundamental de los humanos no iba radicar ya en ser de derechas o de izquierdas, sino en pertenecer a una u otra civilización. El mundo se va a dividir en civilizaciones, y si no, al tiempo.

—Entonces, Andrés, poniendo a ese tema nombres y apellidos, tú sugieres que lo que hay es un enfrentamiento entre la civilización islámica y la judeocristiana.

—Es uno de los enfrentamientos entre civilizaciones, quizás el más importante y actual. Eso es lo que pienso desde hace tiempo. Se trata de un conflicto que antes estaba soterrado. Era un magma, más o menos controlado, que ciertamente tenía brotes violentos, pero que ahora, desde la caída del Muro de Berlín, está aflorando con mucha intensidad y cada vez con más frecuencia por muchos sitios.

—No había pensado en ello, Andrés. No sabía que te gustaba tanto la historia y la filosofía.

—Me encantan. Lo que pasa es que ni de esto, ni tampoco del Arte, se puede vivir. Con Fernando, mi padre, siempre hablaba de estos temas. A él también le interesan mucho. Pero volviendo a lo que te decía, el símil volcánico es muy expresivo. El magma se manifiesta por los lugares más débiles de la corteza terrestre. Los trajes se rasgan por las hechuras más débiles. Si utilizamos un razonamiento analógico, ello significa que los fanatismos ideológicos, fundados ahora sobre la religión y el sectarismo terrorista, tienen más posibilidades de aflorar allí donde las fuerzas de la moderación son más débiles, es decir, en términos políticos, donde no existe una verdadera estructura de Estado-nación, porque ha sido destruida, porque nunca existió, o se encuentra en una situación muy precaria. Los casos paradigmáticos son los de Afganistán o Irak.

—Creo que Salomón Liebermann estaría de acuerdo contigo. —reconoció Eila—. Él también lo veía así. Decía que había que tener altitud de miras para comprender los procesos violentos que se producen en el Oriente Medio o en Asia Central; que echar la culpa de todo al Estado de Israel es muy cómodo, pero muy simple y burdo. Nos olvidamos, entre otros factores, de las fronteras artificiales del pasado colonial y de los fuertes intereses petrolíferos, o más propiamente, energéticos, que ligan a Europa con los países árabes, con Turquía, o incluso con Irán. Sólo así se puede entender, por ejemplo, la tibieza de la Unión Europea para condenar los atentados que se producen en determinados países islámicos contra los derechos humanos.

—Ciertamente, el aspecto económico explica muchos casos... otros no —matizó Andrés—. También hay que tener en cuenta, por ejemplo, las diferencias entre los principales credos de la religión islámica, como el chiismo o el sunismo, casi permanentemente enfrentados.

—Sí, pero yo creo que en muchos casos los intereses económicos priman sobre otras consideraciones. Fíjate si no, por ejemplo, en los casos de Arabia Saudita, Los Emiratos Árabes Unidos, Kuwait, Qatar, o Irán, países dueños de un inmenso petróleo, donde frecuentemente los propios poderes públicos actúan contra la dignidad de la mujer o de los homosexuales, tal y como la entendemos nosotros; es decir, de manera inaceptable desde nuestro punto de vista y de nuestra civilización judeocristiana. También se restringe allí el derecho a la libertad de expresión y el de manifestación, afectando así a los disidentes políticos, o a los pocos cristianos, judíos, o seguidores de otras religiones que quedan en esos países, actuando en contra de la libertad religiosa por diversos medios.

"En esos países no existe una democracia o un Estado de Derecho con separación de poderes, que cumpla con los estándares mínimos admisibles para los países occidentales entre los que, con sus peculiaridades, que las tiene, se encuentra Israel, aunque a veces cueste admitirlo en Europa. En estos casos, y, en otros, los países occidentales, ¡qué curioso!, miran para otro lado, parecen ignorar lo que allí ocurre y, salvo honrosas excepciones, prefieren pasar de puntillas y no tocar mucho el tema.

—Pero es que, Eila, aunque sea duro decirlo, con la *Shoah* (el Holocausto) pasa algo parecido. En muchos países no se quiere hablar de ello, cuando es fundamental para el mundo y para las gentes de bien no olvidar lo que pasó. Mi padre, Fernando —yo nunca me referiré a él como padre adoptivo— me hablaba mucho del Holocausto. Estaba informado. Él sabía que mi madre biológica era judía, y, sobre todo, que mi abuela Miriam estuvo internada en Auschwitz, quizás por ello se sentía obligado a conversar conmigo sobre esa etapa ominosa en la historia de la humanidad

"En este tema no caben medias tintas. La atrocidad cometida con más de 6 millones de judíos es inaceptable y absolutamente reprobable. Da igual que seas de religión judía cristiana, musulmana, o budista, de izquierda, de derechas, de centro, apolítico, o lo que sea. Todo eso da igual a la hora de rechazar al mayor y más cruel crimen cometido contra la raza humana, y no sólo se trata de judíos. No podemos olvidar a los gitanos, a los homosexuales, los políticos contrarios al régimen nazi, muchos prisioneros rusos, muchos cristianos y a tantas otras gentes que fueron asesinadas por el mero hecho de pertenecer a un pueblo, una etnia, tener una tendencia sexual diferente, o por expresar sus pensamientos con libertad. Vamos, no me jodas, esto no puede caer en el olvido. Ante todo, y por encima de todo, somos personas.

—Ahora ya sé por qué los movimientos antisemitas te consideran un peligro, Andrés.

—Luego me vas a hablar más de eso, pues yo no lo veo tan claro; no he hecho nada; no sabía nada; llevaba hasta hace poco una vida normal. ¡No me cuentes rollos, Eila!

—Si es que tienes madera de líder, dices lo que piensas, piensas lo que dices, y además se nota que crees en ello. Si no se cree en una empresa no es posible tener éxito.

—Eso es lo que dicen los manuales de autoayuda, pero tú te las traes, Eila. ¿Cómo una chica como tú se mete en una organización de espías, en un comando como Alfa? ¿Cómo eres capaz de arriesgar tanto? Eso no se explica por el sueldo que cobras.

—Evidentemente, no —respondió Eila con firmeza, al tiempo que se ponía muy seria—. Mi padre, Natán Kessler, era militar del Tsahal. Había tomado parte junto a su amigo Salomón Liebermann en la guerra del Yom Kipur, en 1973. Luego había continuado en el ejército hasta que un cáncer se lo llevó hace algunos años. De él aprendí lo que significa la palabra compromiso, y también el desprecio al peligro cuando se trata de salvar vidas inocentes o de llevar a cabo una misión en defensa de la patria.

—Pareces de otra época, Eila. Ahora ya nadie habla de eso, pero yo he podido comprobar tu compromiso en Venecia, y también, por lo que me contaron David Kurnilov, Adnán Álvares, y Simón Blum, en tu actuación a bordo del Aurora.

—Gracias, Andrés. Además, mi padre siempre me ayudaba, siempre estaba ahí. Muchas veces, no se notaba… pero estaba y no le importaba sacrificarse. Cuando yo tropezaba con algún obstáculo y le pedía ayuda, mi padre acudía el 95% de las veces. Renegaba algo, pero no me fallaba. Era único y fantástico… En ese momento, a Eila se le humedecieron mucho los ojos y se quedó con la mirada perdida…

—¡Qué bonito, Eila! Está claro que tu actividad actual te viene de tradición.

—Sí, me viene de la tradición y también de la convicción. Mis abuelos paternos, los Kessler, junto con sus padres, que eran alemanes, emigraron a Israel en los años 30, antes de que Hitler aprobara las leyes racistas de Núremberg, el 15 de septiembre de 1935, y se intensificara la damnación, persecución, expolio y luego, finalmente, el exterminio cruel de tantos seres inocentes, judíos y no judíos.

—¡Qué suerte que ellos se dieron cuenta de lo que se avecinaba!

—Es que no estaban ciegos, como muchos otros que se reían de lo que había escrito Hitler en Mein Kampf; que pensaban que no iba a poner en práctica los principios racistas del nacionalsocialismo, echando sin matices la culpa de la derrota y la decadencia alemana a los judíos y a los comunistas; o que tampoco iba a poner en práctica la política del *Lebensraum*, el espacio vital para la expansión germana hacia el Este en detrimento de los pueblos eslavos, considerados *Untermeschen* (subhumanos).

—¡Vaya!, tú también estás puesta en estos temas.

—Sí, lo he estudiado mucho y hablo alemán por tradición familiar. En mi casa, la mitad del tiempo se hablaba alemán. Mi abuela, con noventa años, antes de fallecer, me contaba machaconamente estas cosas, y ¡cuánto se lo agradezco! Volviendo a la situación en Alemania, en aquel entonces hubo cuatro hechos muy significativos, que acabaron de convencer a mi familia de la necesidad de salir rápidamente de allá.

"El primero fue el incendio del *Reichstag* (el Parlamento) el 27 de febrero de 1933, a los 28 días de tomar Hitler el poder, ¡qué casualidad!, ¿verdad? Desde el primer momento, mi familia no sospechaba, estaba convencida al 100% de que todo había sido una trama urdida por los nazis, para afianzar su poder destruyendo a los comunistas, los únicos capaces de hacerles frente en la calle.

"El segundo hecho, facilitado por el anterior, fue la aprobación por el Reichstag, ya sin los comunistas y después de las elecciones de 5 de marzo del mismo año, de la Ley de Plenos Poderes, la *Ermächtigungsgesetzt*. Esta norma implicaba la suspensión de los derechos constitucionales, un estado de excepción permanente que permitía a los nazis eliminar cualquier obstáculo que dificultara la construcción de la nueva Alemania, del Tercer Reich, cometiendo todo tipo de desmanes.

"El tercer hecho fue la deriva legislativa hacia un estado totalitario, ya sin ningún tapujo desde la Ley de Plenos Poderes. Te citaré sólo dos ejemplos: la Ley de 7 de abril de 1933, sobre Refundación *de la Profesión de Funcionario,* que apartó de la función pública a los no adictos al régimen; y la Ley de 14 de julio de 1933 que prohibió los partidos políticos, salvo, claro está, el NSDAP, el *Nazional Sozialistische Deutsche Arbeiter Partei* (el Partido Nacional Socialista de los Trabajadores Alemanes).

"El cuarto hecho ocurrió tras la muerte del Presidente del Reich, Paul von Hindenburg, el 2 de agosto de 1934, y consistió en la adquisición por Hitler de la doble condición de canciller y presidente de Alemania.

—Lo que no entiendo es cómo los demás no lo vieron, cómo no se dieron cuenta de lo que se avecinaba.

—No es tan raro, Andrés. El ser humano es optimista por naturaleza, si no... Se deprime y puede morir. ¿Cómo ibas a pensar, al principio del régimen nazi, que una gran parte de la población judía europea iba a ser asesinada por millones en las cámaras de gas? Eso era muy difícil de prever y aceptar en los años 30. De hecho, la durísima política seguida por Hitler al principio, consistía en expoliar y echar a los judíos de Alemania, no exterminarlos sistemáticamente, aunque se cometieran muchos asesinatos y torturas. Además, una buena parte de los que no pudieron, o no quisieron irse, se consideraban alemanes y confiaban en que las cosas iban a cambiar. Pero mi familia se lio la manta a la cabeza y partió de Alemania hacia Israel. Y por eso, Andrés... yo estoy hoy aquí, contigo.

—Pues casi es así, porque las posibilidades de sobrevivir eran... fueron escasas, incluso para los judíos alemanes relevantes que tuvieron el *privilegio* de ser deportados al campo de Tererienstadt, en Checoslovaquia. Ya sabemos lo que pasó después. El ejemplo más terrible fue el de los 15 000 niños, esos ángeles inocentes del *Kinderheim* (residencia infantil) de Teresienstadt, que fueron deportados y exterminados casi todos en Auschwitz...

En ese momento, al rememorar este hecho concreto, los dos se quedaron mudos. Andrés no pudo continuar con su relato y se fue un momento al baño, a llorar en silencio. Siempre que se acordaba de los quince mil ángeles de Teresienstadt le pasaba lo mismo. Se le hacía un nudo en la garganta y empezaba a llorar. Conocía bien la historia. Se había informado, había leído... pero sobre todo... los había sentido, como si fuesen algo suyo... y no podía explicarlo. Se imaginaba a Friedl Dicker —artista y educadora austriaca que se dedicó en cuerpo y alma a los niños de Teresienstadt— enseñándoles a dibujar, haciéndoles olvidar el horror que estaban pasando y, sobre todo, el momento en el que ella decidió irse a Auschwitz a reunirse con su marido, en octubre de 1944, junto con algunos de sus estudiantes, muriendo en la cámara de gas... como Edith Stein, judía carmelita y católica; como el sacerdote y santo Maximiliam Kolbe, franciscano polaco, que fue arrestado por la Gestapo en 1941, y se ofreció para morir en lugar de un compatriota polaco, casado y padre de familia, que había sido condenado al búnker del hambre, en Auschwitz.

A los pocos minutos, el español volvió del baño y Eila, que también se había emocionado, continuó con su relato:

—Como te comentaba antes, Andrés, mis abuelos paternos, junto con mis padres, emigraron a Israel en los años 30. Allí fueron acogidos y residieron en un Kibbuz (una comuna agrícola israelí). Eso era muy frecuente en esa época, y tenía éxito. Por lo menos sirvió para acoger a los inmigrantes, sobre todo a los más pobres, para darles un sentimiento de identidad y de pertenencia a un pueblo, y fomentar los vínculos de solidaridad entre los *javerim* (miembros) del Kibbuz. Se trataba de una especie de colonos, iguales entre ellos, con una fuerte disciplina, e imbuidos de un gran espíritu pionero.

—Es verdad lo que dices, he visto unos cuantos programas sobre los Kibbuz.

—La vida en Israel no fue fácil, nunca ha sido fácil, siempre amenazados, sin poder cruzar por tierra con seguridad los países que nos rodean. Mis abuelos participaron en la guerra de 1948, la primera guerra árabe-israelí, inmediatamente después de la proclamación de independencia por David Ben Gurión, el 14 de mayo del mismo año. Aquella guerra fue una guerra de supervivencia y la ganamos, la ganaron... no había alternativa. Pero luego, 8 años después, en 1956, el fantasma de la guerra hizo su presencia de nuevo con la crisis del canal de Suez y la guerra del Sinaí, que de nuevo ganamos.

"Mis abuelos estaban muy concienciados sobre la necesidad de crear el Estado de Israel. Un Estado que pudiera acoger a los judíos del mundo; donde no fuesen perseguidos ni discriminados por sus creencias, por su estilo de vida; donde pudieran vivir tranquilos; donde no se despertasen cíclicamente con un pogromo (una revuelta contra los judíos); donde sus *Betei hakneset* (sinagogas) no se viesen amenazadas. El exterminio en Europa, el Holocausto, reforzó mucho estas ideas y convirtió al sionismo en un movimiento imparable, hasta la

Declaración de Independencia de 14 de mayo de 1948 y la creación del Estado de Israel.

Mi padre, y luego yo, crecimos en ese ambiente sionista general, en el mejor sentido de la palabra, que no equivale a extremista y que está por encima de partidos y clases. Andrés, no verás en mí, odio hacia los pueblos árabes. Se puede llegar a odiar a las personas individualmente, con nombres y apellidos, pero no a los pueblos. Esta actitud es primitiva y simplista. Si se alimenta por los gobiernos puede convertirse en un arma muy peligrosa, como ocurrió en Alemania en los 30, inculcando el odio a la juventud alemana contra todo lo que oliese a judío. Los nazis tuvieron un gran éxito en esta tarea.

—Es cierto, básicamente las personas somos iguales en todos los lados. Todos amamos, pero también sentimos miedo, ira, tristeza o alegría —afirmó Andrés con convicción—. Todos podemos simpatizar, sentir compasión por otras personas, aunque no piensen como nosotros o tengan costumbres, apariencias, o creencias distintas. El problema es cuando la libertad peligra, porque la agreden constantemente, y la gran mayoría mira para otro lado, sin hacer nada, acomodándose a las circunstancias, como suele ocurrir.

"Pero esta reacción de la gente es muy humana y hasta cierto punto normal. Es ante todo la inteligente adaptación al entorno. Pero no es justa, ni buena, pues produce muchos daños directos y colaterales. Cuando se mira demasiado a otro lado, cuando el miedo predomina, muchos se envilecen, cambian la conducta a peor, y lo que predomina es la injusticia. A los sectarios les encanta este modelo pues es mucho más fácil para ellos vender sus productos, normalmente populistas y engañosos.

—Joder, Andrés, estaría hablando contigo horas. Me gusta lo que dices. Abundando en tu tesis, si los más insensibles, o los que incluso disfrutan con el dolor ajeno, llegan al poder (y a veces llegan incluso democráticamente) en países sin control del poder político, sin democracia, sin Estado de

Derecho y sin separación de poderes para evitar los abusos, la tragedia está servida y ocurrirá tarde o temprano. Ejemplos en la historia hay todos los que quieras y, actualmente, también.

"Para que estos *gobernantes* tengan éxito, es necesario que otros muchos colaboren o no hagan nada. Eso se consigue con tres armas formidables: el fomento de la ignorancia y de la manipulación, con un sistema educativo nefasto; el manejo de las emociones y los sentimientos, con anclajes psicológicos, entre otras técnicas; y el adoctrinamiento sistemático de la población, sobre todo de los más jóvenes, como ocurrió en la Alemania hitleriana. Cuando inculcas el odio racial, la superioridad de una raza, de una lengua, la religión o la política, como el centro absoluto de la vida, es decir, el fanatismo, consigues el caldo de cultivo adecuado para que se cometan los mayores desmanes y las mayores atrocidades.

—Así es, Eila. Entonces revive el espectro del totalitarismo, que estaba agazapado y en estado letárgico hasta ese momento. El Estado se convierte en una especie de Leviatán, en el peor sentido de la palabra. Se mete en toda tu vida, con la aquiescencia de los imbéciles y los paniaguados, eliminando la capacidad de elección, el respeto a las minorías y a la diferencia, y acabando al final del proceso con la libertad. Hay que estar con los ojos muy abiertos para que esto no ocurra.

—*Najón meod, ani maskim* (muy cierto, estoy de acuerdo). Andrés, mis bisabuelos, y sobre todo mis abuelos, que habían vivido en Alemania y habían experimentado los primeros años del nacionalsocialismo en el poder, lo tenían muy claro y lucharon para que esas circunstancias no se dieran nunca en Israel. Por eso mi padre formó parte del ejército, y yo he ingresado en los servicios secretos. Como comprenderás, esta vida no es cómoda y te aseguro que no va a ser para siempre. Esto lo tengo también muy claro. Y ahora, Andrés, ya ha llegado el momento de hablar de ti.

—Pues fíjate lo que me ocurre, Eila: tanto tiempo deseando que llegue este momento, y ahora tengo miedo.

—Es normal, es como cuando vas al médico… Se te quitan todos los males.

—Si no te importa, Eila, si me permites, me voy a pedir un güisqui doble con agua.

—No te lo permito, te lo ordeno… y que sean dos.

**

Nuevas revelaciones

Ya deleitándose con su suero vasodilatador y tranquilizante, la agente empezó a descifrar algunos de los enigmas que habían rodeado la vida de Andrés hasta ese momento, completando y matizando lo que éste ya sabía:

—La verdad es que tenía muchísimas ganas de contarte lo que hemos investigado sobre ti y tu familia, además de lo que nos ha llegado desde hace algo más de un año. Has de saber que cuando Alexander, ese desconocido que te abordó en París en la plaza de la República, o cuando nuestros agentes, David y Elías, estuvieron platicando contigo en el hotel de la Petite France, en Estrasburgo, la fase A del protocolo de seguimiento ya se había activado. En esta fase se vigila a una persona que ha pasado del estatus de desconocido, al estatus de *conocido en dificultades*.

"Esta decisión se tomó en Tel Aviv en 2010, a la vista de dos hechos puntuales que nos alertaron: un registro rutinario y los informes recibidos de nuestros agentes dobles en Alemania y Egipto. En cuanto al primero, en el mes de octubre de 2009 la sede de la organización neonazi, *El Despertar de Alemania*, en Colonia, fue registrada exhaustivamente descubriéndose un extraño texto que hablaba de ti, de Andrés Olmeda, y no precisamente de forma amistosa.

—Y yo sin saber nada… y sigo sin entender nada. Además, ¿dónde está ese texto?, ¡puede ser mentira!, ¡podéis estar engañándome!

—No te dispares. Te he traído una fotocopia para que empieces a comprender nuestro interés por ti. —Entonces Eila

138

extrajo un papel donde, en caracteres de ordenador perfectamente legibles, aparecía dentro de un texto mucho más amplio un párrafo que decía así: "A raíz de los últimos descubrimientos se ha dado orden de vigilar sin tregua a Andrés Olmeda para obtener más información sobre sus actividades laborales y privadas...".

—Ahora entiendo por qué entraron en mi departamento y se llevaron los discos duros de mis ordenadores, poco antes de viajar a París con la delegación de Protraesa. Lo que no me cuadra es que lo destrozaran todo con tanta saña.

—Está claro que no te quieren mucho, pero escucha lo que sigue: te decía que nuestro agente infiltrado en la *Kripo* (abreviatura de policía criminal, en Alemania) nos había dado una fotocopia de ese documento. Pero aquí no acabaron sus pesquisas. Como comprenderás, con un único indicio no habríamos hecho nada. Nuestro topo X, le vamos a llamar así, asistió también a los interrogatorios de algunos de los integrantes del Despertar de Alemania, que fueron retenidos en la comisaría y luego soltados sin cargos.

"En su informe, X nos relató que le impresionó mucho la inquina demostrada contra ti. Tú eras al fin y al cabo un hombre joven, anónimo, de 30 años, sin ningún cargo relevante, ni actividad conocida fuera del trabajo, un ser insignificante, del montón, que vivía en Madrid y trabajaba en una empresa de productos agrícolas donde había sido contratado unos años antes.

Eila, que de vez en cuando ejercía un humor un poco agrio, había cargado un poco las tintas al recordar la descripción de Andrés que había hecho el tal X.

—Vamos, que yo era un alfeñique, un don nadie, un ser infecto, ¡qué barbaridad! ¿No te estás pasando, Eila?

—Sólo es un lenguaje técnico, Andrés. X no te conoce, ni te conocía, no hay mala intención. —matizó Eila que estaba conteniendo a duras penas sus ganas de reír

—¡No!, ¡qué bah!, ¡joder con los datos objetivos de X! ¡La neutralidad de la ciencia!

—Prosigamos pues, querido Watson. —conminó Eila cariñosamente.

—Menos cachondeo, ¡eh! —exclamó Andrés sonriendo, pues la ironía, el reírse incluso de sí mismo, sin dar demasiada importancia a las cosas, había sido uno de los seguros psicológicos que utilizaba el español para no quemarse en este valle de lágrimas y afrontar la adversidad.

—Continuando con el relato: esta especial animadversión, y luego que te consideraran una grave amenaza, no sólo para su organización, sino también para el movimiento antisemita europeo, nos puso en alerta, aunque la *Bundespolizei* no le diese importancia. A partir de ese momento, varios agentes del Mossad fueron asignados para que te vigilaran discretamente. Además, pusimos en marcha a nuestros contactos dentro de la Brigada Criminal y el CNI (El Centro Nacional de Inteligencia, organismo de los servicios secretos españoles).

—No me hagas reír, Eila, *una amenaza para los movimientos antisemitas europeos*. Si no fuera por lo que he experimentado en Hamburgo y en Venecia en "carne propia", esto sería de cachondeo. Pero sigue, por favor.

—Un año después, en noviembre de 2010, nuestros agentes dobles, infiltrados en la organización islamista *El horizonte del creyente*, en Egipto, interceptaron una comunicación codificada, que conseguimos descifrar, dirigida a un tal Zoltan, en España. En ella aparecía de nuevo tu nombre y apellido, y una petición de información sobre tus actividades. Al mismo tiempo te tildaban de *diablo occidental* vendido al sionismo y a la masonería internacional, etc. etc. Desgraciadamente, no hemos sido capaces de averiguar quién es ese tal Zoltan. Éste es un flanco débil que tenemos y, por ello, debemos extremar la prudencia.

—Ahora soy un diablo occidental. ¡Manda huevos, Eila!

—Andrés, yo te estoy informando de lo que sabemos, como te prometí. Si quieres, no sigo.

—De eso nada, monada. Tú no te vas hoy de aquí sin decír decírmelo todo.

—A raíz de estas informaciones secretas y de lo que te ocurrió antes de salir para París —el allanamiento de tu departamento y la desaparición de Agustín Grande, tu lugarteniente en Protraesa—, se impuso y se impulsó la decisión de crear el grupo Alfa en Berlín.

—Ya, dentro de esa maravillosa Alianza Boreal de Negocios. ¡Vaya nombrecito que le habéis puesto!

—Yo no entro en eso, no me compete.

—Ya salió la funcionaria. Seguro que estás por libre designación y no te atreves a hablar más de la cuenta, ¿verdad?

—No sé qué dices Andrés.

—Nada, sólo ha sido una pequeña digresión. Es que tengo un pariente italiano que me ha explicado ciertos entresijos de lo que pasa en la Administración española, ¡eh! ¡oh!... Quiero decir italiana. No sé si es igual en la tuya.

—Déjate ahora de rollos, Andrés. El grupo Alfa fue creado por nuestro malogrado Elías, en noviembre del año pasado, e inmediatamente nos pusimos manos a la obra. Le dijimos a Alexánder que te hiciera una visita en París. A él se le ocurrió que lo mejor era abordarte en la calle. Era más seguro, y estaba en lo cierto. Nos tenían enfilados y, en Berlín, muchos nos salvamos del atentado, de milagro. Después del *abordaje* de Alexander, que no formaba parte de Alfa, pero que se prestó a colaborar, el turno le vino a David Kurnilov y al propio Elías, quienes luego me dijeron que les habías causado muy buena impresión.

—Pero si apenas platicamos unos minutos, primero en la tienda de *souvenirs* (recuerdos) frente a la catedral y luego en el hotel de la Petite France. Eso es todo.

—Andrés, Elías estaba muy entrenado para profundizar en la psicología de las personas, en el idioma gestual. Era un gran observador, y muy capaz.

—¡Vale! No quería poner en cuestión su valía, Eila. Sólo se trata de una puntualización.

—En un principio, la célula Alfa se creó para protegerte, para vigilarte, analizar tu entorno y evitar que te pudiera pasar algo mientras se investigaba más sobre tu caso. Teníamos que realizar una labor sobre todo preventiva. Por eso activamos la fase A.

—¡Con gran éxito!, por cierto.

—¡No seas cabrón, Andrés!

—Bueno... me refería al principio, luego habéis estado geniales en mi rescate... y en Venecia también. Creo que os debo la vida, Eila Kessler.

—Eso díselo a Salomón Liebermann.

—También a ti, a David, a Adnán y a Simón. Y por supuesto, ahora a Yósef y a Ilal. Lo habéis hecho muy bien. Os habéis superado. ¿Cuánto me gustaría hablar con Salomón?

—Ya sabes que eso no puede ser de momento, por razones de seguridad, y no lo vas a encontrar en Facebook, ni tampoco tiene una página web, ni nada por el estilo. ¡Olvídate!

—Lo entiendo, pero no te pongas así.

—Perdona, es que él era muy amigo de mi padre, es muy amigo mío, y no quiero que le pase nada.

—Tienes toda la razón, yo tampoco.

—Bueno, seguimos: la célula Alfa se destinó también a analizar los movimientos radicales potencialmente peligrosos para el Estado de Israel, tanto en la extrema derecha como en la extrema izquierda, donde, últimamente, también se estaban detectando tendencias antisemitas.

—Ya, y yo, al margen de que me vigiléis o me guardéis, ¿qué pinto con vosotros?

—En Tel Aviv se ha decidido que lo más prudente y la mejor forma de protegerte es que te unas a nosotros. No queremos versos sueltos. Ya han intentado secuestrarte, o matarte, o lo que sea... dos veces. Lamento decirte que no creo que sea la última vez.... ¡no! Estás en peligro constante. No puedo decirte mucho más de lo que te he contado.

"*Slijá* (lo siento). Estamos convencidos de que el enemigo va a perfeccionar sus métodos y nosotros, hasta que no conozcamos la verdadera causa de todo esto, de los ataques contra ti, no pararemos. De momento no hemos detectado quién está detrás de tu secuestro y como ya te he dicho antes, la identidad del tal Zoltan nos es desconocida.

—Pues sabes, Eila... No me has aclarado mucho. Sólo hay dos textos y unos testimonios donde no se explica por qué me persiguen. Lo único cierto es que me persiguen y que yo estoy con vosotros... ahora más.

—Lo siento de veras, Andrés, pero es lo que hay.

—Siguiendo con las sorpresas: cuéntame ahora lo que habéis descubierto sobre mi familia biológica.

—Sobre este tema te diré, antes de nada, que nosotros no hemos querido dejar ningún cabo suelto. Lo primero que has de saber es que tu familia adoptiva está libre de sospecha. Lo hemos rastreado todo. Así que, en este caso, eso de que el enemigo está en casa no es cierto. Puedes sentirte ofendido, pero el protocolo exigía que investigásemos también a tus padres, Fernando y Lucía, y a su familia.

—Lo entiendo, Eila. Me jode, pero lo entiendo.

—Sobre tu familia biológica, el relato de tus padres es exacto y está bien documentado... salvo en un detalle, si se puede llamar así.

—Dispara ya, me tienes en ascuas.

—Me siento tan nerviosa como tú, Andrés. Existen muy altas posibilidades de que el incendio y la posterior destrucción del edificio donde murieron tus padres y tus abuelos maternos, no fuesen hechos fortuitos...

—Lo que me faltaba por oír. No sólo se cebaron en mí sino también en mi estirpe. ¡Qué asco!

—En este tema, la investigación fue más difícil. Tuvimos que utilizar todas nuestras influencias, que no son pocas. Ten en cuenta que estamos hablando de marzo de 1980. Se trata de un hecho ocurrido hace más de 30 años. Eso, en términos administrativos, es mucho tiempo. Pero, a pesar de todo, conseguimos bucear en los archivos municipales e incluso contactar con algunos de los bomberos que intervinieron.

"En el informe del siniestro consta que el incendio tuvo tres focos iniciales. Eso es muy raro si se trata de un hecho for-

-tuito. Por otra parte, tus padres y tus abuelos no murieron a causa directa del incendio, sino del derrumbamiento del edificio. No tuvieron tiempo de salir. Cometieron el error fatal de permanecer todos juntos, pero lo prefirieron... y... acabaron juntos.

—Menos mal que no llegué a conocerlos, sino esto me habría hecho mucho más daño. Ahora siento la tristeza del que lee un relato, o escucha un cuento con final trágico... pero son de mi sangre... y no me son indiferentes.... ¿Cómo me salvé yo?

—Buena pregunta. —respondió Eila después de darse un traguito de güisqui—. Se debe a dos causas. La primera fue, paradójicamente, el hundimiento del edificio que ahogó las llamas del incendio. Un bebé de 9 meses no habría podido salvarse del humo y del fuego por sus propios medios. La segunda causa es una conjetura. No está probada, pero pensamos que fue así por todos los indicios...

—Cuéntame, me tienes en ascuas otra vez.

—Al día siguiente del incendio, en las labores de desescombro y cuando todavía estaban sacando cadáveres de entre los restos humeantes del inmueble, los bomberos te encontraron vivo, bastante deshidratado, pero con tu corazoncito bombeando regularmente. Te hallabas debajo de una gruesa viga de madera, que, en su caída al derrumbarse el edificio, había topado con un muro maestro dejando un hueco donde, milagrosamente, te encontrabas tú. Lo más plausible —aunque nunca lo sabremos del todo—, es que tus padres, al sentir que el edificio se venía abajo, hicieran un último y desesperado esfuerzo por ponerte a salvo adosándote como un paquete al muro maestro. El hecho incontestable es que el suelo cedió a tu alrededor, salvo la zona en la que te encontrabas, y una parte del muro que te amparaba resistió el impacto de la viga.

—¡Madre mía!, y yo sin enterarme todos estos años, y no me habría enterado si no me hubiesen pasado tantas cosas. Como se dice de ordinario: la realidad supera a la ficción. Bueno, me imagino que ya está todo.

—¡Qué bah, Andrés!, hay más. Esto no ha hecho más que empezar... Es una broma, ¡hombre!, pero déjame que te diga antes de continuar: tienes ahora mejor color, te veo más entero, más tranquilo, como si te hubieses quitado un peso de encima.

—Sí, será el peso de la viga, porque otra cosa. Quizás hubiese sido mejor para todos que hubiera palmado en el incendio, aplastado por esa viga redentora. No me habría enterado, se habrían salvado unas cuantas vidas, y se habría evitado mucho sufrimiento.

—Andrés, ya estamos con esos pensamientos que no conducen a ninguna parte, no más que a tranquilizar nuestras conciencias. ¿Cómo sabes lo que habría pasado entonces? A lo mejor habría sido peor. Es más, si hacemos caso a los indicios de que disponemos y que tú ya conoces, parece que es fundamental que estés aquí. Así que desecha esa actitud derrotista que no nos aporta nada. Andrés, no podemos huir de la realidad. Tenemos que mejorarla, punto.

—Sí, Eila, pero las dudas me asaltan todos los días. No puedo evitarlo.

—Ahora, escucha atentamente. El mismo día que te encontraron vivo, los bomberos se toparon con los cadáveres de tus padres y tus abuelos, que aparecieron en el primer piso. Menos dañada en su estructura, esta planta había contenido las toneladas de material procedentes del derrumbe del inmueble aplastando a los que se encontraban todavía allí y que se hundieron con el edificio al no poder ser evacuados a tiempo.

—Ojalá que no sufrieran y que su muerte fuese instantánea. En cuanto a los *autores intelectuales*, como se dice ahora, ni les perdono, ni les olvido. Tenéis todo mi apoyo para acabar con ellos, por la vía rápida. Además, si no acabamos con ellos; ellos acabaran con nosotros.

—Bueno, eso dejémoslo para después. El caso es que, con el nerviosismo del equipo de salvamento, que trabajaba a un ritmo vertiginoso, obsesionado por encontrar vidas entre las ruinas; y la presión mediática —los reporteros, la radio y la televisión— que ya eran muy fuerte en aquel entonces; los servicios de socorro, al confeccionar la lista de las personas fallecidas en el siniestro, te confundieron por error con otro bebé que había muerto con sus padres en el incendio.

"La lista mortuoria fue publicada en los periódicos y en el lugar de los hechos, tres días después del siniestro. En ella figuraba tu nombre. Pero al mismo tiempo, en la lista de los supervivientes figurabas tú, con otro nombre, el nombre del que en realidad había muerto.

—O sea que oficialmente estaba muerto.

—En efecto. Y fue un error providencial, pues gracias a ello, si nuestras hipótesis son ciertas, quienes con mucha probabilidad provocaran el fuego, te dieron por muerto.

—Pero ese error no podía durar mucho. Pronto, los padres del bebé fallecido no me reconocerían como hijo suyo.

—Efectivamente, a las pocas horas de publicarse las listas de supervivientes del incendio, los padres del bebé fallecido se personaron en el hospital para recogerte y no te reconocieron, según hemos podido averiguar en los archivos sanitarios.

—Pues vaya follón administrativo que se liaría. Según me ha comentado ese pariente mío que trabaja en la administración pública, allí nada es lo que parece. Éste es un buen ejemplo de ello.

—Y que lo digas. El tema fue para largo, pues el testimonio de las dos personas que no te reconocieron tuvo que ser acompañado por más declaraciones e informes que tardaron en recogerse e incorporarse al expediente. Las dos pruebas contundentes, como te podrás imaginar, fueron el reconocimiento del cadáver del bebé que en realidad había fallecido, y tu reconocimiento por uno de tus parientes de Segovia. Entretanto, la inscripción de tu fallecimiento se anotó en el Registro Civil, y tú te quedaste en una especie de limbo, hasta que tres meses después se anuló la inscripción por error administrativo. Este retraso te favoreció.

—O sea que mis padres adoptaron a un muerto.

—Pues sí, y no. Administrativamente estabas muerto, pero tus padres adoptivos consiguieron que estuvieses con ellos en una situación parecida al acogimiento, hasta que se regularizase la inscripción en el Registro Civil, y se pudiese tramitar el expediente de adopción.

—Oyes, Eila Kessler, cada vez me sorprendes más: ¿qué bien te manejas en la jerga legal y administrativa?

—Por si no lo sabes, he estudiado Derecho y Administración de Empresas.

—Ya se te nota, ya. Pero sigue relatando el culebrón.

—Te preguntarás ahora por qué fuiste adoptado por Fernando y Lucía en vez de por otros candidatos *al Óscar*.

—Gracias por lo del Óscar, pero me parece que al final mi adopción es más bien un regalo envenenado.

—Vamos a tratar de que no sea así, Andrés. Te lo digo de corazón.

—*Todáravá* (muchas gracias), Eila.

—Tus padres adoptivos llevaban pocos años casados y sin descendencia. Uno de sus mayores afanes como matrimonio era tener un hijo. Como éste no llegaba se apuntaron a las listas de adoptantes del Ministerio de Justicia. Cuando llegó su turno, les avisaron para comunicarles que había una posibilidad de adopción de un bebé, que se había quedado prácticamente sin familia como consecuencia de un accidente, y nada más. Pensaban que Fernando y Lucía eran las personas idóneas para que una vez se hubiese regularizado tu situación legal, se iniciasen los trámites de adopción.

—¿Y la familia de mi padre?, ¿no dijo nada?

—Lo que te voy a desvelar ahora te va a doler. En este caso se dieron dos circunstancias en contra de la adopción por algún pariente próximo, que, como sabes, goza del favor de la Ley, al considerarse que los lazos sanguíneos propician una relación afectiva y de guarda más favorable para el adoptado.

—Me estoy imaginando lo que vas a decir. ¿No me querían?... ¿verdad?

—No es tan simple, Andrés... Pero ocurre a veces que las relaciones familiares son así...

—A ese respecto, hay un dicho muy gráfico en el idioma español: "La familia y el sol, cuanto más largo mejor".

—En este caso, eso fue lo que pasó. Tu abuelo paterno había fallecido el año anterior al incendio. Gabriel Lozano, tu padre, estuvo en el funeral, a pesar de no llevarse bien con su padre, el cual, como ya te he comentado, no asistió a su boda. Tu abuela segoviana no se repuso nunca de la muerte de tu abuelo. Era demasiado dependiente de él y falleció en 1985. No estaba en condiciones de hacerse cargo de nada ni de nadie. En cuanto a tus dos tías... declinaron adoptarte. Eso es todo lo que te puedo decir... aunque te duela... pero es la realidad.

—¡Pues vaya con los Lozano!, pero ya no me afecta. La gente está muy equivocada cuando confiere a los vínculos de sangre más importancia que a los derivados de la atracción y del cariño que se gestan en la convivencia diaria. Ciertamente, los sentimientos de cariño se refuerzan con los vínculos de la sangre, pero estos no son suficientes por sí mismos para crear esos lazos.

"¿Por qué tengo yo que querer a un pariente, si se ha comportado reiteradamente conmigo como una mala persona, o si me ha hecho daño insistentemente? Dos, tres, o quizás cuatro veces, puedes perdonar, por cosas gordas que te hayan hecho, y seguir... pero cuando una persona adopta sólidamente una actitud hostil, aunque sea un amigo, o alguien de la familia... entonces, las cosas cambian. Y eso de poner la otra mejilla es pura palabrería, por lo menos para mí, Eila.

—*Ani maskim* (estoy de acuerdo), Andrés. A mí también me lo parece. Creo que nos vamos a llevar bien, camarada.

—No me llames camarada, no me hace ni puta gracia y perdona mi forma de hablar... pero me sale del alma.

—Bueno, eres un camarada de hecho... pero no te lo volveré a llamar.

—Todo eso de la inscripción y la adopción está muy bien, pero ¿cómo saben tanto de mí mis padres adoptivos?

—La información que te han pasado no deriva de la adopción. Normalmente, cuando se adopta, a los padres no se les da tanta información. Se piensa que cuanto menos sepan es mejor, tanto para el adoptante como para el adoptado, aunque yo tengo mis dudas.

—Eila, a mí me parece justo que una persona tenga derecho a saber la verdad sobre sí mismo a partir de su madurez, aunque duela. Otra cosa es que no quiera saberlo, aunque esa actitud, en el caso de los orígenes, es muy rara.

—En tu caso, Andrés, al mes de constituirse la adopción, a principios de 1981, con el consiguiente cambio de tus apellidos Lozano Benaser a "Olmeda Rebollo", y la modificación correspondiente en tu partida de nacimiento, sujeta a partir de ese momento a acceso restringido e información reservada, tus padres recibieron la visita de un matrimonio amigo de tus progenitores. Ellos también eran judíos y habían tenido conocimiento del incendio y de tu posterior adopción. No me preguntes cómo se enteraron, pero se enteraron, y tenemos que estarles muy agradecidos, sobre todo tú. En realidad, hasta entonces, tus padres sabían muy poco de ti. Las autoridades no les habían desvelado nada de tu pasado ni del incendio. Como ya te he dicho, sólo les habían seleccionado para una adopción por considerarles idóneos, y poco más.

—Siempre les estaré eternamente agradecido. Lo fácil, lo cómodo, hubiese sido destruir los documentos y no decirme nada sobre mis orígenes.

—En general, los humanos queremos olvidar lo embarazoso, lo doloroso, aquello del pasado que nos puede traer problemas. Es pura psicología, sin embargo, ellos no lo hicieron y gracias a ello hoy sabes mucho de ti. Continuando con el relato, el matrimonio amigo les desveló tu verdadera identidad, la identidad de tus padres, de tus abuelos judíos, etc. Aportaron algunas fotos de familia, también de tus padres contigo, además de su propio testimonio con vivencias que habían tenido con ellos. Les hablaron de un signo físico inequívoco, heredado de tu madre, que tenía una pequeña mancha con forma de luna en la parte posterior del cuello. Ese detalle lo comprobaron en el acto, y, entonces, la desconfianza que habían sentido tus padres adoptivos al principio de entrevistarse con los desconocidos, desapareció. Esto nos lo ha comentado el propio matrimonio, que todavía vive, y nos ha dado recuerdos para ti. Su contribución ha sido valiosísima.

"Lo que quedó meridianamente claro es que conocían muy bien la historia de la familia de tu madre. Fernando tomó nota de todo y además les pidió que hicieran una declaración ante notario, un acta de manifestaciones que dejase constancia fidedigna de lo que habían dicho, preservando dicha declaración para el futuro. Ellos no se opusieron y eso es muy de agradecer.

—¡Qué verdad dices, Eila! Aunque tengo poca experiencia de vida, por mi edad, me he percatado ya de que cuando pides a la gente algo más del blablablá, es decir cuando pides un esfuerzo, si no es pagando, olvídate salvo honrosas excepciones, aunque también hay seres anónimos, buenos y desprendidos, que te sorprenden, te sirven de ejemplo, y te hacen recuperar la fe en el ser humano.

—Sobre todo, Andrés, y te hablo por mi también breve, aunque intensa experiencia, quienes te sorprenden en realidad son los propios miembros de tu familia que, a veces, en lugar de ayudarte, te suelen poner todo tipo de pegas cuando debería de ser lo contrario. Si pides algo, supone una molestia, se hacen de rogar; y si te conceden el favor, no veas cómo te lo venden luego y se apuntan el tanto de cara a la galería. Siempre hay honrosas excepciones, pero...

—Pues ¡qué pesimistas estamos! Pero es la realidad. No conviene esperanzarse y es mejor confiar en el amigo Murphy —sentenció Andrés.

—Ese tío es fabuloso, lo acierta todo —reconoció Eila.

—Ese cruel y redomado cabrón tiene más razón que un santo —concluyó el español.

—Andrés, si fuese una mujer a la antigua usanza, tus palabrotas me habrían ofendido. Debes cuidar más ese lenguaje. Eres un grosero y un mal hablado, ¡sabes!

—Perdona, Eila.

—Continúo. Como te decía, los amigos de tus padres biológicos prestaron unos días después de la entrevista el testimonio que se les había pedido, y entregaron a Fernando y Lucía las fotos que tenían sobre tu familia biológica.

—¿Qué pasó con la casa de mis padres?, ¿quién se quedó con sus objetos personales? También es inevitable que hablemos de la parte material. No me hace gracia, pero no tengo más remedio.

—No se te escapa ni una, ¡eh! Sobre este tema, tengo poco que decirte. Ten en cuenta que estamos hablando de un hecho ocurrido hace más de treinta años, y que nosotros no llevamos mucho tiempo en esta investigación. Trataremos de hacer algo al respecto, pero va a ser muy difícil.

—Me gustaría recuperar algo físico de mi pasado, pero no voy a llorar por los objetos perdidos. Sólo son objetos... —dijo con la voz apagada. Luego con cara de perplejidad preguntó a Eila—: ¿No te parece raro que después de lo que me has contado experimente poca emoción?

—Oyes, yo no soy un consultor espiritual, ni cura, ni rabino. ¿Por qué te preocupa? Tú no eres ningún psicópata, que es lo importante. Los sentimientos no se pueden forzar. Surgen o no. En este caso, es difícil, pues se trata de personas que no has llegado a conocer.

—¿Dónde están enterrados?

—En el cementerio civil de Madrid. Te pudo concretar el lugar exacto, si quieres ir.... También tenemos algunas direcciones de los amigos más íntimos de tus padres.

—¿Viven algunos?

—Sí, una buena parte. Al enterarse de que tú habías sido adoptado, prefirieron no inmiscuirse en tu vida y se mantuvieron al margen para no perturbarte, pero ahora...

—Ahora, me encantaría poder hablar con ellos... saber de

dónde vengo. No reniego de mis raíces, Eila... no soy un mal nacido. El pasado... el presente... todo se entremezcla y me confunde, me bloquea... sin ninguna piedad... ¡Oh! Señor...

En ese momento, Andrés se emocionó y sus ojos empezaron a brillar más de lo normal, bañándose en unas lágrimas que no acababan de desprenderse. El efecto del güisqui, que desata las lenguas, unido a los sentimientos que experimentaba: una mezcla de nostalgia y tristeza, por no haber conocido a sus padres ni a sus abuelos maternos; y de ira, por saberse rechazado por sus abuelos paternos y por sus tías de Segovia, que ni siquiera quisieron adoptarle, afloraron en su mente atribulada, con toda la fuerza que tiene la sangre, los instintos, y el pensamiento de lo que fue y no pudo ser.

—No quiero verte así, Andrés. Te siento valiente, te veo grande, digno... no puede ser... no te puedes derrumbar como el barro. Tienes que ser fuerte como Esther; como David cuando se enfrentó a Goliath; como Juan el Bautista; como Jesús, el judío, cuando sufrió lo indecible; como Teresa de Cepeda y Ahumada; como Edith Stein, la carmelita; como San Maximilian Kolbe...

—En ese momento, Andrés y Eila se abrazaron y lloraron juntos. Toda la tensión contenida de los últimos días salió como un géiser de aguas termales e incontenibles, pero inmaculadas por la pureza de los pensamientos y de los sentimientos que experimentaban... Pasados unos minutos, ambos se serenaron.

—Ya estoy más tranquilo, Eila. Perdona mi pérdida de control. Habrá sido el güisqui.

—No ha sido el güisqui, Andrés. Ha sido lo que tiene que ser... ¿Acaso somos de piedra? Deja fluir los sentimientos y te sentirás mejor. En realidad, no debería decirte esto.

—Yo sólo tengo palabras de agradecimiento. Por fin, sé algo sobre mí mismo, sé bastante. Y sabes una cosa, Eila: todo lo que estoy viviendo y padeciendo me da fuerza, me impulsa a no quedarme quieto, a no ser sólo una parte pasiva de los acontecimientos... y eso en el fondo me gusta ... y me motiva, porque intuyo que estoy luchando por una causa justa y elevada.

—Para mí, esto no ha sido fácil, Andrés. Se entremezclan los sentimientos. Yo creía que era más fuerte... Pero es mentira. Yo no tengo el dominio de Salomón Liebermann... ni las agallas de mi padre.

—No te mortifiques... Lo has hecho muy bien, Eila. Te lo agradezco... de veras.

—Ahora, Andrés, ha llegado el momento de despedirnos. Yo ya he cumplido con mi compromiso de trasladarte todo lo que sabemos sobre tus padres, sobre tu madre, tu abuela, tu familia judía, y sobre las amenazas que desgraciadamente se ciernen sobre tu vida. Nosotros, el grupo Alfa, vamos a velar por ti... pase lo que pase. Es nuestra misión y nuestro compromiso, pero ya supera la mera funcionalidad de un servicio... es algo más profundo. Lamento que no sepamos más sobre lo que pasa, pero seguiremos investigando.

**

Cuando el mes de noviembre de 2011 tocaba a su fin, Andrés Olmeda empezó a asimilar trabajosamente sus descubrimientos sobre sí mismo, con el apoyo de sus padres, de Elena, y también de Heinrich. En este trance, el hecho de estar volcado en su trabajo... y de sentirse útil y necesario, le ayudaron mucho. Su relación con Elena, con quien había quedado día sí día no, después de volver juntos de Alemania, se había conso-lidado. Pero a pesar de ello, para no preocuparla ni ponerla en peligro, pensó que en cuanto a su vinculación con el grupo Alfa era mejor seguir manteniendo el secreto como por otra parte ya había hecho con los *incidentes* de Hamburgo y Venecia. Sin embargo, Andrés empezó a notar que ella sospechaba algo, que la intuición femenina, ese sexto sentido asociado al mal llamado sexo débil, empezaba a hacer de las suyas.

—Ya sabes que te quiero de verdad. No deseo una relación

153

pasajera, una frivolidad. No me interesa. Mis sentimientos hacia ti se van afianzando. Me alegro de que hayas disfrutado tanto en Venecia. Según lo que me has contado, es una ciudad maravillosa, llena de sorpresas.

Cuando Elena pronuncio esta última palabra, Andrés no pudo reprimirse y empezó a reír histéricamente. Ella se quedó sorprendida.

—Pero ¿qué te pasa, amor?, ¿estás bien?

—Perdona, cariño, es que me estaba acordando de un gondolero de Venecia, cuando me dijo que en realidad la ciudad era barata para todo lo que ofrecía. Esa fue la primera sorpresa, pues el palo que me metió después de pasearme una hora por la ciudad fue de agárrate y no te menees. Por eso me ha hecho gracia lo que has dicho de las sorpresas. Pero sí, Venecia es pura sorpresa... No te quepa la menor duda.

—Lo importante es que hayas descansado, aunque si te digo la verdad, te noto algo nervioso desde tu vuelta de vacaciones.

—Elena, Venecia me ha dado mucha paz y también me ha hecho reflexionar sobre mi futuro. —dijo Andrés aparentando firmeza.

—¿Estoy en tu futuro? —preguntó ella poniendo una cara de sensualidad irresistible—. ¿Por qué no usas la primera persona del plural cuando hablas de tu futuro y del mío?

—Nosotros, tú y yo, estamos construyendo un futuro que puede ser... Que va a ser maravilloso... Pero no te oculto que hay algunas sombras que se ciernen sobre mí. Ya sabes a qué me refiero, aunque no me gusta hablar de ello. ¿Qué me ocurrió en Hamburgo durante los días que desaparecí?, ¿cómo es que las investigaciones no han avanzado?, ¿qué le pasó, también en Alemania, a mi añorado Agustín Grande? Al igual que yo, desapareció allí, y de él no se ha vuelto a saber nada. No sé por qué, pero creo que ambos sucesos están relacionados. Espero que algún día pueda recordar al menos lo que me pasó en Hamburgo.

—Me alegro de que hayas sacado el tema, Andrés. Tienes que tener confianza en mí y contármelo todo. Así, te sentirás mejor y recordarás más cosas.

—Si es que hay muy poco que contar. Parece como si me hubieran lavado el cerebro.

—Pero alguien habrá tenido que ayudarte. No sé si te he contado que hice un curso de psicología en Madrid, hace ya algunos años. Entre otros temas, trataba de técnicas que nos ayudan a recuperar nuestra autoestima, a sentirnos más seguros, a defendernos mentalmente en este mundo a veces tan agresivo. Con esto quiero decirte que lo que haya de venir lo pasaremos juntos. Te repito, puedes confiar en mí plenamente. No te voy a defraudar.

—Gracias, tesoro. —finalizó Andrés, en una de las variadas conversaciones que tenía con Elena, al tiempo que acompañaba sus palabras con un abrazo y un beso de enamorado.

En otra de las ocasiones que estuvieron juntos, salió a colación el tema de su herencia judía, que había desvelado a Elena nada más tener conocimiento de ello.

—¿Qué piensas de esto? —le preguntó Andrés, tanteando el terreno de una cuestión, que, si bien en pleno siglo XXI no debía ser obstáculo para nada, no dejaba de preocuparle un poco sin saber bien por qué.

—Es un hecho, una verdad, algo que no has elegido tú, pero que te va a marcar para siempre. —La respuesta desconcertó a Andrés que esperaba otra cosa, no una marca como si fuese una pieza de ganado que fuesen a embarcar en un vapor o en un tren de mercancías, rumbo a no sé dónde...

—¿Qué insinúas, Elena?

—Simplemente, que en otras épocas hubieras sido clasificado como *Mischling*, mestizo, lo cual tampoco era una condena a muerte ni nada parecido.

—Te refieres a las Leyes Racistas de Núremberg, de 15 de septiembre de 1935, a la eufemística *Blutschutzgesetz* (Ley para la defensa de la sangre).... ¿Verdad?

—Sí, a las que fueron aprobadas el día del partido de 1935.

—Caramba, Elena, no sabía yo que tú estabas al tanto de esos temas. Realmente, no hemos platicado mucho sobre ello.

—No hemos tenido la ocasión, Andrés. Ya sabes que yo fui seleccionada para la operación Nórdica, principalmente por hablar alemán. Hace más de una década, estuve viviendo en Alemania, un año entero, y allí, un antiguo perteneciente a las SS, nada menos que a la división Totenkopf (Calavera) de las Waffen SS (la rama militar de las SS) que tenía la categoría de *Obersturmführer* (teniente), me contó muchas cosas. También me dijo que estaba arrepentido, que ojalá las cosas hubieran sido distintas.

—¡Pero si los de la Totenkopf eran los encargados de la vigilancia de los campos de concentración!, ¡y de llevar a cabo la *Endlösung der Judenfrage*! (la solución final del problema judío).

—Sí, Andrés, por eso sabía más de la cuenta. Tú y yo en la Alemania nacionalsocialista lo habríamos tenido muy difícil, pues al fin y al cabo tu serías un *Halbjude*, un mitad judío. Eso constituía un estigma en una sociedad ordenada en torno a las ideas de la superioridad de la raza aria y de la animadversión hacia los comunistas y los judíos, culpables de todos los males.

—Ya lo sé. Además, no habríamos podido contraer matrimonio sin autorización administrativa expresa —añadió el español—. Pero lo más jodido era para los que tenían 3 o 4 abuelos hebreos. Esos fueron sometidos de forma creciente a todo tipo de ultrajes. Con la denominada segunda Ley de Núremberg, la *Reichsbürgergesetz* (Ley de ciudadanía del Reich) y las reglamentaciones posteriores, no podían ser ciudadanos de pleno derecho, ni tener ningún empleo público, ni derecho de voto, ni ejercer la profesión de médico o abogado. Luego, la humillación o discriminación negativa, como la llamaríamos ahora, se hizo visible, a partir del *Decreto Policial Concerniente a la Identificación de los Judíos*, de 1 de septiembre de 1941. El artículo primero de este decreto establecía que:

"A los judíos sobre la edad de seis años se les prohíbe mostrarse en público sin la Estrella Judía. La Estrella Judía consiste en una estrella de seis puntas de tela amarilla con bordes negros, equivalente en tamaño a la palma de la mano. La inscripción debe decir judío".

—¡Caramba!¡Cómo te lo sabes, Andrés!

—Pero, Elena, eso sólo fue una pequeña parte de las medidas antisemitas. Luego está también el proceso de arianización de todos los negocios, que no dejó de ser una expropiación brutal. Finalmente vino lo más duro, la decisión tomada en la Conferencia de Wahnsee de enero de 1942, una especie de misa satánica. En ella se estableció una condena masiva a muerte, sin juicio previo, de todos los judíos que se encontrasen en los territorios del Reich o conquistados por Alemania. La eliminación de la población de origen hebreo debía llevarse a cabo, como así fue en gran parte, de forma industrial y organizadísima, a través de una red de campos de trabajo y de exterminio

—Es la eliminación física pura y dura, tras la rápida selección que llevaban a cabo los médicos de las SS en los campos de exterminio —afirmó Elena en un tono aséptico.

—Es el cruel asesinato, bien inmediato, cuando los recién llegados al campo no eran aptos para el trabajo; o bien lentamente, cuando los médicos de las SS decidían prolongarles la vida al considerarlos aptos para el trabajo. Entonces sufrían una muerte diferida, por hambre, malos tratos, enfermedad, inanición, o ejecución en las cámaras de gas —matizó Andrés con firmeza e indignación, y añadió: Pero ahora, gracias a Dios y a la derrota del nacionalsocialismo, ya no pasan estas cosas... Quiero decir que pasan menos y bajo otras formas.

—Por supuesto, Andrés, yo estoy contigo como eres, un español de religión cristiana y de origen judío.

—Como decía Juan Pablo Segundo, aunque moleste a muchos: "Los hebreos son los hermanos mayores de los cristianos... Con ellos tenemos la herencia común de las leyes y los profetas y de una ética impresa en los 10 mandamientos" ... que no es poco.

***

Incidente en los Pirineos

El año 2011 finalizó en Protraesa lleno de actividad. El éxito obtenido en la operación Nórdica había compensado en parte el ambiente mortecino derivado de la grave crisis económica que se cernía sobre España bajo el gobierno recién elegido del PP (el Partido Popular) y que se había iniciado antes con el gobierno del PSOE (el Partido Socialista Obrero Español). Las medidas de austeridad adoptadas y la depresión económica habían reducido fuertemente la producción y la actividad mercantil, que algunas empresas habían compensado con la venta en el exterior. Éste era el caso de Protraesa, que, al declinar el año, empezaba a ver los resultados positivos del establecimiento de una delegación en Alemania, con un aumento sensible en las exportaciones de la firma.

Andrés Olmeda, tras su respuesta ambigua a Raimundo Ovejero, antes de sus peculiares vacaciones en Venecia, había aceptado finalmente el ofrecimiento de aquél para asumir la dirección de OPNOR, el departamento especial que se había creado en la empresa para continuar de forma sostenida su expansión comercial por los países del norte de Europa. En Opnor, la actividad era frenética, las ideas se multiplicaban con el entusiasmo que ponía Andrés Olmeda en todo lo que hacía. Heinrich Fischler y Elena Sánchez continuaban formando parte de su equipo y hacían piña con él. Estonia, Letonia, Lituania, Polonia, Suecia y Finlandia, constituían un reto difícil para Protraesa, pero la experiencia acumulada en Hamburgo al montar la delegación de la compañía, y los acuerdos cerrados con sociedades alemanas, danesas y noruegas, ayudaban mucho en la operación Báltica, nombre con el que decidieron *bautizar* a la que, en realidad, constituía la culminación de la etapa anterior.

En la nueva aventura comercial, los dos hombres más importantes de Opnor, Andrés y Heinrich —y sobre todo el primero, que había aprendido mucho desde que le dejaron tirado a él y a su equipo en el 2010 preparando la operación Nórdica—, habían trabajado muy duro contra las intrigas de sus dos adversarios conocidos dentro de la compañía: Gustav Crochet, alias garfio, y Pedro Herrera, alias Balones Fuera. Pero en esta ocasión, Andrés había aprendido rápido de sus errores anteriores y dedicaba dos días a la semana, en contra de sus creencias, a visitar a sus jefes y a utilizar el halago —con frecuencia inmerecido—, para seducir los egos de los próceres de la empresa. El resultado había sido magnífico y reafirmaba, en la mente de Andrés, su convicción de que la decadencia se había adueñado de la sociedad española donde, para muchos, el fin justificaba los medios. Al margen de la capacidad, el mérito, y los resultados exitosos, lo que inclinaba el fiel de la balanza para ser contratado, ascendido, o para mantenerse en una posición ventajosa y que nadie te moviese la silla, eran sobre todo las relaciones, es decir: la amistad, los lazos de sangre, pertenecer a alguna sociedad secreta, semisecreta, o conocida, sonreír mucho, adular o bajarse los pantalones, o las faldas, o todas estas *medidas* conjuntamente, en el momento oportuno.

Había comprobado que esta receta no fallaba. Siempre habría un incompetente, un indolente, un malvado, un psicópata enchufado, o incluso alguien que pasara por allí, para quedarse con un puesto y apartar de él a quien se lo merecía, a quien había trabajado con seriedad. Pero al parecer, esto último importaba menos dentro de un ambiente colonizado en gran parte por la degeneración, la sacralización del vil metal, la vanidad, y la ostentación, como *valores* en alza,

Tanta porquería, a la que Andrés y Heinrich tenían que dedicar mucho tiempo, muchos correos o *emails*, como decían los colonizados por el a menudo innecesario vocabulario anglosajón —un idioma muy rico, muy útil y atractivo, por otro lado—, les había dejado exhaustos. Por eso decidieron que necesitaban perderse en los Pirineos y practicar el esquí de riesgo para cargar las pilas, llenarse de autenticidad, de sano esfuerzo, de sensaciones y sentimientos espontáneos, sin tapaderas castrantes. Así, volverían renovados, para tomar parte en la comedia selvática de la vida y hacer frente a la lucha por la supevivencia en la empresa, donde reinaba el darwinismo más puro y más salvaje de la sociedad moderna y líquida, denominación muy acertada del insigne sociólogo y pensador Zygmunt Bauman.

Por otra parte, el austriaco era un asiduo practicante del esquí y aprovechaba la menor ocasión para desplazarse a Baqueira Beret, o a Los Alpes, donde le gustaba perderse dando rienda suelta a su afición. Ahora habían elegido una ruta en Benasque y el Condado de Ribagorza, en el Pirineo aragonés. El viejo condado de Ribagorza había sido uno de los puntales históricos del embrión de Aragón frente a los invasores islámicos. Allí nacieron, en el siglo VIII, los primeros condados cristianos que luego, por matrimonio o conquista, acabaron constituyendo el Reino de Aragón, ya en los albores del año 1000.

El plan consistía en salir de Madrid, después del final de año, y permanecer en las tierras altas de Aragón hasta el día de Reyes. Una vez allí, visitar el Barranco de Vallibierna, el legendario monasterio románico de Obarra y la tumba de San Ramón, en Roda de Isábena, serían los primeros objetivos, culturales y tranquilos, para luego deslizarse por las faldas del Aneto en esquí libre, que era lo que, en realidad demandaban sus huesos jóvenes y ávidos de aventura.

Cuando Andrés comunicó su intención al grupo Alfa, la iniciativa cayó como un jarro de agua fría. Todos los intentos para hacerle desistir del viaje, dado el peligro que entrañaba internarse en zonas alejadas de las pistas de esquí habituales, fueron en vano. Como solución de compromiso, Andrés aceptó, a regañadientes, que Adnán Álvares los acompañase, haciéndose pasar por un amigo de la niñez que hacía mucho tiempo que no veía, y que a última hora se había enganchado con ellos a la aventura. La elección del agente no se había hecho a la ligera. Adnán Álvares había participado en el rescate de Andrés en el Atlántico Norte, y se había jugado la vida para salvar al español. Luego habían estado festejando juntos en Aberdeen y se habían caído muy bien. Además de ello, el agente era un consumado esquiador. El único problema era su carácter impulsivo, que ya le había jugado malas pasadas, como en el crucero Aurora durante la operación de rescate de Andrés, cuando discutió a grito pelado con un camarero llegando casi a las manos. Pero al final, su habilidad deportiva y su acreditada valentía prevalecieron. Heinrich no puso ninguna pega: "Tres personas, mejor que dos. Así estaremos más seguros. Además, me dices que tu amigo es un buen esquiador. Aprenderemos de él. A menudo, las personas progresamos por imitación de los mejores. Si te contara todo lo que he tenido que aprender para ponerme al día fijándome en los demás, te quedarías sorprendido."

—La verdad, Heinrich, es que contigo da gusto. Siempre ves el lado positivo de las cosas.

En esta ocasión, a diferencia de lo que ocurrió antes de partir para Venecia, Elena no mostró interés en acompañar a Andrés. La razón es que no sabía esquiar y no quería estar esperando en el hotel todo el día. Por eso no se produjo ningún conflicto en la pareja.

—Sólo quiero estar al tanto de lo que vayáis a hacer en cada etapa, que me cuentes por dónde estáis, y sobre todo que tengáis mucho cuidado. No sé por qué no os deslizáis como todo el mundo por una pista organizada, balizada, y con su puesto de socorro.

—No te preocupes, cariñín, va a ser igual de tranquilo que en Venecia, *un mar de calma* —le decía Andrés tratando de que su comunicación gestual no trasluciese ninguna ironía.

—Te estaré esperando. Más adelante, me gustaría que hiciéramos una excursión normal, de esas de la gente corriente.

—De todos modos, Elena, no sé qué pasa, pero siempre hay algún pequeño detalle o alguien que te amarga la existencia, hasta en las situaciones más alejadas de la aventura o del riesgo.

El amigo Murphy siempre hace de las suyas y hay quien piensa que Murphy se queda corto, que es un optimista.

—Es un maestro, pues es a través de los errores como vamos aprendiendo.

—Sí, sobre todo a no volver a cometerlos.

—Aunque dicen que el ser humano es el único animal que tropieza varias veces en la misma piedra.

—Fíjate si será verdad, que hay personas que se casan cinco y seis veces, ¿te imaginas?

—Increíble.

—Pero cierto.

—Por cierto, Andrés, no sé por qué, pero a veces das la impresión de ocultarme cosas que haces o que has hecho. Yo sé que todos tenemos secretos inconfesables en lo más recóndito de nuestros pensamientos. Eso forma parte del ser humano. Pero yo quiero que te abras más, te hará mucho bien, y en mí... puedes confiar.

En este momento, Andrés se quedó pensando, ensimismado, lo cual parecía cargar de razón a Elena. En realidad, estaba buscando una respuesta que alejara las dudas de su amada:

—No sé a qué te refieres. A lo mejor se me ha pasado algún detalle nimio, en todo lo que te he contado sobre mí, sobre mis andanzas. Pero sabes lo importante que eres para mí, y no quisiera que nuestra relación se dañara, o se llenara de sombras.

—No quiero importunarte, amor... Pero te has puesto nervioso.

—Es el estrés y la desazón de alguien que desconoce lo que le ha ocurrido. A menudo tengo pesadillas del secuestro, o lo que sea. Seres extraños me rodean y no puedo sustraerme. ¡Es terrible! Pero no consigo desentrañar nada.

—No te preocupes, ten la completa seguridad de que tarde o temprano tendrás todas las claves de lo que te ha pasado, y entonces descansarás.

—Gracias, amor, eres muy comprensiva conmigo.

—Lo importante son los objetivos, Andrés. Los caminos son a veces increíbles. Nos piden unas pruebas y unos esfuerzos, que al principio nos asustan, pero luego nos aplicamos y nos sentimos bien.

**

El nuevo año 2012

El día dos de enero de 2012 por la mañana, Andrés, Heinrich y Adnán se subieron al coche que habían alquilado y se dirigieron por la Nacional II en dirección a Zaragoza. Heinrich, que no conocía mucho de España, estaba ilusionado.

—Estoy encantado con este viaje.

—Pues os tengo preparada una sorpresa —adelantó Andrés—. Vamos a detenernos en Medinaceli, en la frontera de Castilla con Aragón. Es un pueblo muy singular.

Al llegar a Medinaceli, salieron de la carretera y se desviaron hacia el pueblo, situado sobre un cerro de más de 200 metros de altura. Desde la histórica atalaya, la vista de las planicies de la ancha Castilla es amplia y hermosa. Después de aparcar el coche, se introdujeron en las callejuelas de la villa.

—Como veréis, Medinaceli es un enclave con mucha historia. La tradición dice que aquí, en alguna parte, yace enterrado Almanzor, el caudillo de los árabes tan temido por los reinos cristianos. Luego están los restos de las murallas árabe y cristiana, y el arco romano que preside el cerro.

—A mí, una de las cosas que más me impresiona de España es la cantidad de iglesias y monasterios que hay —afirmó Heinrich en ese momento.

—En esta tierra tienes varias muestras, si queréis, después de darnos una vuelta por la villa nos podemos acercar al monasterio cisterciense de Santa María de Huerta, a unos 20 kilómetros.

—Por mi parte, sí —respondió Heinrich—. Adnán no parecía muy motivado. Andrés pensaba—: "El pobre querrá ver alguna sinagoga o que le hable de la herencia judía de España y de la huella de los conversos".

—¿Y tú, Adnán?, estás muy callado.

—Bueno. Me gustan las piedras, pero más la comida.

—Pues aquí nos vamos a regalar después con un buen cordero. De eso, no os quepa la menor duda.

A orillas del río Jalón, el monasterio de Santa María de Huerta deleitó las ansias artísticas y de conocimiento de Andrés y Heinrich, y también concitó el interés de Adnán Alvares, pues seguramente le recordaba edificios de Salamanca o Toledo, la judería más grande y poderosa de toda España en la Edad Media, patria chica de sus descendientes sefarditas y que él admiraba. Después de visitar los dos claustros, el refectorio y la antigua biblioteca, los tres viajantes se dieron una vuelta por el pequeño pueblo situado alrededor del monasterio y buscaron un lugar para el buen yantar.

A los postres, en torno a unas cremas catalanas, güisqui, licor de hierbas, y tres cafés negros, muy calientes y humeantes —estas cosas simples que nos alegran la vida y nos igualan a todos haciéndonos más humanos—, las lenguas, como suele ocurrir en esos momentos de asueto, se soltaron:

—La verdad es que con las buenas cosas que tiene la vida, no puedo entender cómo hay personas que sólo buscan el conflicto, el enfrentamiento, y, en definitiva, el tocar las narices al prójimo —afirmó Andrés, iniciando la conversación.

—Lamentablemente, el paleolítico superior todavía no ha pasado. Seguimos todavía en un estado muy embrionario, Andrés —secundó Heinrich.

—A mí lo que me parece es que los fanatismos tienen mucha culpa de todo lo que ha pasado y de todo lo que está pasando en el mundo— afirmó Adnán por su parte—. No hemos progresado mucho desde el fin de la Segunda Guerra Mundial.

—Y que lo digas, Adnán. A ti te lo van a decir, y a mí, que después de conocer mi parte judía, y la historia de mi familia me reafirmo en mis convicciones. Ana, la hermana de mi abuela Miriam, y sus padres, además de Ruth y Carlos, los hermanos de mi abuelo Elías, murieron en los campos de exterminio. Lo más curioso y asqueroso del caso es que los aliados tenían perfecto conocimiento de lo que allí estaba ocurriendo. Tenían testimonios, las fotos, y estaban al tanto de los *envíos* de víctimas a las cámaras de gas. Pero no hicieron nada... Los campos de exterminio no eran objetivos militares —concluyó Andrés con tristeza.

—Además, antes de los campos de trabajo y de exterminio, la ayuda para que los judíos de Alemania pudieran emigrar no fue suficiente —apostilló Adnán—. Los demás países no daban demasiados visados. Claro que el exterminio que se produjo después era inimaginable. ¿En qué cabeza cabía pensar en 1933, o incluso en 1939, justo antes de iniciarse la guerra, que más de seis millones de judíos, además de gitanos, homosexuales, y también muchos católicos que se oponían al nacionalsocialismo, iban a ser exterminados a escala industrial?

—Lo que no es admisible es que ya en plena guerra y sabiendo lo que pasaba, los aliados no hiciesen nada o casi nada —añadió Andrés.

—Eso es verdad, es estrictamente cierto, y no se ha hablado mucho de ello, o no se quiere hablar —resaltó Adnán.

—Al final llegamos a la conclusión de que como esperes ayuda de fuera, te llega tarde, mal, o nunca. Hay demasiados ejemplos de ello. Pero, Heinrich, ¡qué callado está! ¿Te molesta que hablemos de estos temas? —le preguntó Andrés y añadió—: Yo comprendo que, siendo austriaco, y después de lo que pasó no tengas muchas ganas...

—Sí, amigos, me duele mucho todo esto. Lo siento muy próximo en el tiempo, más de lo que os podáis imaginar. Es una sensación extraña, como si me estuviera desdoblando en dos campos, en dos planos de existencia. Por cierto, no sabía que Adnán es judío. No me lo habías dicho, Andrés.

—¿Es que tiene alguna importancia, Heinrich?

—Por supuesto que ninguna, era mera curiosidad. Adnán, tienes una pinta de español, de celtíbero, que no veas.

—Bueno, la mezcla es buena, siempre es buena para mejorar la raza. Esta estudiado que la endogamia degenera físicamente. Mi familia porta el apellido Álvarez o Alvares, como quieras, da igual, y no es conversa, pero no cambiaron su apellido español, del que estaban muy orgullosos cuando fueron expulsados de España. Al parecer eran oriundos de Toledo.

—Por cierto, Adnán, ¡qué progresos has hecho con tu español!, ya casi lo hablas perfectamente.

—Entenderlo, lo entendía todo, pero el problema era hablarlo bien, y decidí hacerlo. Es más fácil cuando se lleva en los genes. Durante tres meses he estado yendo dos horas al día a clases particulares. Me he pegado una paliza, pero ya ves los resultados. Ya pienso en español y, lo que es aún peor —añadió irónicamente—, me siento muy de aquí, como mis padres, que siempre añoraban España, su querida Sefarad.

—Bueno, queridos *compis*, ¡disfrutemos de estas minivacaciones! —exhortó Andrés con convicción—. Yo creo que debemos continuar nuestro viaje. Mañana por la mañana, en Benasque, podemos esquiar en las pistas y luego por la tarde hacer un poco de turismo. Pasado mañana y al otro, haremos esquí libre en el Aneto, como hemos planeado.

—¡Qué ganas tengo de respirar el aire puro de la montaña! y ¡esquiar, esquiar! —exclamó Heinrich, tomándose de un trago el licor de hierbas que le quedaba.

—Estoy deseando conocer el Aneto, creo que es el pico más alto de los Pirineos —secundó Adnán.

—Es la máxima cumbre del Pirineo y tiene un entorno bellísimo —informó Andrés.

Ya de noche, los tres deportistas llegaron al valle de Benasque, situado casi en la frontera con Francia, entre los valles de Arán al Este, Sobrarbe al Oeste, y los somontanos al Sur. El Aneto, majestuoso y nevado, presidía todo el paisaje en una noche invernal de luna casi llena, que proyectaba sus rayos fantasmagóricos sobre el paisaje helado.

**

A primera hora de la mañana del 3 de enero, los tres amigos se encontraban ya en las pistas de la estación invernal de Cerler. Según el plan que se habían trazado, ese día debían dedicarlo a recuperar el hábito del esquí deslizándose una y otra vez por la nieve. Era fundamental entrenar al máximo, hacer un test práctico sobre sus facultades y sus habilidades deportivas, antes de acometer una travesía que desde las alturas del Aneto les permitiera dar rienda suelta a su afán de aventura, experimentando el riesgo del esquí libre de alta montaña. Por la tarde, después de comer, y antes de que se hiciera de noche, los tres se montaron en el coche y fueron a visitar el cercano monasterio de Obarra. Allí recorrieron los tres edificios de este enclave románico del siglo XI: la iglesia, el monasterio y la ermita de San Pablo. De vuelta disfrutaron con un paseo por las calles recoletas de Benasque, admirando la arquitectura de sus construcciones, en su mayoría de piedra y con tejados de pizarra; las casas solariegas de Anciles, que conservan los blasones familiares; el palacio de los condes de Ribagorza; y la iglesia románica del siglo XIII. Pero pronto, la paliza mañanera hizo que el cansancio se apoderara de ellos y los tres se retiraran a las habitaciones del hotel donde se alojaban.

Al día siguiente por la mañana, tras un sueño reparador, los tres amigos se reunieron en el salón-restaurante del hotel.

—Buenos días, *kameraden* (camaradas). ¿Estáis dispuestos para la aventura? —saludó y preguntó Heinrich.

—Todavía no me creo que estemos aquí —declaró Andrés.

—¡Suerte y al toro! —exclamó Adnán y añadió: ¡*bejatslajá javerim*! (suerte, amigos).

Nada más desayunar, siendo las ocho de la mañana, se dirigieron en coche a un helipuerto situado en las afueras del pueblo, donde les esperaba el helicóptero que debía transportarles a las alturas del Aneto, a una pequeña meseta con espacio suficiente para aterrizar. Desde ese promontorio iban a iniciar el descenso siguiendo la ruta que habían estudiado previamente. El objetivo consistía en disfrutar el mayor tiempo posible de una bajada frenética, esquiando, saltando, y salvando los obstáculos que fuesen surgiendo, que era en definitiva de lo que se trataba en esta modalidad de esquí salvaje.

Con los rotores ya en marcha, los tres subieron al helicóptero, se acomodaron en sus asientos, y ciñeron sus cinturones de seguridad. La maniobra de despegue se realizó sin ningún contratiempo y el ingenio empezó a elevarse. En esos momentos el sol estaba saliendo y recortaba el inmenso perfil del Aneto que envolvía con su sombra a todo lo que se encontraba al oeste. Antes de depositarles en el punto convenido, no lejos de la cumbre, el piloto les dio una vuelta turística sobrevolando los pueblos de los alrededores. A esas horas, sus habitantes montañeses, y muchos visitantes y deportistas, desayunaban o se desperezaban para emprender otro día más de sus vidas, placenteras para unos, preocupadas u ocupadas para otros, e indiferentes para muchos, que no valoraban el simple pero grandioso hecho de estar vivos y sanos, dentro de una España con graves problemas económicos, pero en paz.

Estas y otras reflexiones eran las que discurrían por la mente de Andrés en esos momentos. Después de sus experiencias *accidentadas*; su descubrimiento de un pasado muy atípico; y la losa que suponía saberse amenazado por un poder desconocido; lo único que quería era olvidarse unos días de estas circunstancias. Sentirse muy vivo y muy fuerte, disfrutar al máximo del presente con personas que le apreciaban y con quienes él se sentía a gusto —sin tener que competir ni demostrar nada—, era todo un privilegio y le colmaba de satisfacción. Estos sentimientos eran compartidos, pues las miradas de los otros dos esquiadores mostraban a su vez una expresión de paz y armonía. Sólo había un elemento discordante, el ruido provocado por el motor de la nave y las aspas. Pero ello no impidió que los tres amigos, unidos por su afán deportivo, viajero, y aventurero, expresarán libremente sus pensamientos:

—¡Qué pena que el mundo no pueda gozar de la paz de la montaña!, que en algunos lugares tengan que estar matándose, torturándose, aniquilándose, dañando a la persona humana, a tu prójimo... como tú, igual que tú en un 99,99%. ¡Cuánta maldad! —exclamó, Adnán.

—Si las personas valorasen más las pequeñas cosas que nos endulzan la vida, otro gallo cantaría —asintió Andrés y añadió—: En torno a una buena mesa, como hicimos ayer, un bello paisaje, o una música cautivadora, la agresividad desaparece como por arte de magia.

—Como diría Hans Christian Andersen: "Disfruta de la vida. Hay tiempo de sobra para estar muerto." —concluyó Heinrich.

Repuestos de la terapia de grupo inesperada, de la catarsis colectiva que habían experimentado al unísono, los tres se centraron en admirar el paisaje permaneciendo en silencio. Después de la pequeña excursión sobre los tejados de pizarra de las zonas pobladas, las iglesias, los monasterios, los bosques de abetos y las praderas, la aeronave enfiló hacia la zona salvaje, los denominados Montes Malditos, el Aneto y la Maladeta, que aparecieron envueltos en nubes muy densas. Con poco viento, la navegación discurrió suavemente y por fin el helicóptero descendió, tomó tierra sobre un pequeño repecho del Aneto en su cara oeste, y depositó a sus viajeros con sus equipos de esquí y sus mochilas, antes de reanudar el vuelo.

**

La disminución de la visibilidad ocasionada por la neblina que envolvía al Aneto estuvo a punto de hacerles desistir del descenso, pero después de parlamentar entre ellos, su juventud y las ansias de aventura influyeron más de lo que la prudencia hubiera aconsejado en semejante situación. Creían que la visibilidad mejoraría a medida que bajaran, que sólo era cuestión de minutos que se disipara la neblina, durante los cuales tendrían que esquiar con más cuidado y a menor velocidad.

Con el ansia de la aventura reflejada en sus rostros, los tres se calzaron los esquís. Después de asegurar bien las mochilas, ponerse los gorros de montaña, y ajustarse las gafas de protección, se enfundaron sus guantes; luego, asiendo firmemente sus bastones, iniciaron el descenso en oblicuo, desde los 3000 metros de altura en que se hallaban. Andrés, que en estas lides no alcanzaba la maestría de Heinrich o Adnán, iba el último de la fila, dejando que sus compañeros abriesen camino y se turnaran al frente del grupo. Pronto, superando los cálculos y las buenas intenciones iniciales, alcanzaron velocidades de vértigo. La nieve se hallaba en buen estado y con muy pocas placas de hielo, lo que constituía un factor menos de riesgo y sobre todo una gozada para los esquiadores. De vez en cuando saltaban pequeños obstáculos, como roca y hondonadas, o sorteaban accidentes inesperados del terreno que ponían a prueba su maestría en el arte del esquí. Entonces parecía que volaban. En esos momentos, la adrenalina se apoderaba de ellos, y el disfrute, el sabor amargo y seco del riesgo, era todavía mayor.

Cuando llevaban unos minutos descendiendo por la ladera del Aneto y atravesaban un pequeño valle donde la nieve era más blanda, tuvieron que detenerse a causa del tiempo que en lugar de arreglarse empeoraba por momentos. La visibilidad se había reducido más; había ventisca; y continuar bajando a gran velocidad era suicida. Lo más prudente era quitarse los esquís, ponerse las raquetas que llevaban sujetas a las mochilas, y bajar despacio hasta el punto de encuentro para el retorno. Adnán, que iba el primero, se dirigió a Heinrich que estaba detrás de él.

—Heinrich, creo que tenemos que abandonar. Mañana podemos intentarlo otra vez si el tiempo acompaña. Si no, nos vamos a las pistas de Cerler... y santas pascuas. *¡Lo norá!* (¡no es grave!).

—Creo que tienes razón, Adnán. Por cierto, ¿dónde está Andrés?

—Iba detrás, no sé...

Andrés, que iba el último de los tres, había desaparecido. Heinrich y Adnán, muy concentrados en la bajada, no se habían percatado de ello:

—¿Qué ha pasado con Andrés? —insistió Heinrich— ¿Tú le has visto?

—Yo... estoy como tú... ni idea. Se ha debido de perder. ¡Volvamos atrás!

Después de calzarse las raquetas, en medio de la desagradable ventisca, los dos retrocedieron siguiendo las huellas dejadas por los esquís, pero la niebla y el viento, que habían redoblado su fuerza, hacían difícil lo que en circunstancias normales no lo habría sido. Por otra parte, el móvil de Andrés no respondía a sus llamadas insistentes. Las nuevas tecnologías fallaban, así que, como antaño, Heinrich y Adnán empezaron a llamar a Andrés de viva voz.

El español había caído en una cueva cuya entrada, cubierta por una fina capa de nieve, no había resistido el peso del esquiador. La costalada le había dejado sin sentido a unos 10 metros de profundidad, pero su mente subconsciente seguía funcionando, y le sumergió en el mundo mágico de los sueños. Ahora, Andrés se veía a sí mismo en una noche de luna llena. Estaba vestido, si se puede llamar así, con un mugriento pijama de rayas. Frente a él estaba de pie una mujer, muy pálida, con ojos grandes, casi cadavérica, a quien habían afeitado la cabeza y cuyas formas femeninas sólo podía uno imaginarse dada la extrema delgadez de su cuerpo. Los dos se encontraban en medio de una especie de patio terroso y polvoriento. Detrás de ella había barracones de madera, que parecían no tener fin. Detrás de él se alzaba una alambrada electrificada, con torretas situadas a intervalos regulares, donde se veían unas formas grises que vigilaban y unas bocas de armas, seguramente ametralladoras, que sobresalían.

—¡Vaya!, ¡si eres Andrés! —exclamó la desconocida que se hallaba parada frente a él—. Ya tenía ganas de conocerte. Unos judíos de tu bloque te han señalado y me han hablado de ti. Me decían que te me parecías, que si éramos de la familia. Fíjate que tontería. Quizás seamos primos. En realidad, todos somos primos.

—Sí... quizás... —le dijo Andrés esbozando una sonrisa de satisfacción, pues creía haber reconocido a su abuela, a pesar de su extrema delgadez y su aspecto famélico—. ¿Cómo te llamas?

—Miriam. —Entonces a Andrés la cara se le iluminó pues no cabía en sí de gozo a pesar de las circunstancias.

—He venido sólo un momento, pero me alegro de verte. Ahora sé cómo eras. Lo que pasa es que esto no es real, es sólo un sueño, y no sé si tú estás aquí o si sólo eres la creación de mi mente, que quiere verte, que quiere ahondar en el pasado... en las raíces.

—Pero... ¡Qué tonterías dices! ¡Estás en Auschwitz Monowitz!, trabajando, como todos, para la Buna (el nombre de la fábrica de caucho sintético), para la IG FARBEN, en pos de esa asquerosa goma sintética que nunca acaban de fabricar los nazis. ¿Qué me estás contando? Espero que no te estés convirtiendo en un *Muselmann* (los que se quedaban quietos, porque ya les daba todo igual, o habían llegado al límite de sus fuerzas, y se dejaban morir en los campos de exterminio).

—¡No!, ¡qué bah! Sólo estaba pensando en voz alta. ¿Dónde está mi bisabuelo? ¿Sigue vivo?

—¿A qué te refieres? En verdad, creo que estás loco.

—Me refiero a tu padre.

—¡Ah!, sí, mi querido *abba* (padre en hebreo), pobrecito. Está en un barracón alejado. Le veo todos los días. Últimamente está muy triste, muy cansado... No sabemos nada de mamá, ni de Ana, mi hermana. En cuanto llegamos al campo, nos separaron. Todos los días rezo para que pueda pasar la próxima selección. Pero, tú, ¿por qué me haces preguntas tan personales?, ¿de dónde eres?

—Si yo te contara... Mi madre se llama también Ana, como Ana Frank.

—¿Quién es esa Ana Frank?

—¡Ah!, perdona, tú no puedes... tú no ...quiero decir que... ¿En qué mes de 1944 estamos?

—A finales de septiembre, ¡parece mentira que me hagas esta pregunta!

—Es el hambre que pasamos. No me permite pensar mucho. El cerebro consume ¡tanta glucosa! Es mejor tenerlo como hibernado. Ana es una judía que ha sido descubierta en el escondite que tenía en Ámsterdam, junto con su hermana Margot, con su madre y su padre, Otto, y otros que se habían ocultado con ellos.

—¡Qué nombre más bonito!, ¡Ana!, como mi hermana. Me gusta también tu nombre... No sé por qué, pero si salgo de aquí y tengo una hija la llamaré Ana y le diré que ponga tu nombre a su hijo. Además, me gustaría que tuviera los ojos azules, como tú.

—Puedes estar seguro de ello, Miriam. —afirmó Andrés, disimulando a duras penas su voz temblorosa, para que su abuela no sufriera más, y tratando de sonreír desde la profundidad emocionada de sus ojos, donde se debatían unas lágrimas que no llegaban a desprenderse.

—¿Y tú?, ¿de dónde eres? —insistió Miriam—. No me has respondido antes.

—No se te escapa una, ¡eh! Soy de Madrid.

—¡Qué raro!, yo creo que aquí no hay nadie de Madrid. Hay muchos judíos sefarditas, como yo y mi familia que primero vivimos en Salónica y luego en Rodas. Ahora están empezando a llegar muchos de Hungría. Pero tengo entendido que en España no se persigue a los judíos. Además, debe de haber muy pocos... después de la expulsión.

—De religión judía ... pocos, pero de ascendencia judía, un montón, más o menos un 20% de los españoles. Lo que pasa es que no lo saben. La mayoría de sus ancestros decidieron convertirse al catolicismo en distintas épocas, sobre todo cuando las persecuciones arreciaban. La última gran conversión fue en 1492, con el decreto de expulsión de los Reyes Católicos, después de la toma de Granada.

—Ya lo sé. Ese decreto lo tenemos grabado a sangre y fuego los judíos sefarditas. ¿Y a ti?, ¿por qué te detuvieron? Es que me parece tan raro que lo hiciesen.

—Es una historia larga de contar. Si nos vemos en el campo en otra ocasión, te lo cuento. Me has caído muy bien, Miriam Benaser.

—¿Cómo sabes mi apellido?...

En ese momento del sueño, unas voces lejanas que gritaban el nombre de Andrés, empezaron a oírse.

—Perdona, Miriam, creo que me llaman y voy a tener que irme. Quiero quedarme contigo, aquí... y protegerte... y luego también... pero estamos rompiendo las reglas del espacio-tiempo. Dame un beso... Te quiero.

Como Miriam se había quedado de piedra, pensativa y perpleja, sin moverse, Andrés se le acercó... y la abrazó... y le dio un beso muy fuerte en la mejilla... y... ella no retiró la cabeza. En ese momento, despertó de su sueño. "¿Dónde estoy?, ¿qué me pasa? ¡Ah!, ¡sí! Me he caído aquí dentro, mientras estaba esquiando". Entonces miró primero hacia arriba y vio la abertura por la que se había hundido en la nieve, luego alrededor suyo, pero todo estaba oscuro. "Debo de estar dentro de una cueva. Si no salgo de aquí se acabó todo, así de cruel y de simple. Además, me temo que el temporal no ha cesado. En estas condiciones... lo tengo muy difícil." Pero al escuchar la voz de Adnán, Andrés tomó conciencia de que quizás no tendría una segunda oportunidad para salir de la cueva, pues estaba muy magullado. Además, una nevada podía cubrir la entrada por entero y entonces... Entonces se puso a gritar como un energúmeno, con toda la fuerza que le permitían sus pulmones y su estado de aturdimiento.

—¿Has oído eso, Heinrich? —preguntó Adnán que creía haber escuchado una voz lejana en medio de la ventisca.

—No, no he oído nada, serán fabulaciones tuyas, con este tiempo, me parece que como no le veamos, no hay nada que hacer.

Heinrich siguió caminando, y Adnán, que no estaba seguro de lo que había escuchado, hizo caso al austriaco y continuó buscando y alejándose del punto en el que creía haber oído algo parecido a un grito lejano. Dentro de la cueva, Andrés, que se

desesperaba gritando, se cansó y tiró la toalla: "Es inútil... no me oyen... No me van a oír". El frío y la angustia empezaban a afectar al cerebro del español que se resistía a dormir: "Qué pena... morir aquí... sólo... sin nadie que me tome la mano en este trance, sin voces amigas, cariñosas... Por lo menos, pronto voy a reunirme con mis padres, mis abuelos... mis antepasados. Ellos me están esperando. Pero ¡qué poco he durado en esta tierra! Al final, los que me persiguen y me odian van a ganar la partida".

En ese trance, las lágrimas brotaron de sus ojos. Se estaba acordando de sus padres adoptivos, Fernando y Lucía, y de su novia, Elena. Entonces empezó a hablar en voz baja: "¡Cuántos proyectos truncados! Ya no veré crecer a mis hijos... gracias por todo, Eila Kessler... y a los demás de Alfa y a Salomón Liebermann, os agradezco todo, os habéis portado tan bien conmigo." Luego empezó a rezar un Padre Nuestro, la más judía de todas las oraciones cristianas, poniéndose voluntariamente en manos de *Adonai,* el Señor. Él no era muy religioso, no era de ir a misa, incluso a veces dudaba, y dudaba mucho, sobre todo después de comprobar, en carne propia, hasta qué punto podía llegar la maldad del hombre por culpa del fanatismo de algunos mal llamados líderes —que en realidad eran lobos con piel de cordero—, de sus acólitos, de sus sicarios asesinos, de tanta falta de compasión... Rezando, se fue quedando dormido, ya vencido, ya entregado a su destino... "Dios mío, gracias por la vida que me has dado y perdona mis pecados, he tratado de ser lo más justo posible..."

No habrían pasado más de 10 minutos, cuando unos gritos le despertaron de su somnolencia mortuoria. Heinrich, que no había hecho caso de Adnán, cuando éste le dijo que creía haber oído una voz, había cambiado de opinión tras unos minutos de rastreo infructuoso:

—Adnán, creo que no estamos bien encaminados. Aquí no veo trazas de esquí. Quizás tenías razón cuando dijiste que habías oído algo. Volvamos hacia donde nos detuvimos. Seguiremos nuestras huellas y dentro de 7 u 8 minutos nos detendremos.

—Ya no estoy seguro de nada, ¡con este tiempo! Yo no sé si era una voz, o el espíritu de la montaña, o un águila, o yo qué sé qué... —apostilló Adnán.

—No importa, me quedaré más tranquillo si retornamos.

—Heinrich, *Ani marguish atsuv meod.*

—¿Pero ¿qué dices, Adnán? No entiendo.

—Perdona, es que me ha salido el hebreo. Decía que me siento muy triste,

—Pues no es el momento de batirse en retirada.

—¡Ya lo sé! ¡*Kadima*! (¡adelante!)

Cuando escuchó las voces que le llamaban, Andrés, regresó de su somnolencia y, haciendo un gran esfuerzo, se medioincorporó a pesar de los dolores de sus articulaciones y de las magulladuras de la caída. Entonces gritó, gritó desaforadamente, desesperadamente, con renovadas fuerzas, pensando que la vida le acababa de dar una segunda oportunidad que no iba a dejar escapar. Por fin, sus compañeros le escucharon y reconocieron su voz, a pesar de la ventisca que seguía arreciando:

—Andrés, ¿estás ahí? —le llamó Heinrich que había localizado la entrada de la cueva.

—¡¡¡Síiiiiiii!!!, ¡gracias! ¡Dios mío!... ¡gracias!, has escuchado mis plegarias —dijo con la voz ahogada entre sollozos y suspiros de emoción.

—¡Voy a bajar!, ¡aguanta!, ¡valiente! —Le animó el austriaco con cara de júbilo.

La pendiente de la cueva era bastante pronunciada, y aunque se hallaban provistos de piolets, Heinrich y Adnán decidieron montar una cordada pues llevaban budrieles y mosquetones en las mochilas. Adnán se quedó en el exterior sujetando la cuerda, mientras Heinrich se introducía por la pequeña hendidura que luego se agrandaba y daba paso a una galería muy inclinada que conducía al fondo de la cueva. Dando pasos hacia detrás y pequeños saltos, con una técnica parecida al rápel, el austriaco se fue acercando a Andrés al tiempo que la escasa luz que llegaba del exterior iba disminuyendo hasta convertirse en penumbra, por lo que al tocar fondo, tuvo que encender su linterna localizando de inmediato al español, que yacía en el suelo. Éste se le quedó mirando boquiabierto, sin articular palabra.

—¡Vaya susto que nos has dado! Menos mal que estás de una pieza. Parece que tienes todo en su sitio. ¡A ver! —Entonces, Heinrich, que era un experto en primeros auxilios y parecía tener mucha experiencia en estos temas, movió con suavidad profesional las articulaciones de las piernas y de los brazos de Andrés, que por fin reaccionó gruñendo:

—¡¡¡Ay!!!, me haces daño, cabronazo.

—¡Así me gusta! ¡Mueve los brazos!, ¡bien! Ahora las piernas. Pero si estás nuevo y a estrenar, bribón.

—Menos cachondeo. Por poco me quedo aquí, en este mausoleo, para siempre, como uno de esos cadáveres que hay abandonados en los altos del Himalaya. Un trozo más de carne congelada.

—¡Eso, olvídalo ya! Me parece que esta noche nos vamos a ir de fiesta. A ver, ¡levántate despacio! —Andrés, apoyándose en Heinrich, se levantó y cuando éste enfocó su cara con la linterna, se asustó:

—¡Joder!, ¡vaya chichón que tienes en la frente! Parece que te han atizado con un bate de béisbol, ¡madre mía!, ¡qué hinchado lo tienes!

—Ya hablas como un barriobajero, Heinrich, igual de soez. Lo que te delata es tu acento austriaco.

—No digas chorradas y agárrate a mí. Voy a decirle a Adnán que tire de la cuerda y vamos subiendo pasito a pasito.

Entonces, el austriaco agarró su piolet y fue horadando el hielo, creando una especie de escalones que, con los crampones que llevaba, le permitían afianzar su peso y el de Andrés, que había recuperado parte de su fuerza y se agarraba al cinturón de Heinrich. Muy lentamente, los dos fueron subiendo por la escalera improvisada, hasta que sus cuerpos asomaron por la estrecha boca de la cueva ante un Adnán que rebosaba de alegría.

—¡Enhorabuena, Andrés! —le saludó Adnán nada más verle—. ¡Has vuelto a la vida!

—¡Y que lo digas! Todavía se me permite que dé guerra... ¡Pese a quien pese!

**

Unos minutos después del rescate, los tres convinieron en que lo mejor era montar la pequeña tienda de campaña isotérmica que llevaban consigo, y comer algo mientras amainaba la ventisca. Era necesario esperar a que volviese el buen tiempo, o al menos un tiempo no tan malo para poder bajar al punto de encuentro, situado dos kilómetros más abajo. Una vez allí, avisarían por teléfono al helicóptero que no tardaría en recogerles. La tienda era pequeña, pero había sitio para que Andrés permaneciese echado y los demás sentados.

—Voy a prepararos una sopa de pollo de sobre. ¡Os va a entusiasmar! Además, podéis comer un poco de chocolate. —propuso Adnán.

—A mí, todo me parece de puta madre porque pensaba que... ya no iba a tomar nada en mi vida. —confesó Andrés con la voz quebrada, mientras hacía lo posible y lo imposible por permanecer despierto.

—Yo, hasta he traído un poquito de güisqui, Johny Walker... pero etiqueta roja... No os vayáis a creer que...

—No hace falta que des ninguna explicación, Heinrich —le matizó Adnán, y continuó—: Yo sé mucho del güisqui que fabrican en los *Highlands* (tierras altas) de Escocia.

—¿Y eso, Adnán? —preguntó el austriaco—. Esa faceta tuya no la conocía.

—Es largo de contar. Sólo te diré que estuve con auténticos escoceses y a punto de convertirme en un barril de roble, lleno del güisqui más genuino, del más casero. —En ese momento, pillando a Heinrich desprevenido, le arrebató la botellita de güisqui que éste tenía ya destapada y se tomó un buen trago. —¡Qué rico está! —Exclamó mientras se limpiaba la boca con la manga de su chubasquero—. Me recuerda a los bellos Highlands.

—Pero ¿de qué hablas? —volvió a preguntar Heinrich.

—Nada, cosas mías.

—¿Y tú, Andrés?, ¿qué opinas del güisqui? —Pero Andrés no opinaba nada; se había quedado dormido como un lirón.

—El pobre ya ha tenido demasiado. Ahora debe de estar en el paraíso. ¡Mira esa cara de ángel!

—Dejémosle que descanse unas horas —sugirió el austriaco—. Luego nos dirigiremos al punto de encuentro.

Andrés despertó a las dos horas. El caldo que le habían preparado sus compañeros le supo a gloria. Luego completó la faena con una tableta de chocolate. Pronto, La glucosa y el alimento caliente rindieron sus frutos, y en pocos minutos, Andrés ya parecía otra persona. La vitalidad volvía de nuevo a su joven y vigoroso cuerpo, el color a su rostro, y, sobre todo, las ganas de hablar a su garganta. Pero antes, emulando a Adnán, se tomó un lingotazo de Johny Walker, pues tampoco le hacía ascos a la destilación escocesa de la cebada.

—Estas experiencias son las que unen de verdad a las personas —declaró solemnemente Heinrich, mientras disfrutaba viendo comer y beber a su amigo Andrés.

—Es cierto —asintió Adnán—, como el güisqui no hay nada. Es de puta madre.

—No me refería a eso —le reconvino Heinrich.

—Ya lo sé, hombre —admitió Adnán y añadió—: Es en los momentos de peligro cuando se manifiesta el verdadero temple de las personas. Hay algunos, o mejor dicho muchos, que huyen de él y no son capaces o no quieren afrontarlo.

—Yo confío ahora mucho más en vosotros dos —confesó Andrés por su parte—. Me podíais haber dejado ahí abajo, mientras llamabais y esperabais a los equipos de socorro. Era una opción legítima, pero no lo hicisteis y arriesgasteis.

—La verdad es que la situación podía haber sido aún peor —apostilló Heinrich—. ¿Os imagináis que hubiésemos caído también yo y Adnán en la cueva? Los móviles ahí abajo no tienen cobertura.

—El problema, efectivamente, era el riesgo, pero al revés; el riesgo de que tú murieses congelado —matizó a su vez Adnán y prosiguió—: ¿Cuánto iba a tardar el equipo de socorro? Una hora, dos horas... ¿Y si la ventisca hubiera cubierto de nieve la entrada de la cueva?, ¿cuánto tiempo habrías podido aguantar?

—Si no me hubieseis encontrado, o si me hubiesen hallado más tarde, creo que no habría sobrevivido y la cueva se habría convertido en una tumba sin epitafio —reconoció Andrés.

—Yo no puedo hacer doble juego —terció Heinrich—. Si soy tu lugarteniente en Protraesa y trabajo contigo codo con codo, es que confías en mí, es que formamos un equipo. Entoces hay que estar a las duras y a las maduras.

—La verdad es que da gusto oíros. Mejores compañeros no podría tener —concluyó Andrés, que a los pocos minutos se volvió a quedar dormido.

—¡Qué barbaridad! Este tío se duerme en cualquier lado —comentó Adnán con ironía.

—Debe de tener la tensión un poco baja, o exceso de azúcar, después de todo es normal que esté agotado —opinó el austriaco—. Yo también lo estoy. La tensión emocional cansa mucho. Después del combate, es inevitable que visites las letrinas.

—¿Qué dices del combate?, no entiendo. ¿A qué combate te refieres? —preguntó Adnán con cara de sorpresa.

—Me refiero al... combate deportivo. Antes de la competición, minutos antes, las letrinas... quiero decir, los baños, están llenos. Después, no hay quien se tenga en pie. Es lo que llamáis en España el *acojone,* ¿digo bien?

—Creo que sí —contestó el israelí.

Una hora después, al haber mejorado el tiempo, Heinrich y Adnán decidieron que era el momento de ponerse en marcha, así que despertaron a Andrés, desmontaron la tienda, y se dispusieron a bajar los dos kilómetros que les separaban del lugar de encuentro. Pero no las tenían todas consigo sobre el estado físico del español, pues una caída del tipo que había sufrido podía haberle causado lesiones internas. Entonces le propusieron transportarle en una especie de trineo improvisado, utilizando los esquís, pero Andrés se negó:

—No me encuentro mal, de veras. En una hora llegaremos. Además, he caído en blando, no tengo ningún hueso roto. Ha sido peor la sensación de precipitarme al vacío que el impacto.

—Bueno, ¡tú verás! —exclamó Adnán—. Nosotros no vamos a obligarte, pero en cuanto lleguemos al hotel nos vamos a urgencias, para que te hagan radiografías, un escáner, y lo que haga falta.

—Yo pienso lo mismo —asintió Heinrich. Si vamos a suspender el esquí libre, lo más importante es que te chequeen. Ya tendremos más oportunidades de esquiar.

Una vez en el lugar de encuentro, una lugar resguardado donde había un refugio de montaña y a cien metros una zona amplia y llana, Heinrich llamó por el móvil y a menos de 15 minutos fueron recogidos por un helicóptero que les transportó al helipuerto situado en las afueras de Benasque, donde estaba aparcado su coche. Nada más llegar se montaron en el vehículo en dirección al centro médico de urgencia. Allí le explicaron al médico de guardia lo que había pasado en el Aneto. A la vista del relato, y después de examinar brevemente a Andrés, comprobando los moratones y las raspaduras que tenía por todo el cuerpo, el galeno ordenó su ingreso en una clínica comarcal para efectuar las pruebas médicas aconsejadas en estos casos.

✳✳

Lo importante, para los tres amigos, es que la excursión de esquí de alta montaña acababa de terminar con *final feliz:* Andrés estaba vivo. Durante los tres días siguientes, el español fue sometido a todo tipo de análisis. Heinrich y Adnán, que habían comunicado lo ocurrido a Protraesa, se quedaron en Benasque. A Andrés le dieron el alta el sábado 7 de enero por la tarde. Después de recoger al convaleciente, como todavía les quedaba una noche de estancia en el hotel antes de volver a Madrid el domingo, los tres amigos decidieron celebrar el fin de las vacaciones y el restablecimiento de Andrés que parecía un tanto deprimido.

—La verdad es que últimamente no tengo mucha suerte en mis escapadas. Si no es una cosa, es otra.

—Bueno, Andrés, no te pases tampoco —le espetó Heinrich—. Has estado en Venecia unos días de lujo, y según me han contado te lo has pasado muy bien.

—No muy bien. Si yo te contara la realidad de Venecia, pensarías de otro modo.

—¿Qué insinúas, Andrés?

—Nada, no es importante. Es un tema más bien personal —le respondió mirándole con cara seria.

Adnán no podía disimular su enfado por la indiscreción del español, pero había sido entrenado para estas ocasiones. Inmediatamente salió al quite como buen cuadrillero, para evitar que Andrés desvelase parte de lo ocurrido en Venecia:

—Andrés, los temas personales son tuyos. No tienes por qué contarnos nada, ni darnos una explicación. Es más, no debes hacerlo. —Pero el español fingió no percatarse del cable que acababa de echarle Adnán y siguió delante de una manera inesperada, que de nuevo puso de los nervios a Adnán:

—Bueno, no es para tanto. Os voy a ser sinceros... Se trata de un desengaño amoroso —mintió Andrés poniendo cara de pillín y añadió—: Digamos que no pudo ser. Además, había mucha agua de por medio. —Por fin Adnán pudo respirar tran-

183

quilo ante el estupor de Heinrich, que se había quedado fuera de juego:

—Pues no nos has aclarado nada, pero tratándose de Venecia... la patria de Giacomo Casanova, ya me dirás.

—Bueno, amigos, ahora centrémonos en la cuestión que nos ocupa. Tenemos que ser positivos y despedirnos en regla —sugirió Andrés—. Propongo que nos demos una vuelta por Benasque, que nos comamos un lechazo al horno regado con un buen caldo del país, por ejemplo, un Somontano, y que luego nos vayamos a mover el esqueleto a una discoteca o a acabar en un karaoke, con botella de champán incluida. ¿Qué os parece, camaradas?

—Parece que tienes la capacidad de leerme el pensamiento —le respondió Heinrich.

—La verdad, Andrés, es que te recuperas muy rápido —terció Adnán—. Yo tenía un amigo que era como tú... en Escocia... en Aberdeen. Él también se rehízo rápido de sus percances y no veas como pimplaba el tío.

"¡Qué cabrón, pensó Andrés, yo empecé con Venecia y ahora me sale con lo de Escocia!". Pero le siguió la corriente:

—Quizás me parezca a él, Adnán. ¿Hay almas gemelas, sabes...? Incluso es posible que en sueños haya estado en Escocia. Ya me gustaría, ya. ¿Cómo se llaman tus amigos escoceses de Aberdeen? —Esta vez, Adnán no sonrió. La broma estaba llegando demasiado lejos y no se debía desvelar nada, en ningún momento, de las operaciones del Grupo Alfa,

—Creo que eran los Mac Clusky. Esos nombres escoceses no son fáciles para mí —concluyó poniendo cara de perro.

Después de la cena en un conocido restaurante de la zona, los tres amigos se fueron al karaoke del hotel. Cuando llegaron, hacia la media noche, todavía había bastante público pues tratándose de un sábado de principios de enero, al lado de las pistas de esquí, el aforo estaba garantizado y la juerga estaba servida. Primero salió Adnán y cantó la canción Diva, de Dana Internacional, que había sido ganadora en el Festival de Eurovisión de 1998. Luego salió Andrés. Su cuerpo repuesto le pedía cantar el La la la. Finalmente se decidió por la canción de La Flaca, del grupo Jarabe de Palo. Pero la sorpresa mayúscula se produjo cuando el turno le llegó a Heinrich. La música de Lili Marleen, la canción más popular de la Segunda Guerra Mundial, empezó a propagarse por los altavoces del karaoke. El público, sorprendido por la melodía y por la magnífica voz de tenor del austriaco, enmudeció y escuchó. Cuando finalizó la actuación, el auditorio prorrumpió en sonoros aplausos. Al sentarse junto a Adnán y Andrés, Heinrich no pudo disimular su emoción pues tenía los ojos húmedos y brillantes.

—¿Qué te ocurre? —le preguntó Andrés.

—Soy alemán... quiero decir austriaco, y aunque no viví el periodo de la guerra, mi padre tomó parte en el conflicto. Combatió en el Afrikakorps del mariscal Erwing Rommel, a quien llamaban el *Zorro del Desierto*. También estuvo en el Frente del Este. En realidad, por todo lo que me contó después, es como si yo lo hubiese vivido.

—Pues ha sido muy emotivo. Además, la has cantado muy bien. ¡Joder!, ¡qué voz tienes!, ¡qué bonita!

—Ya sabéis que, en Viena, para muchas personas, la música es como una segunda piel. Además, Lili Marleen llegó a convertirse en una especie de himno universal, más que la inglesa *J´attendrai* (Esperaré). Hitler la prohibió considerando que no contribuía a aumentar la moral de los soldados.

—¡Bueno, amigos!, no nos pongamos tan serios, ni tan tristes —terció Adnán—. A pesar del accidente, no lo hemos pasado tan mal. Ahora quiero que cantéis conmigo el *Hava Nagila* (Alegrémonos).

—¿Qué es eso? —le preguntó Heinrich.

—Es una de las canciones judías más conocidas.

—¡Escucha y participa! ¡Es contagiosa! ¡Es increíble! —exclamó Andrés.

Adnán y Andrés salieron juntos a escena para cantar y bailar al unísono. Pronto, varias personas del público se les sumaron, y todos acabaron agarrados de la mano y formando un corro que no paraba de dar vueltas, mientras la alegre melodía de la canción les envolvía y seducía como una amante recién reencontrada. Incluso Heinrich, que al principio se había mostrado un tanto reticente, se unió a ellos. Luego encadenaron con otras canciones de distintas épocas donde sobresalía la voz operística del austriaco. Finalmente, a eso de las tres de la mañana, la fiesta terminó. Los tres amigos salieron de la discoteca y llegaron *con dificultades* al elevador del hotel, acompañados, o, mejor dicho, apoyándose en dos bellas mujeres, cortesanas del lujoso karaoke. Se sentían felices; lo que habían experimentado era una catarsis que necesitaban, y que iban a culminar ahora con el placer sexual. Y lo hacían no sólo por el accidente de Andrés... en honor de Andrés, sino también por ellos mismos.

En realidad, era como si el accidente del español y las ganas de vivir posteriores los hubieran experimentado los tres. Cada uno de ellos tenía razones poderosas para festejar, para olvidarse, para correrse una noche de juerga. Pero Andrés no participó en lo último. Se sentía muy unido a Elena y no iba a traicionarla.

—Buenas noches, muchachos ¡Joder!, ¡muchachas!, ¡qué buenas estáis! La verdad es que me apetecéis mucho, pero no debo —exclamó mirando de arriba a abajo a las féminas.

—¡Joder, Andrés!, ¡eres la leche! —dijo Heinrich, al que le había salido un acento muy germano.

—Tío, cada vez me sorprendes más con tu forma de hablar, pero como estoy pedo, te lo puedo decir todo. Eres un buen amigo, me lo has demostrado allá arriba, y te aprecio mucho. ¡Ve con esa belleza ibérica! ¡Piérdete en una bacanal autentica! ¡Disfruta, Heinrich!

—¡Ay!, ¡qué serio que se me pone usted! ¡Véngase pues ahorita! ¡No se lo piense más!, ¡Ándele!, ¡se la va a pasar padre! —Exclamó la bella acompañante de Heinrich.

—No me digas que eres mexicana.

—¡Pues claro!, ¿qué se creía, huerito?

—¡Nada! Me parece extraordinario. Es que esta noche no veo nada. ¡Trátame bien a ese hijo de la chingada!, y no pidáis demasiada platita.

—¡Cuídese! y, sobre todo: ¡No se me enoje! —le dijo la mexicana guiñándole un ojo.

—Adiós, amigos, creo que seré capaz de llegar a mi habitación... Pero antes, en un postrero esfuerzo, se dirigió al agente de Alfa: ¿tú también, hijo mío? ¿Tú también vas a pecar?

—No me cuentes eso ahora, Andrés. Además, por si no lo sabes, el sabat pasó hace horas. Además, tú estás pringado en todo esto, cabrón. Me voy con Natacha... a olvidar esta perra vida.

—Haces bien, Adnán... Esta puta vida no nos da muchos momentos de felicidad de verdad, de ausencia de dolor.

—*Laila tov, javer* (buenas noches amigo) y ¡Viva la vida! —Exclamó Adnán, poniendo cara de pillín antes de adentrarse en su habitación y ocuparse de otros *menesteres*.

— *Shalom* (adiós) —le respondió Andrés.

De esta forma heterodoxa, los tres amigos se despidieron hasta el día siguiente. Andrés, tambaleándose, alcanzo su habitación, entró en ella, e incapaz de desnudarse cayó rendido encima de su cama. Todo le daba vueltas y vueltas, como si estuviese en una balsa abandonada en el mar, en medio del fragor de una tormenta, o en un globo aerostático, que, azotado por un vendaval inesperado, se hubiese vuelto ingobernable

En ese momento y como por arte de magia, en su mente surgieron con nitidez imágenes de los ídolos de la Tierra de Fuego en la Patagonia. Después aparecieron las pirámides de Xixenitza, en Mesoamérica, con todo su esplendor. También se vio subiendo por una ladera del monte Fujiyama, en el Japón; y, finalmente, sentado a la sombra de una encina majestuosa, frente a los molinos de viento de Campo de Criptana, en la Mancha, como si hubiese penetrado y entrado a formar parte de una de las fotografías del gran José Suárez... No sabía por qué... pero todo eso había sucedido en la pantalla de su mente, como en una película en cinemascope de la que él fuese espectador y protagonista. "Serán los efectos del güisqui", pensó... y, en escasos segundos, se durmió con cara de gran felicidad, no sin antes dar gracias a Dios, por seguir vivo, y rezar un padrenuestro... que no consiguió acabar.

***

Sospechas

El domingo 8 de enero de 2012, después de las peripecias casi fatales de su escapada a los Pirineos, los esquiadores volvieron a Madrid. Para Andrés, que se sumergió en la rutina *vivificadora* del trabajo, el resto del mes transcurrió sin sobresaltos. Elena, después del nuevo percance de su novio, no le dejaba ni a sol ni a sombra:

—Si es que no puede ser —le repetía con insistencia—. Te separas de mí y te metes en problemas. Parece que está hecho a posta. ¿Y ese Adnán?...

—¿Qué pasa con Adnán?

—No me has contado nada de él. De pronto me dices que tienes un amigo del que no me habías hablado nunca. Quiero que confíes en mí, cariño. Algo te ocurre y no me lo dices. No tiene que haber secretos entre nosotros.

—Claro que sí, mi vida. No hay nada que ocultar respecto de Adnán. Se trata de un amigo que conocí hace varios años durante unas vacaciones en Israel. No te he contado nada de él porque no le había vuelto a ver, pero mira por donde, ahora está trabajando en Madrid. ¡Qué bonito! ¿no? ¿No te he hablado antes de mi interés por el Oriente Medio?

—La verdad es que de eso hemos platicado poco.

—Sí, tienes razón. Pero a partir de ahora todo va a ir viento en popa para nosotros, ya verás.

Entonces, como Elena no parecía muy convencida por las palabras de Andrés, éste utilizó un *arma letal* en la España de principios del siglo XXI, una huida de la realidad, de la rutina, algo difícil de rechazar teniendo en cuenta las dificultades y los problemas en la existencia de la inmensa mayoría de los españoles: "Lo que tenemos que hacer es planificar ya las próximas vacaciones que esta vez pasaremos juntos, ¡contra viento y marea!".

—Sí, mi amor, creo que las necesitamos los dos: ¡China!,

¡La India!, ¡Vietnam! Me encantaría que pasáramos unos días por esas latitudes —se adhirió Elena con entusiasmo y sorprendiendo a Andrés, pues su ánimo acababa de experimentar un giro de 180 grados—. El Oriente siempre me ha atraído mucho y será una oportunidad para que nos conozcamos más, en todos los aspectos.

—Yo me apunto también a esos destinos: ¡trabajemos duro por ello! —concluyó Andrés con entusiasmo.

El antídoto, el elixir milagroso contra las cuitas de Elena, fue muy eficaz. El principio del placer freudiano surtió efectos disuasorios y ella pareció olvidar por el momento sus dudas sobre el presente y el pasado de Andrés. Lo cierto es que el español tenía muy claro que su pertenencia al grupo Alfa no podía ser desvelada pues ponía en peligro los objetivos y sobre todo la vida de las personas relacionadas con él. A partir de ahora, lo difícil iba a ser compaginar el vínculo con Elena, cada vez más estrecho, con el deber de secreto y los riesgos que implicaba su adhesión al grupo Alfa. En todo caso, el tema no tenía vuelta de hoja, era lo que había y tenía que llevarlo de la mejor manera posible.

Con motivo de estas reflexiones, a Andrés siempre le venían a la mente esas historias de espías donde las esposas de los agentes secretos no saben nada de la actividad oculta de sus maridos, incluso después de toda una vida matrimonial. Una vez más, había que conciliar la racionalidad cartesiana con la emoción, proclive ésta a cesiones muy peligrosas.

**

Después del susto de los Pirineos, en el grupo Alfa se había recuperado la calma. Eila, como responsable de las actividades del comando, no paraba. De vez en cuando le llegaban comunicaciones cifradas sobre posibles amenazas antisemitas en España. Ello no era nada fuera de lo común en un mundo convulso donde los atentados terroristas, en su mayoría islamistas, se sucedían con frecuencia, no sólo en Israel, sino también en el resto del mundo. Estos atentados eran casi siempre noticia principal cuando tenían lugar en Europa o Estados Unidos. Pero la realidad es que las acciones terroristas se habían globalizado y afectaban también a los propios países musulmanes, de donde procedían gran parte de los terroristas cuya organización más importante era Al Qaeda. Las acciones fanáticas del terrorismo se debían a grupos e individuos que, amparándose en la religión islámica, o interpretándola a su manera, pretendían alcanzar el poder estableciendo regímenes totalitarios, en contra de los derechos y libertades de las personas, y queriendo volver en última instancia a una especie de Edad Media mediante la fundación de un califato. Éste estaría formado por los territorios islámicos y por los territorios que alguna vez fueron regidos por los gobernantes islámicos (India, Portugal, España, Sicilia, Cerdeña, Córcega, partes de África Oriental, etc.), y en ellos, de gobernar ese califato, el miedo y la represión de la diferencia estarían asegurados.

En esta atmósfera de prevenciones y recelos por parte de los servicios secretos, aunque la mayoría de las comunicaciones de amenazas eran infundadas, no se podía bajar la guardia. Otra de las actividades del grupo Alfa consistía en la continua y constante vigilancia de Andrés. Éste, que ya utilizaba algunas palabras sueltas de hebreo, se había apuntado entretanto a clases de este idioma, como algo deseado desde hacía años y ahora más después de descubrir su identidad oculta. De todos modos, el interés de Andrés por la cultura de Israel, en general, no era algo novedoso. Fernando, su padre adoptivo, se había preocupado siempre de estimular el interés de Andrés hacia ese país desde una óptica liberal y nada sectaria. Autores como Hanna Arendt, Walther Benjamin, Stephan Zweig, Franz Kafka, Irène Nemirovsky, o Joseph Roth, no le eran desconocidos.

En relación con el Holocausto, había leído a Victor Frankl, Primo Levi, Elie Wiesel, Ana Frank, y últimamente a

David Galante y Olga Lenkiel. Uno de los autores que más le había interesado, por lo profético y clarividente, por su agudeza analítica sobre Hitler y el nacionalsocialismo, y por su claridad y solidez en la defensa de la democracia frente a la dictadura nacionalsocialista, era Joseph Roth, a quien admiraba también por su espíritu libre, en la mejor tradición del judaísmo. Nada más llegar al poder, el 30 de enero de 1933, Hitler, a una velocidad de vértigo, estableció un Estado militarista, totalitario, imperialista, nacionalista y, sobre todo, antisemita y obsesivamente racista, con inspiración en su libro titulado *Mein Kampf* (Mi Lucha), que escribió mientras estuvo cómodamente alojado en la prisión de Landsberg, ayudado por uno de sus más íntimos allegados, Rudol Hess, que luego se convertiría en su lugarteniente, y sería conocido también por protagonizar, en mayo de 1941, una de las acciones más osadas y estrambóticas de la Segunda Guerra Mundial, al lanzarse en paracaídas sobre territorio inglés desde un Messerschmitt BF-110, con el objetivo de unas supuestas negociaciones de paz.

En el régimen recién instaurado, la libertad de la persona humana, que antes había establecido y garantizaba la Constitución de la República de Weimar —que consagraba en Alemania, después de su derrota en la Gran Guerra, un régimen republicano y democrático— era despreciada y perseguida. En particular, la libertad de expresión y una de sus consecuencias, la libertad de prensa, eran dos de los derechos que había que eliminar, que había que borrar del pueblo alemán y de cada uno de sus miembros, convertidos ahora en *Untertanen*, es decir en súbditos... siervos. Joseph Roth era judío y además periodista: un cóctel explosivo, pues junto con la condición de opositor político y escritor libre, el periodismo en Alemania, al principio del Tercer Reich, era una de las profesiones más peligrosas. El 28 de febrero de 1933, al mes de alcanzar el poder, Hitler y su gobierno, sin oposición del ya anciano presidente Paul von Hindenburg, aprovecharon el incendio del Reichstag —La Cámara Popular del Parlamento Alemán— para aprobar y promulgar tres decretos leyes que suspendieron las garantías de los derechos fundamentales, entre ellas, las de la libertad de expresión.

En esta atmósfera asfixiante y peligrosa, Joseph Roth tuvo que emigrar… que huir de Alemania. Se trasladó a París donde pudo continuar con su trabajo de periodista y escritor, publicando sus artículos en el periódico Neues Tagebuch —El nuevo libro diario—. Uno de los artículos que más impactó a Andrés era el dedicado al *Judío Errante*. En dicho artículo, Roth cuestionaba el sionismo, entendido como la búsqueda a ultranza por los judíos de una patria física, que de todos modos consideraba un mal necesario, dadas las circunstancias y las persecuciones. Para Roth, la verdadera patria judía era toda la humanidad y criticaba la conversión al nacionalismo alemán de muchos judíos, a principios de los años 30, pensando que así el nacionalsocialismo les iba a perdonar.

Andrés pensaba que Roth tenía razón cuando decía en su artículo que, en aquella época, Alemania tenía necesidad de algunos millones de cosmopolitas, porque había demasiados bárbaros nacionales y demasiadas naciones bárbaras. El español consideraba que ese artículo era muy actual en el mundo de 2012, un mundo que ya no estaba dividido por el muro de Berlín, y donde la clasificación muy manida de izquierdas y derechas, una categoría intelectual periclitada y propia de los siglos XIX y XX, se iba desdibujando a marchas forzadas.

Por el contrario, Andrés consideraba que lo que se estaba imponiendo poco a poco en el mundo, aunque no se quisiera ver por muchos, eran 2 fenómenos de naturaleza distinta pero concomitantes en el tiempo. Por un lado, una reacción localista o nacionalista, en contra de la globalización de la cultura y de la economía. Por otro, el enfrentamiento entre dos modos de vida y dos concepciones globales del mundo: la civilización islámica y la occidental o judeocristiana. En muchos temas, como en lo que se refería a costumbres, vestimentas, respeto a las mujeres y a los homosexuales, libertad de expresión, concepción de la vida, etc., dichas civilizaciones mantenían posturas distintas y les costaba mucho *entenderse*, lo cual era aprovechado por los radicales, en su mayor parte islamistas, para enfrentar a las dos visiones del mundo.

En este escenario, en ocasiones apocalíptico, Andrés consideraba que lo que hacían falta eran personas con altitud de miras, ya fuesen cristianos, musulmanes, judíos, budistas, hinduistas, o lo que fuera, que llamasen primero a las cosas por su nombre, y que luego tomasen partido claramente por la defensa de la vida y la dignidad de la persona humana. Pensaba que más allá de alianzas imposibles, por ser *contra natura*, como la fracasada *Alianza de Civilizaciones*, había que fijarse en el común universal y estructural que une a la especie humana, incluso superando el marco de las religiones, estrecho y confuso a veces, y que en lugar de unir a los hombres lo que consigue a menudo es separarlos, reducirlos a categorías enfrentadas olvidando lo fundamental y más difícil: ser una buena persona que considera a sus semejantes como iguales, y dotados de derechos fundamentales que nadie les puede arrebatar.

Era preciso enfrentarse decididamente a las posturas fanáticas, las de aquellos que trataban de inocular el odio, el dolor y la tortura entre los hombres, colocando el desprecio al ser humano, a sus sentimientos, y a su sensibilidad, sobre un altar diabólico y maldito, para luego rendirle pleitesía terrorista dejando un rastro de muerte y sufrimiento. Como antaño preconizara Joseph Roth, contemporizar con los fanáticos, tratando de comprenderles era un error.

A este autor no le faltaba razón cuando propugnaba una defensa activa y no ofrecer mártires o héroes a los asesinos, a los terroristas, a los regímenes totalitarios. Así lo puso de manifiesto en su artículo *Mártires y combatientes*, cuando el 4 de mayo de 1938 dirigía un discurso a la *Schutzverband Deutcher Schriftsteller* —la Asociación de protección a los escritores alemanes— con motivo de la muerte 7 días antes del premio nobel de la paz Karl von Ossietzky, prisionero de los nazis en varios campos de concentración.

Durante los meses de febrero y marzo de 2012, el grupo Alfa fue particularmente activo en las labores de espionaje y en particular de recogida de información en el entorno más próximo a Andrés. La célula había alquilado, en Madrid, un piso cercano a la calle Goya, en el barrio de Salamanca. El sistema seguido para disimular y completar sus actividades había consistido en fundar una sociedad de investigación de mercados y asesoría de empresas. El 70% del tiempo era dedicado a estos menesteres. Para ello se había contratado personal técnico suficiente, y sobre todo, fiable, pues cada candidato era investigado exhaustivamente. Era preciso evitar que se introdujeran topos o agentes dobles que pudieran torpedear las operaciones de Alfa y poner en peligro la vida de sus miembros. A pesar de la crisis, a la recién constituida ASINMER SL (Asesoría Integral de Mercados, sociedad limitada) empezaban a llegarle clientes que contribuían a camuflar la parte oculta de sus actividades. La idea de constituir una empresa mercantil había recibido el visto bueno de Tel Aviv. Eila Kessler, que junto con David Kurnilov había impulsado mucho el proyecto, perseguía además un objetivo concreto. Si tenían que proteger y tener controlado a Andrés, y mantener una comunicación fluida con él, lo mejor es que colaborase con ellos bajo la tapadera de un contrato mercantil como consultor y asesor de exportaciones. Al principio, cuando Eila se lo propuso, la idea no le hizo a aquél ninguna gracia:

—Ya sólo me falta que me des el carné de espía. Por cierto, ¿cómo voy a prestar mis "servicios" a Asinmer?

—Yo creo que es mejor que vengas aquí mismo todas las semanas. Si el enemigo quiere hacer algo, lo va a hacer, y es mejor que estemos preparados. Mira, Andrés, esto es un deporte de riesgo y tu participas en él. No has tenido opción. No te consultaron antes de secuestrarte o de irrumpir en tu habitación en Venecia. Si quieres mantenerte al margen, puedes hacerlo. Pero no te lo recomiendo... sinceramente. Te aprecio demasiado.

—Y estando más aquí, ¿voy a estar más seguro?, ¿tú crees?

—Pues sí. Se lo ponemos todo más difícil y de paso te formamos.

—Lo que me faltaba por oír. Ahora voy a hacer un máster.

—Si lo quieres ver así, es verdad. Tenemos que pulirte en muchos aspectos: primeros auxilios, defensa personal, uso de armas de fuego, mejorar tu hebreo, técnicas psicológicas de defensa, informática avanzada, etc.

—Ya veo. No me vais a dejar ni a sol ni a sombra.

—No te pases, Andrés. Sólo queremos que vengas dos tardes a la semana. Con eso será suficiente y en un año me lo vas a agradecer.

—Déjame que lo piense. Una pregunta: ¿me vais a pagar?

—Pero qué cabrón eres. Siempre tienes que dar el toque ese de humor que te caracteriza. Los recortes presupuestarios, los acuerdos de no disponibilidad y el principio de especialidad presupuestaria impiden, que, atendidas las circunstancias...

—No sigas, Eila — la interrumpió Andrés sonriendo—. Te han formado bien. Ya se ve.

—La verdad es que no tenemos un duro. Luego dicen de los judíos, pero será en Estados Unidos. En Israel, ni te cuento cómo está el tema, y menos en la administración.

—O sea que tendré que venir aquí por amor al arte, y, encima, me llamaréis Jasón y tendré que dar la contraseña esa del vellocino de oro. Esto es demasiado para mi *body*, Eila.

—Pues sí, Andrés, cuando te aborde un desconocido le dirás: "Pelías era el rey de Yolco". Que no se te olvide nunca. Si no te responden con la frase adecuada, es que no es de los nuestros. Eso ya lo sabes por experiencia.

—No me hagas reír. Ese sistema está pasado de moda. Si hubieras visto la que liamos Adnán y yo en el Aurora cuando estaba encerrado en el zulo. Al final, yo fui incapaz de utilizar la contraseña, y él se lo pensó mucho antes de dar con las palabras.

No es tan fácil. ¿Por qué tenéis que complicarlo todo tanto, Eila? Con una sola palabra bastaría.

—No, Jasón, digo Andrés, el protocolo lo establece así y hay que aplicarlo. Podrían sancionarnos si lo cambiamos. En cuanto a venir aquí por amor al arte; no lo harás por amor al arte... sino por amor a la vida.

—No te pongas tan seria, Eila. Sé perfectamente que estoy amenazado.

—Sobre eso quiero hablarte ahora. Tengo que tratar contigo de un asunto que no te va a gustar nada.

—Dispara ya.

—Es sobre Heinrich.

—¿Cómo dices?

—Andrés, sospechamos que tu colaborador, tu mano derecha en Protraesa, puede estar realizando labores de control sobre ti y tus actividades —afirmó Eila mirando fija y penetrantemente a los ojos de Andrés—. Hay indicios de que puede estar pasando información al enemigo. Es más, aunque todavía debe confirmarse, creemos que pudiera ser el tal Zoltan, del que ya te hablé cuando te desvelé lo que sabíamos sobre ti y te conté lo del registro en Egipto en la sede de la asociación islamista, El Horizonte de los Creyentes.

—Pero ¿qué dices? ¿Estás loca? Si no llega a ser por su reacción en el Aneto, volviendo sobre sus pasos con Adnán, lo habría pasado muy mal. Recuerda que mi móvil no funcionaba. Después de la ventisca habría sido muy difícil encontrarme... con vida.

—Ya lo sé, pero tenemos indicios que ponen en cuestión a Heinrich en su papel de empleado fiel y colaborador. Es importante que tengas toda la información.

—Continúa.

—Como sabes, hace un año y medio interceptamos la primera comunicación sobre Zoltan. Desde entonces no hemos dejado de espiar. Hemos interceptado nuevas comunicaciones que han sido enviadas a una dirección electrónica abierta en un locutorio que pertenece a pakistanís y que está siendo vigilado por los servicios secretos de España y de Israel, trabajando en coordinación. Resulta que Heinrich va periódicamente a ese locutorio. ¡Qué casualidad! ¿O no es casualidad y es causalidad?

—Sigo sin creer nada de lo que me dices. Además, tú misma lo calificas como meras sospechas. No tenéis pruebas concretas de su pertenencia a una organización terrorista, islamista, o nazi.

—Bueno, Andrés, lo cierto es que desde El Horizonte de los Creyentes, que nos consta tiene relaciones con Al Qaeda, han pedido al tal Zoltan detalles concretos de tus actividades. Nuestros satélites y los de la CIA sólo nos proporcionan el contenido del mensaje, pero no detectan a la persona concreta que los recibe o que responde. Tú sabes que se pueden abrir miles de cuentas falseando todos los datos.

—Desde luego. Si fuese tan fácil habrían acabado con la amenaza terrorista, y no lo han conseguido. Es que al final, como la investigación sobre el terreno no hay nada. No creo que a Bin Laden le detectaran los satélites.

—Yo tampoco... Hay mucho más detrás. En cuanto a ti, nosotros pensamos que no han intentado nada desde lo de Venecia porque saben lo estrechamente vigilado que estás.

—O eso, o nos tienen reservada alguna sorpresa gorda.

—Joder, Andrés, no seas tan cenizo.

—Perdona, querida Eila Kessler Bejarano, ya sé que estás muy puesta en estos temas y que en los servicios secretos hacéis estudios de pronósticos, planes paralelos en función de las distintas hipótesis, etc. Pero todo eso es cartesianismo puro. Yo me refiero al genio, a la intuición.

—Nosotros no podemos actuar en base a ideas que estén fuera de la realidad. Te aseguro que tratamos de prever todo lo que podemos, pero sobre bases reales.

—Lo que está clarísimo, Eila, es que estás muy buena ... ¡Ah!, ¡eh!, quiero decir que dominas estos temas... Vamos que estás... que ¡qué barbaridad! Es que...

—Vale, Andrés. Los hombres siempre igual. No me vengas con rollos, ¡anda! ¿Cómo te va con Elena?

"Pero será hija de puta, pensó Andrés, a quien había salido su lado español más machista y barriobajero"

—Me va estupendamente. ¡No sabes lo que te pierdes! Si es que tienes que echarte un novio, ¡hombre!... ¡Digo mujer! ¡No hay nada como el amor!

—Querrás decir sexo, Andrés.

—Bueno, Eila, tú siempre tan directa. Dejemos el tema.

—Sí, será lo mejor. Además, me ha subido la temperatura.

—¡Hombre!, ¡si eres humana y todo!

—¡Déjalo ya! Volviendo al tema de Heinrich, tengo que comunicarte que su procedencia ha sido investigada y es incierta. En su ficha consta que nació en 1970, en Austria, en la ciudad de Linz. Hemos recabado información del Ayuntamiento y de los registros civiles, y no aparece nadie en ese año, ni tampoco en los sesenta o los ochenta con ese nombre y apellido. Después hemos comprobado que ningún Heinrich Fischler ha cursado estudios de ingeniería en la universidad, o vivido en el domicilio que ha puesto en su ficha.

"Es este último detalle del domicilio lo que nos preocupa. ¿Por qué ha puesto un domicilio falso? ¿Acaso tiene una identidad oculta? Pero aquí no acaba todo. Resulta que hemos accedido también a los archivos de la *Bundeswehr* (el ejército de la República federal de Alemania), y ¿sabes qué? En las fechas que señaló Heinrich en la entrevista que mantuvo en Protraesa antes de ser contratado, nadie con su identidad estaba prestando el servicio militar donde decía que había servido. Si se hubiera declarado objetor de conciencia, debería constar en el registro correspondiente... Tampoco está.

—Sí, la verdad es que todo esto es un poco raro, pero gente rara siempre la ha habido, personas buenas, que, por las razones que sean, ocultan su pasado.

—Sí, pero en algún lado debería aparecer. Claro que existir, existe. Es de carne y hueso, y por lo que se ve, te llevas muy bien con él.

—Desde luego que no es un androide, eso te lo aseguro.

Tiene amigas, hace deporte, estudia, trabaja... No sé qué más puedo decirte, Eila. Simplemente me gustaría que le dieseis un voto de confianza. Ten en cuenta, volviendo al accidente de los Pirineos, que si hubiese querido hacerme daño, lo habría hecho... también a Adnán... y no ha sido así. Él bajó a la cueva donde yo estaba atrapado... y me rescató. Eso, una persona de bien no puede nunca olvidarlo. Podía habernos liquidado a los dos en la montaña... y no lo hizo. Ha tenido... Tiene muchas oportunidades. De todos modos, Eila... lo que me has dicho me deja muy preocupado.

—Yo comprendo tu postura, Andrés. No soy una psicópata, aunque sea una espía del Mossad. Te hablo muy claro. Yo a ciertas cosas, o a ciertas operaciones, no me prestaría. Mi tranquilidad de conciencia está por encima de todo... que no se te olvide. Pero lamentablemente, aunque te duela; en este caso, siendo objetiva, hay muchas sospechas, y... yo no quiero que te pase nada... Andrés... —concluyó Eila, a la que el brillo en sus ojos traicionaba la actitud profesional que quería mantener en su entrevista con el español.

***

El círculo se estrecha

Repuesto en parte de los últimos acontecimientos, pero afectado al mismo tiempo por las revelaciones de Eila, a las que seguía dando vueltas en su cabeza, Andrés introdujo ligeros cambios en sus costumbres. A partir del mes de abril, dejo de acudir los domingos a la Casa de Campo con el equipo de atletismo en el que se había integrado el austriaco. Prefirió entrenarse regularmente en el parque de El Retiro. Además, dos días a la semana, frecuentaba el gimnasio, donde pulía sus músculos alternando las pesas con la gimnasia. Estas actividades las compaginaba con su inclinación por la lectura y la poesía —aunque no le quedara mucho tiempo para estas dos últimas aficiones—. Pero sobre todo era su relación con Elena Sánchez, lo que le permitía mantener el equilibrio emocional en las difíciles circunstancias por las que estaba atravesando.

En Protraesa, el gobierno y las actividades de OPNOR, el departamento especial para continuar con la expansión comercial hacia los países bálticos, iban viento en popa. Este éxito empresarial había elevado la consideración de Andrés dentro de la empresa, pero lo que seducía interiormente al español no era la gloria efímera del cargo. Él no creía en los títulos de mando en sí mismos. Los consideraba como un mal necesario en una sociedad jerarquizada donde el principio de responsabilidad se había diluido mucho, y lo que importaba sobre todo era obedecer al que diera las órdenes, aunque no tuviera razón, se creyese superior, o fuese pura y simplemente un imbécil, figura que abundaba mucho.

Andrés pensaba que a las personas había que valorarlas por sus obras, no por lo que dijesen, o porque fuesen esto o aquello, para la galería. Pensaba que: "el boato, la pátina áurea que portan algunas personas, no sirve para nada si no está acompañada del buen desempeño de la función que tengan encomendada. Lo contrario a es ir a un fracaso seguro, jaleado por los incondicionales y pelotas de siempre. Además, lo importante es la superación de uno mismo sin compararse con los demás. Compararse con otros siempre comporta insatisfacción, pues siempre habrá alguno que nos supere. Lo que hay que hacer es imitar a los que lo hacen mejor, aprender de ellos, para superarnos. De todos modos, en esta sociedad líquida, ya no podemos esperar más que el cambio permanente hacia la nada", reflexionaba el español en un momento de pesimismo realista, recordando las tesis de Zygmunt Bauman, el reconocido sociólogo, a quien él admiraba.

Sin embargo, en el día a día, Andrés era un pragmático. Sabía, por experiencia, que también era necesario *vender* los éxitos y protegerse mucho de la sexta columna, de los infiltrados, del enemigo en su área, y de algunos *compañeros,* o más bien *verdugos de* la empresa que, desde fuera, no cesaban de torpedearle y denigrar todo lo que él hacía. Por eso, continuó con la política de *ganarse* a las altas instancias, actividad que ya había puesto en marcha al asumir la dirección de OPNOR.

Por otro lado, en el mes de abril, conforme se había acordado, Andrés empezó su curso de aprendizaje de técnicas *frikis*, es decir de técnicas diversas del más rancio espionaje. Las clases, conforme a lo acordado, se las daban en ASINMER, la recién creada Asesoría Integral de Mercados sociedad limitada, la tapadera del grupo Alfa en Madrid. Todos los martes y jueves por la tarde, acudía presto a su cita, y, allí, en una estancia separada de las oficinas de la empresa, David y Adnán, junto con los recién regresados de Berlín, Ilal y Yósef —éste, ya recuperado de sus heridas de Venecia—, le daban clase por turnos.

—Andrés, vamos a hacer de ti un espía avezado. Cuando acabemos contigo no te va a reconocer ni tu madre. —le decía Ilal con sorna, mientras exhibía, a cada lado de su cabeza calva y cual "gremlin" el movimiento de sus orejas de soplillo.

—Mañana por la tarde podríamos ir a la Casa de Campo. Quisiera ponerte a prueba en una media maratón, a ver qué tal vas —contratacó Andrés.

—Hecho, no te voy a defraudar.

—¿Y tú, Yósef?, ¡qué bien te veo! ¿Te apuntas? —preguntó el español.

—Preferiría no hacerlo —contestó el fornido agente de origen polaco, sonriendo con sus bellos ojos verde gris que habían recuperado el brillo, tras su recuperación física y psíquica de todo lo que había pasado.

—¡Vaya!, ya veo que has leído a Hermann Melville, querido Bartleby.

—Sí... y a otros. La verdad es que voy a entrenar al gimnasio. Además, no quiero ir con ese bufón de Ilal. Es una mosca cojonera, un tío paliza. Siempre está metiéndose conmigo —recriminó a su compañero—. Debería tranquilizarse un poco.

—Y tú deberías salir un poco de tu letargo existencial. Te vas a apolillar como un robot oxidado, Yósef —se defendió Ilal.

—Bueno, déjalo ya, enano cabrón.

—Siempre estáis como el ratón y el gato —terció Andrés.

En realidad, el ambiente en Asinmer era muy bueno. En ello tenían que ver los valores que presidían las acciones del grupo Alfa: la unidad, la solidaridad, y la confianza mutua. Andrés estaba impresionado sobre todo por una de las reglas sagradas que los agentes aplicaban a la hora de intervenir en una operación: "en ninguna circunstancia, en ningún momento abandonarás a ninguno de los compañeros que necesiten tu ayuda, aunque debas perecer en el intento". Así era más fácil digerir la situación en la que se encontraba el grupo Alfa, una aventura de destino incierto, con muchas incógnitas todavía por desvelar.

**

Los comentarios que Eila había hecho a Andrés sobre Heinrich, afectaron a éste. A pesar de su resistencia a no creerse nada de lo que le habían comunicado y de su apego al austriaco,

Andrés no pudo evitar mirarle de otra manera, con otra cara,,, y éste se dio cuenta del cambio:

—Te noto raro conmigo, Andrés —le espetó Heinrich, un día que tenían menos trabajo en la empresa y podían conversar con tranquilidad.

—¡No pasa nada, hombre! Simplemente reflexiono sobre muchas cosas y quiero aislarme un poco.

—Estás más tenso que de costumbre, como alerta. Creo que no te vendría mal que trotásemos unos cuantos kilómetros este domingo en la Casa de Campo. Nos hacemos 20 kilómetros y luego nos bebemos dos o tres tanques de cerveza. Ya verás como así se te quita todo.

—No sé... Este domingo había quedado con Elena para ir a Segovia. Se come muy bien. Además, su acueducto, sus calles, el Alcázar, la judería, y sobre todo la calle Infanta Isabel, la de los vinos, me encantan.

—Sí, me has hablado mucho de Segovia y también de la Granja de San Ildefonso.

—La Granja, Valsaín... estás tocando mi fibra sensible.

—Si quieres podemos correr el sábado. Así, después de la paliza, tendrás más hambre.

—No sé...

—Andrés, antes quedábamos todas las semanas en la Casa de Campo, y ya llevas más de un mes sin aparecer por allí. ¿Qué te pasa? ¿Estás estresado? Creo que necesitas el contacto con la naturaleza. El campo a través te vendrá de perlas. Nos internaremos en el bosque, fuera de los circuitos habituales.

Al escuchar la propuesta de Heinrich, Andrés no pudo evitar sentir un escalofrío: "¿Y si es verdad todo lo que te ha contado Eila? La verdad es que deberías estar un poco acojonado y tomar todas las precauciones" —le aconsejaba el hemisferio izquierdo de su cerebro, el más frío, el más racional. Pero inmediatamente, el hemisferio derecho, aliado con su superyó freudiano, contraatacaba: "¡No te preocupes!, ¿Cómo puedes dudar de Heinrich?, después de salvarte la vida en Los Pirineos. Eres una mala persona". Entonces su mente se sumía en una gran confusión y se paralizaba. La respuesta a la insistencia de Heinrich no era fácil, pues el español no quería ir en contra de sus sentimientos, de sus emociones... del corazón.

La solución a estas contradicciones fue adoptar una actitud de participación controlada. En otras palabras, Andrés consideró que lo más eficaz era seguirle la corriente confiando en él... aunque tomando las debidas preocupaciones. Utilizando un símil circense, había que trabajar con red... por si las moscas, pero había que actuar. Por eso, después de responderle con evasivas, se fue a dar una vuelta por los alrededores de la empresa, se aireó, se tranquilizó admirando las esculturas de animales, dedicadas al añorado y querido, Félix Rodríguez de la Fuente, a lo largo de la Ciudad Lineal, y al volver se dirigió al austriaco:

—A lo mejor tienes razón, Heinrich, y me estoy acelerando demasiado. ¿Qué te parece si avisamos a Adnán Álvares para correr este domingo en la Casa de Campo? Te llevas muy bien con él. La verdad es que en el rescate de Los Pirineos hicisteis muy buena pareja. —Para sorpresa de Andrés, la propuesta no pareció contrariar a Heinrich, lo cual era buena señal.

—No hay más que hablar. Llámale, y este domingo haremos un buen entrenamiento. Te va a sentar a las mil maravillas.

Al grupo Alfa le pareció bien que Jasón (como de vez en cuando se referían a Andrés utilizando su nombre en clave) retomase sus relaciones amistosas con Heinrich. De este modo, éste no sospecharía nada si efectivamente era el tal Zoltan. En cualquier caso, al austriaco lo tenían sometido a una vigilancia discreta. Unos días antes, haciéndose pasar por unos empleados del Ayuntamiento que estaban haciendo encuestas sobre los servicios del barrio, dos agentes de Alfa se habían introducido en la vivienda del austriaco e instalado unos cuantos nano-micrófonos en un tiempo récord. En el exterior, el seguimiento de Heinrich no era difícil. Hasta muy avanzada la tarde, una ciudad, tan dinámica y segura como Madrid, permitía confundirse fácilmente con la muchedumbre que pululaba por doquier. Por la noche, la cuestión se complicaba, pues la mayoría de las calles se quedaban desiertas Entonces había que tener mucho cuidado. A Ilal y a Yósef se les había encargado el seguimiento nocturno del austriaco. Para ello utilizaban atuendos distintos cada vez que estaban de servicio. Las patillas, las gafas, los bigotes, las narices o las perillas postizas, así como las lentillas de colores y otros aditamentos, integraban el atrezo necesario para no parecer dos veces la misma persona y evitar así la mínima sospecha del vigilado.

A David y a Eila les pareció bien la iniciativa de Andrés proponiendo que Adnán se sumase el domingo a la cita atlética. Unos días antes, la agente sondeó al español, para ver cómo estaba de ánimos:

—Me preocupa un poco que te haya insistido tanto tu querido Heinrich.

—¿Por qué no? Hace más de un mes que no voy con él ni con el grupo de atletismo a la Casa de Campo.

—Sí, pero ya no es lo mismo.

—Sigo pensando que estáis equivocados y que él... no tiene nada que ver en...

—Te comprendo, Andrés —le interrumpió la agente—. Siento que tengas que estar preocupado y que sólo puedas sincerarte conmigo. Ni siquiera con Elena o con tus padres puedes hablar de esto.

—Eila, esta situación me está resultando cada vez más desagradable.

—Ya lo sé, pero tenemos que extremar las precauciones. Ya sabes de lo que son capaces los grupos terroristas y tú, más que nosotros o que salomón Liebermann, eres su objetivo, por motivos que todavía, lamentablemente, desconocemos.

—¡Qué bien vive la gente normal! ¡Cómo añoro disfrutar de una vida normal! No tener que estar siempre diciendo adónde vas, con quién vas... lo que vas a hacer... ¡Qué privilegio! Es verdad eso de que las cosas se valoran cuando se pierden.

—Esto no va durar siempre, Andrés.

—¿Y tú qué sabes? ¿Acaso tienes una bola de cristal? No me consuela lo que dices. Estas situaciones pueden prolongarse años, y yo no estoy dispuesto... No quiero... Tarde o temprano me cansaré y os mandaré a tomar viento fresco.

—Ahora pareces un crío. No sabes lo que estás diciendo... ni las consecuencias.

—Vosotros no podéis garantizar al 100% que no me vaya a pasar nada. Al final, siempre hay que arriesgar y yo estoy en la cuerda floja. ¡Estoy hasta las narices!

Después de discutir con Andrés, y también de aplacarle un poco, Eila, que seguía compartiendo el mando mancomunado del grupo Alfa con David Kurnilov, se reunió a solas con éste.

—Parece mentira que una cosa tan simple nos traiga a todos de cabeza. ¡Ni que fuesen a las olimpiadas! —afirmó David en un momento de realismo.

—Obviamente, no estamos en presencia del rescate accidentado que pagaste tan caro en el Mar del Norte.

—Pero que pude contarlo, a pesar del taladro que llevo en el estómago y la fractura del hombro. Son gajes del oficio. —añadió recogiéndose con la mano derecha los tupidos y rubios bucles que le caían sobre la frente—. Esto no tiene nada que ver. En realidad, sabemos muy poco.

—David, deberías cortarte el pelo y ponerte una ropa un poco más seria. Pero ¿cómo llevas esos vaqueros tan raídos y esa camisa antediluviana? Te van a llamar al orden en Tel Aviv. Con esos bucles sobre los hombros te estás pareciendo a ese retrato de Alberto Durero, joven, que está en el Prado.

—¡Huy!, ¡qué bien! Pues tú, cada vez te estás pareciendo más a la Gioconda del museo del Louvre, con ese "careto" tan serio que pones. ¡Joder, Eila! Si es que no sonríes. Se te está poniendo geta de espía reprimida y estreñida. No hace falta escenificar tanto el mando; podías relajarte un poquito. Mira a Smigol (personaje de la película El Señor de los Anillos) ... quiero decir a Ilal. Es un cachondo y eso no significa que descuide sus responsabilidades.

—Ya he pensado en eso. A lo mejor tengo que tomarme unas vacaciones... pero ahora sabes que es imposible.

—Pues yo, en el próximo puente, creo que voy a tratar de conocer más este país que no es el mío, pero que cada vez me gusta más. Se parece a Israel en tantas cosas. Aquí estás como en casa, y si no que se lo digan a Adnán Álvares. ¿Sabes que tiene una novia española?

—No, no sabía nada. Por otro lado, ya era hora. ¿Has visto cómo habla español?

—Casi como un nativo. Lo llevaba en la sangre, algo oculto, pero al final le ha salido.

—Y ¿te has dado cuenta de que, salvo Adnán y yo, no hay ningún sefardita en el grupo Alfa?

—Pues ahora que lo dices, ¡es verdad! Yo soy de origen ucraniano, Ilal Weissman de origen alemán, al igual que Simón Blum, y Yósef Shilinsky de origen polaco. Bueno, rectifico... Andrés Olmeda...

—Andrés Olmeda es un caso especial. —le cortó Eila—. En realidad, ni está dentro, ni está fuera, pero cambiando de tema, ahora tengo que darte una sorpresa. Acaba de llegar Diego, de Tel Aviv. Es sefardita.

—¡Ay!, ¡Dieguito!, ¡Dieguete!, ¡qué ilusión me hace volver a verle! Hacía tiempo que no sabía nada de él. Ese gran truhán.

—Pero, ¿le conoces?

—No, ¿quién es?

—Es el nuevo agente que nos ha sido asignado. Me lo han comunicado esta mañana y acaba de subir a las oficinas. Está esperando en el hall de entrada.

—¡Joder, Eila Kessler! No me cuentas nada y yo soy tan jefe como tú —le espetó David moviendo la cabeza brusca y rápidamente de un lado a otro para sentir bailar sobre ella a sus numerosos bucles rubios, lo que encrespaba todavía más a Eila haciéndole fruncir el ceño.

—No te hagas el imbécil y para ya, David Kurnilov. Vamos a saludar a Diego Casares, que así se llama nuestra nueva adquisición. ¿Qué va a pensar de nosotros si te ve hacer el gilipollas?

—No te preocupes, estará acojonado y si ve algo raro no dirá ni mu. ¿Acaso no te acuerdas cuando llegaste al grupo Alfa?... ¿Cómo te recibió Elías?

—Extraordinariamente... Le echo mucho de menos. Tú tuviste al menos la suerte de tratarle más.

—Fue todo un privilegio tenerle como jefe. Él se reía mucho conmigo... con mis gansadas... Me seguía la corriente y entonces éramos un par de locos... pero controlando, con los pies en tierra.

—Bueno, a ver qué tal es ese Diego. Luego te explico lo que he pensado sobre la vigilancia en la Casa de Campo.

—¡A sus órdenes, mi sargenta!, perdón, quiero decir, mi sargento.

**

Con su maleta de rueditas y una cartera de cuero que llevaba en bandolera, Diego Casares esperaba paciente en la sala de visitas de Asinmer, observando con interés todo lo que había a su alrededor. El recién llegado era un hombre de mediana edad. Los 40 ya no los cumplía y su físico estaba algo abombado. La mal denominada curva de la felicidad era patente en su oronda fisonomía y los consiguientes michelines alrededor de su cintura, también. Con un cuello poderoso y el pelo corto, sus labios carnosos y unos grandes ojos de color pardo, que no cesaban de mirar con picardía, destacaban dentro de una cara cuadrada, recorrida por unas patillas que se prolongaban y unían por debajo de la barbilla. La fisonomía de Diego Casares evocaba así a un patricio o senador del Imperio Romano, de paso por la Hispania Bética. Su vestimenta tam-bién era peculiar. Llevaba un pantalón vaquero apretado con cinturón ancho y hebilla dorada, y una chaqueta a cuadros, tipo leñador, que parecía estar a punto de estallar. El atuendo se completaba con una gorra de chulo madrileño que se había quitado al entrar, y un pañuelo amarillo de seda, anudado alrededor del cuello. Así vestido, Diego parecía haber salido, como por arte de magia, de un sainete o de una zarzuela costumbrista, donde su personaje no fuese el del chulo, sino más bien el de un don Hilarión rejuvenecido.

En realidad, Diego tenía poco que ver con el arquetipo del agente secreto. Había cursado la carrera de medicina y había ejercido como tal en Israel, después de hacer el MIR internacional en España. Era un judío sefardita, oriundo de México, cuyo primer apellido, y también el segundo, Valladolid, no dejaban albergar dudas al respecto. En su habla española pervivía un acento mexicano suavizado, junto con la utilización de diminutivos y modismos de aquel país. Ahora, después de estar fungiendo de ayudante en los laboratorios de los servicios de espionaje, había pedido a sus superiores un poco de acción a lo que estos no se habían negado, aunque le habían aconsejado encarecidamente que bajase 15 o 20 kilos, so pena de verse en dificultades si tenía que correr.

De sus orígenes españoles no sabía ya mucho. La memoria oral había transmitido de generación en generación que su familia era oriunda de Sonseca, uno de los pueblos más prósperos de la provincia de Toledo, plagado en el 2012 de pequeñas y medianas empresas, y donde la cultura de la iniciativa y del trabajo por cuenta propia eran predominantes. En 1492, los ancestros de los Casares, no todos, abandonaron España para establecerse primero en Portugal y luego, a partir de 1497, en Marruecos. En el siglo XIX, durante el gobierno del General Porfirio Díaz —muy interesado en atraer capitales y desarrollar el comercio—, algunos miembros de su familia se trasladaron a México. Desde allí, a principios de la década de los 80 del siglo XX, los abuelos de Diego decidieron emigrar hacia Israel.

En el plano psicológico, Diego era el típico tauro, noble hasta la médula, sensitivo, realista, firme y perseverante, pero también muy terco, con un pronto que a veces asustaba. Tenía la cabeza muy bien puesta, con una inteligencia, una rapidez de reflejos, y en ocasiones una frialdad, que le evitaban cometer errores donde otros caían con facilidad. Su fuerte eran los números. Era muy difícil ganarle haciendo sudokus, y en el cálculo de rentabilidades no tenía competencia. Este último aspecto *le venía de casta al galgo*. En la Ciudad de México los Casares eran unos conocidos comerciantes. Habían regentado una tienda de abarrotes y varios puestos fijos en uno de los mercados más importantes de la urbe. Así fueron prosperando bastante, hasta que, durante el gobierno de Miguel de la Madrid, decidieron emigrar a Israel.

—Bienvenido a bordo, señor Diego Casares Valladolid. Eila Kessler y yo, David Kurnilov, así como el resto de la tripulación, Adnán Álvares, Ilal Weissman y Yósef Shilinsky le deseamos que tenga un viaje lo más agradable posible. Tome asiento antes de que se proceda al despegue —le saludó el polaco como si fuese el comandante de un avión de pasajeros.

—¿Cómo dice? —le preguntó Diego, que, en el fondo, se había quedado encantado de un recibimiento tan poco ortodoxo.

—Que eres bien recibido.

—Muchas gracias. Espero no darles a ustedes muchos problemas. Realmente, soy un poco nuevo en esto. Lo mío son los pacientes, los tubos de ensayo, las estadísticas, los informes médicos y sobre todo los virus padres. Estos y las bacterias primas son lo más importante en mi vida.

—¿Los virus padres?, ¿las bacterias primas? Es la primera vez que lo oigo.

—Y seguramente será la última. Me lo acabo de inventar. Es una broma, pero ¿acaso no hay células madre? ¿por qué no van a haber virus padre o bacterias primas?

—Bueno, viéndolo así, es verdad. Ya veo, Diego, que tienes sentido del humor. Aquí te va a hacer falta. ¿No es verdad, Eila?

—Siempre viene bien, pero sin pasarse, ¿eh?, que esto no es ninguna comedia. Más bien, a veces se convierte en una tragedia. Bueno, centrándonos en nuestros temas, nos han comunicado que tenías un particular interés por venir a España.

Me imagino que te habrán puesto al corriente del tipo de operaciones que realizamos en el grupo Alfa.

—No, no me han dicho nada. Sólo me comunicaron ayer que tenía que viajar a Madrid urgentemente; me dieron unas horas para hacer el equipaje; y luego me llevaron al aeropuerto Ben Gurión, sin más. Me platicaron que acá ya me pondrían ustedes al tanto. —Ante estas palabras de Diego, Eila no pudo contener su enfado:

—¡Esto es increíble! ¡Otra vez lo mismo! Parecen decirnos que nos busquemos la vida. Pero ¿no te han dado instrucciones o algo parecido?

—Pues no, sólo el billete y un talón para el hotelito. Me han dicho que ustedes se ocupaban de todito y que...

—¡Esto es la leche! —le cortó David, a quien se le había borrado la sonrisa de la cara y se le habían quitado las ganas de cachondeo—. ¡Cómo está el patio en Tel Aviv! ¡Madre mía! ¿Qué diría Salomón Liebermann si se enterase de esto?

—¡Buena pregunta, David! Menos mal que ya no está al mando. —le salió del alma a Eila, que acto seguido preguntó a Diego por los aspectos crematísticos de la cuestión:

—Por lo menos, te habrán adelantado las dietas compensatorias y algo del sueldo, ¿no?

—Sí, eso sí, la platita sí.

—¡Menos mal!, ya sólo faltaba que...

—Pues vaya panorama. —le cortó Diego—. Si lo sé no me apunto a esto. ¿Me cuentan ustedes ahora en qué va a consistir mi chamba?

Durante las dos horas siguientes, Eila sintetizó al nuevo fichaje la historia del grupo Alfa, desde sus orígenes en la Alianza Boreal Internacional, en Berlín, hasta los tiempos actuales, sin omitir ningún detalle. Diego, por su parte, no dejaba de resoplar y tomar notas, como un estudiante de facultad, angustiado y ávido de conocimientos. Cuando el relato acabó, la agente fue un momento al baño para refrescarse. El mexicano aprovechó para bostezar, estirarse, y platicar un poco con David, que había asistido mudo al discurso detallado de Eila Kessler.

—¡Pues vaya película! —Exclamó Diego.

—Y no has hecho más que empezar.

—¿Cómo puedo salir de esto?

—¿Cómo dices?

—Pónganse ustedes en mi situación. Todo esto me puede amolar. Parece chile jalapeño.

—Pues en México el horno no está para bollos.

—No, desde luego que no. Pero me parece que ustedes son unos hijos de la chingada, unos pinches cabrones. A mí no me habían contado nada de esto antes de venir acá.

—En la Administración suele pasar. Parece usted salido de un exoplaneta o algo parecido.

—No, más bien del vientre de mi querida *Ima* (madre) que si me viese ahora me llamaría pendejo.

—Bueno, no se ponga así.

—¿Cómo quieren que me ponga? Yo quería sólo un "poquitico" de acción, pero esto que me están contando ustedes es peor que un comic de Batman o Supermán. —En ese momento, Eila, algo recuperada de sus emociones, volvió a la sala donde se encontraban Diego y David.

—Creo que al mexicano no le ha gustado nada eso que le has contado, Eila —le espetó David con la cara seria, mientras Diego permanecía callado y mirando a un punto indefinido del techo, como una esfinge egipcia.

—Yo creo que no le gusta a nadie. Fíjate como me he puesto yo. Pero es lo que hay, y tenemos que trabajar con ello. Así que ¡*kadima*! (adelante), manos a la obra —concluyó la agente que, acto seguido, instruyó a Diego sobre las próximas labores de seguimiento y protección de Andrés, en la Casa de Campo, bajo la mirada atenta de David, que prefirió no inmiscuirse.

Después de la entrada en escena del mexicano, con el consiguiente refuerzo de la célula Alfa, Eila y David decidieron que se formase un grupo de 3 corredores que siguiesen a Andrés y a sus dos acompañantes, Heinrich y Adnán.

—A lo mejor, Zoltan, que yo creo que es Heinrich, mal que le pese a Andrés, hace algún movimiento en falso y nos conduce a otras amenazas que espero podamos desactivar —comentó Eila, y prosiguió: La verdad es que tampoco es bueno que Andrés viva en una burbuja.

—El español estará bien acompañado, y si se vuelve a integrar en su grupo de atletismo con el austriaco, habrá que acostumbrarse a trotar. Yósef e Ilal están muy bien entrenados. Quien me preocupa es nuestra nueva adquisición.

—Sí, está un poco gordito —reconoció Eila—. Lo mejor es que ese honorable *senador* haga de chófer. Pero ¿qué se creía el tío?,¿qué le habrán contado en Tel Aviv?

—Lo ideal habría sido que estuviera aquí Simón Blum, nuestro *bebé*.

—Déjale que descanse y se forme en Berlín. Él ya se quemó mucho en la operación de rescate de Andrés.

—Sí, tienes razón. ¡Que disfrute!, por lo menos una temporada. Pero, Eila, ¿no estamos sacando las cosas de quicio?

—No, todas las precauciones son pocas. Esto está muy tranquilo... demasiado tranquilo para mi gusto...

***

En la Casa de Campo

La mañana del sábado 12 de mayo de 2012 hacía buen tiempo en Madrid. Es lo que suele ocurrir en el preludio de San Isidro, la fiesta más importante de la capital de España, la más querida por los gatos (madrileños), que admiramos la sencillez y la santidad de un hombre casado y piadoso, que además era buen padre, buen marido, y tremendamente caritativo. En el día del reencuentro de Andrés con Heinrich, en la Casa de Campo, el clima primaveral, aunque ya algo caluroso, todavía era agradable. El cielo aparecía despejado. Los árboles y el sotobosque lucían todavía un color verde, moteado por la explosión multicolor de las florecillas silvestres que, aquí y allá, invadían los prados de la finca municipal. A las diez de la mañana, Andrés y sus dos acompañantes, Heinrich Fischler y Adnán Álvares, que habían venido juntos en coche, entraron en el polideportivo Cagigal, donde normalmente muchos corredores se cambiaban antes de la carrera y dejaban sus pertenencias a buen recaudo. Después de enfundarse sus atuendos deportivos, cruzaron la pasarela que por encima de la carretera de Castilla unía el barrio de San Pol de Mar a la Casa de Campo.

—¡Qué buen día para correr! Tenías razón, Heinrich. Ha sido una idea excelente. Sólo por el placer de las cervezas que nos vamos a tomar después, ya merece la pena venir aquí a trotar.

—Y que lo digas. ¿Hacemos el circuito clásico, el de siempre?

—Yo creo que sí, así Adnán lo conocerá.

—Lo que vosotros digáis —asintió éste—. Este lugar es más bonito de lo que yo pensaba. Me siento aquí más sefaradí... más español.

—Tú eres un hombre de capa y espada, un macho ibérico, Adnán. No lo puedes negar. Estás lleno de contradicciones, como los españoles, pero sobre todo amas a España y a Israel, y no estás aquí por casualidad, ¿verdad?

—¡No, Andrés! Tú sabes que no. ¡Ojalá mi familia no hubiera tenido que salir nunca de España! Es que aquí me reconozco en casi todo. No te lo puedo explicar. Es una cosa rara.

—Eso me pasará a mí cuando vaya a Israel, ¿verdad?

—Sí, creo que sí. Pero tú eres más de Tel Aviv que de Jerusalén... como yo.

Después de estas reflexiones en voz alta, los tres corredores iniciaron su entrenamiento. Siguiendo la ruta prevista, subieron por la carretera asfaltada que conducía al cerro Garabitas, donde tenían la costumbre de desviarse hacia la izquierda, bajando por un amplio camino bordeado de pinos majestuosos que se multiplicaban a ambos lados. El paisaje circundante era el de una bella dehesa cubierta de hierba, que no se había secado todavía gracias a las abundantes lluvias de abril. Agotada la pendiente, y torciendo hacia la derecha, el circuito proseguía por un llano, y luego cuesta arriba hasta topar con la valla de piedra que rodeaba la Casa de Campo. Allí se encontraba la salida a Somosaguas y a Prado del Rey. Pero la intención no era abandonar el recinto, así que al llegar a la tapia, giraron a la derecha y descendieron por un largo camino, sinuoso y angosto, que adosado a la valla, lindaba con el ensanche de la Casa de Campo ya en Pozuelo de Alarcón. Luego el circuito continuaba atravesando un bosque frondoso en el que discurría uno de los escasos arroyos que todavía existían en la antaño finca real, destinada al solaz de la corte de los Austrias y los Borbones.

Los corredores iban a un ritmo uniforme, no demasiado rápido; lo que les permitía charlar entre ellos. Más que una media maratón, lo que hacían era un circuito de placer pues les gustaba correr, sentirse fuertes y jóvenes, disfrutando, en buena compañía, de la naturaleza y de los paisajes semi salvajes del lugar. Andrés se sentía satisfecho. "Sí, tengo razón. Estos del Mossad están muy equivocados... siempre sospechando de todo el mundo. Pero España es un país seguro, ¡qué narices!".

—Señores, esto no se parece nada a Los Pirineos, pero es muy bonito —afirmó eufórico Adnán.

—Desde luego —le confirmó Heinrich—, pero no menciones a Los Pirineos; fue muy jodido. Aquí estamos a salvo, no hay nieve, ni agujeros en el suelo, ni ventiscas, ni avalanchas.

—Bueno, siempre están los imprevistos, las sorpresas que da la vida y que... —matizó Andrés sin poder terminar la frase.

—Eres un puto aguafiestas —le cortó Adnán.

Después de atravesar un viejo puente, la vegetación cambiaba. A la derecha, la jara y la encina, los dos testigos por excelencia de los montes y somontes de gran parte de la piel de toro, jalonaban el camino. A la izquierda, los pinos se enseñoreaban de un montículo longitudinal que discurría paralelo a la senda por la que trotaban. Después de unos minutos, bajaron a una hondonada, torcieron a la izquierda, y subieron por una cuesta empinada coronada por uno de los pasos que cruzaban la vía del tren de cercanías que comunicaba la capital con los pueblos de la Sierra de Guadarrama.

Lo atravesaron y a escasos metros alcanzaron una antigua y pequeña construcción, ahora en ruinas, donde había una fuente. Pararon unos escasos minutos, y después de reponer fuerzas, bebiendo el agua *no tratada* que fluía de un caño, tomaron un camino que se adentraba en un bosque oscuro y fresco de altas coníferas, paralelo a la carretera de Castilla. Al final del bosque, salieron a una zona de vegetación tenue, con repoblaciones recientes, que conducía a otro paso sobre la vía del tren. Lo cruzaron, y en unos minutos alcanzaron la meta: el campo de fútbol, de donde habían salido 50 minutos antes. Allí se detuvieron para reponer fuerzas mientras hacían ejercicios de respiración y de elasticidad, antes de volver a recorrer el mismo circuito.

Al encaminarse por segunda vez a la carretera que subía al cerro Garabitas, Andrés se fijó en un grupo de corredores que se encontraban a unos metros, haciendo ejercicios de respiración en el campo de fútbol. Inmediatamente los reconoció y se sonrió al verlos exhaustos. Se trataba de los tres componentes de Alfa a quien se les había encomendado el seguimiento de Andrés: el orejudo Ilal, el masivo Yósef, y David, con su abundante pelo rubio recogido en una coleta. Los tres se reponían del esfuerzo realizado para seguir al grupo de Andrés y charlaban entre ellos.

—¡Cómo corren estos tíos! —exclamó Yósef, que por ser el más pesado de los tres, estaba ya más que cumplido con los 10 kilómetros que había corrido—. Esto es peor que trabajar en un Kibutz en el desierto del Néguev. Lo mío son las pesas y el gimnasio,

—Es que tienes que hacerme más caso y hacer más ejercicios aeróbicos —matizó Ilal—. Para mí, esto es un buen entrenamiento. Además, fíjate que día tenemos. ¿Por qué no venimos aquí todos los domingos?

—Mira enano, tú eres una pluma y las plumas vuelan. Yo, con estos diez kilómetros estoy ya para el arrastre, ¡Y encima otros diez! —le reconvino el corpulento Yósef.

—A mí también me está costando, pero hay que hacerlo —gruñó David, que destacaba por su figura alta y proporcionada, mientras se secaba el sudor de la frente y anudaba de nuevo la coleta que recogía su abundante pelo dorado.

**

La segunda mitad de la carrera no tuvo nada que ver con la primera. Andrés empezó a notar un pequeño cambio en la actitud y la forma de correr de Heinrich, que se fue acentuando. El austriaco aumentó el ritmo sin decir palabra. Andrés y Adnán, que estaban entrenados, aguantaron el tirón, pero se hacían mutuamente muecas de extrañeza. Por otra parte, Heinrich comenzó a consultar el reloj con frecuencia, como si estuviera compitiendo. "Nos quiere demostrar que es el que más corre. Nos está poniendo a prueba con sus piernas largas, el muy cabrón", pensó Andrés sonriéndose. "Pues lo lleva claro. Así, pronto se va a agotar, y tendrá que bajar drásticamente el ritmo". Adnán, no sonreía, se sentía preocupado. Temía que el grupo de control, que les seguía disimuladamente, les perdiese de vista. Por ello, de vez en cuando y sin que Heinrich se

218

percatase, volvía la cabeza para localizar a los tres agentes de Alfa.

Al llegar al cerro Garabitas, Heinrich consultó su reloj una vez más, y volteándose hacia Andrés y Adnán, les dijo a grito pelado y con la mirada extasiada: "¡Vamos a conseguirlo!, ¡vamos a conseguirlo! ¡Venga!, ¡muchachos!, ¡sólo un minuto más!, ¡que ahora es cuesta abajo! Pero estos no entendían nada y estaban ya con la lengua fuera, acusando el cansancio de la subida desaforada desde el campo de fútbol. Por el contrario, Heinrich parecía preso de una energía extraordinaria y no cesaba de esprintar, ahora ya cuesta abajo, hacia la dehesa arbolada por donde habían llaneado durante la primera vuelta.

Al llegar a aquélla, un extraño e inesperado cambio atmosférico se produjo en cuestión de segundos. El cielo, que hasta entonces lucía azul y despejado, tornó a ensombrecerse. Transcurrido un minuto, se oscureció aún más y se llenó de nubes encima de ellos, en medio de la dehesa. Entonces se desató una fortísima tormenta que descargó un rayo justo al lado de los tres atletas. Luego le siguieron otros que impactaron también muy cerca, acompañados simultáneamente por truenos y abundante lluvia. Ante la violencia del temporal, los corredores se quedaron paralizados, sin saber dónde guarecerse. En ese instante de desconcierto, y a unos 200 metros de donde se encontraban, cuatro extrañas formas se fueron materializando ante los ojos atónitos de Andrés y Adnán, que no daban crédito a lo que estaban viendo... Heinrich, por el contrario, mostraba una alegría incontenible.

En cuestión de segundos, las cuatro figuras, inicialmente difusas, se fueron definiendo en las retinas de los corredores. Se trataba de hombres altos y fornidos. Uno de ellos, el que parecía al mando, lucía un uniforme negro, característico de las *Schutzstaffeln*, o compañías de defensa, nombre de las temidas SS que constituían el cuerpo de élite del nacionalsocialismo en la Alemania de Adolfo Hitler. Los otros tres llevaban puestos unos *Feldgrau,* el uniforme de combate del ejército alemán durante la Segunda Guerra Mundial en su versión de camuflaje, propia de las Waffen SS, la rama militar de las SS. Además, llevaban puesto el *Stahlhelm* —el casco de acero—, con dos runas en la parte derecha que simbolizaban su pertenencia a las SS. Andrés, que era un estudioso de los temas militares y políticos del periodo nazi, se dio cuenta de varios detalles mientras los aparecidos se le aproximaban. El jefe llevaba en la parte superior de su manga izquierda una banda roja con un círculo blanco, dentro del cual figuraba una esvástica de color negro, el símbolo nazi. Cuando éste se acercó más, Andrés distinguió también en el frente de su gorra, la insignia *Totenkopf*, una calavera con las tibias cruzadas. En el lado izquierdo del cuello del uniforme había cosido un parche con el distintivo característico de *Standartenführer*, el rango de coronel. En el lado derecho figuraba un escudo con una llave, el distintivo de la división pánzer *Leibstandarte Adolf Hitler,* una de las más fanáticas y más próximas al Führer.

—¿Pero esto qué es? ¿Qué mascarada es ésta? —preguntó Andrés a grito pelado.

—No se trata de ninguna mascarada, Andrés —contestó Heinrich con firmeza. Acto seguido, ignorando al español, se cuadró militarmente y se dirigió al SS que tenía el grado de coronel, haciendo el saludo nazi: *¡Heil Hitler! ¡Zu befehl, Standartenführer (a sus órdenes coronel),* todo se ha realizado conforme a lo previsto. Cuando ordene, hacemos la transferencia. La pantalla no debe estar más tiempo abierta.*¡Wir müssen sofort zurückkehren!* (¡Debemos regresar de inmediato!)".

Luego, dirigiéndose de nuevo a Andrés, que se había quedado atónito y con la mirada perdida, le espetó en tono imperativo: "Soy Karl von Hofenbau, *Obersturmbannführer* (tenientecoronel) de las Waffen SS, al servicio de Alemania y de nuestro amado Führer. He sido enviado al futuro para transferirte conmigo hacia atrás en el tiempo, de vuelta al Tercer Reich. Tú y Adnán no debéis hacer ningún gesto sospechoso o seréis eliminados. Los soldados que acompañan al coronel tienen órdenes de disparar a matar si tratáis de huir. ¡Ahora!, ¡seguidme y callad!". Pero Andrés no se arredró:

—¡Esto no puede ser! ¡Es una pesadilla! ¿Estás de cachondeo? No te... —Andrés no pudo acabar su frase, el coronel de las SS le asestó un fuerte golpe en los labios con el cañón de su pistola Walter. El efecto fue demoledor: el labio superior cortado y manando sangre. A pesar de ello, el español continuó increpando a quien había sido su compañero y amigo:

—¡Por eso querías que viniéramos a la Casa de Campo! ¡Cabrón!

Adnán, que hasta entonces había permanecido mudo, como en estado de choque, reaccionó para evitar un desenlace fatal:

—Andrés ¡cállate ya! ¡No pongas las cosas más difíciles! ¡Hagamos lo que dicen! ¡Joder!, ¡no ves que estamos rodeados y que nos van a matar!

La intervención de Adnán, que de ordinario era bastante impulsivo, pero que esta vez no había tenido más remedio que controlarse, fue suficiente para convencer a Andrés de la inutilidad de ofrecer resistencia. Los cuatro argumentos, las cuatro ametralladoras MP 40 que les estaban apuntando, y las caras de perro de los tres soldados SS, constituían un argumento muy convincente.

—¡Seguidme! —Ordenó Heinrich.

La pantalla de plasma, de donde habían salido los cuatro individuos, se hallaba detrás de ellos, a unos treinta metros. Tenía las dimensiones de una pantalla de minicine y era ligeramente azulada, translucida, y algo cóncava. Su presencia era fácilmente detectable, pues parecía estar viva, como un organismo holográfico que no cesaba de vibrar, y que generaba latidos que luego se materializaban en ondas surgidas de su centro a intervalos regulares. Mientras Andrés y Adnán eran arrastrados por sus captores hacia la pantalla, David, Ilal y Yósef, que habían detenido su carrera, se reponían del susto que les había producido el terrorífico cambio atmosférico y la aparición de los cuatro extraños seres que parecían venir de otra época.

—No me gusta nada esto. ¿Habéis visto a esos 4 hombres? Parecen salidos de un comic, son... ¡No me lo puedo creer! ¡Acerquémonos! ¡Pero cuidado!, ¡van armados!, ¡desplegaos! —ordenó David al tiempo que desenfundaba la pistola que llevaba escondida y sus 2 compañeros hacían lo propio sin mediar palabra.

—¿Has visto cómo están apuntando a Andrés y a Adnán? —le preguntó Yósef mientras avanzaba agachado.

—Sí, pero no disparéis todavía, no sabemos lo que quieren hacerles. —mandó David, y añadió: Además están muy juntos. Podríamos herir a nuestros camaradas.

Después de esta última orden, y mientras Heinrich y el coronel empujaban a Andrés y Adnán hacia la pantalla licuada, que vibraba cada vez con más intensidad, los tres soldados SS, que habían detectado la presencia de los agentes de Alfa, empezaron a disparar con todo el fuego de sus armas automáticas. De modo instintivo, David y los otros dos agentes se tiraron al suelo para no ofrecer blanco, pero todavía sin responder al fuego enemigo.

En un descuido de Heinrich, que en acto reflejo se había agachado al comenzar el tiroteo dejando de sujetar a Adnán, éste se abalanzó sobre Andrés y pudo agarrarle por el pie, justo antes de que fuese introducido en la pantalla de plasma; pero sólo consiguió quedarse con una zapatilla del español. Viendo que ya todo era inútil, pues Andrés había desaparecido, Adnán huyó como un relámpago del lugar del tiroteo corriendo en zigzag, mientras Heinrich, que se había dado cuenta de la maniobra, descargaba sobre él la Lúger que le había dado el coronel de las SS y le dedicaba una retahíla de los peores y más procaces insultos alemanes. Pero la pericia de Adnán, que corría como un gamo, unido al fuego que habían iniciado sus compañeros de Alfa, que ya disparaban abiertamente contra Heinrich y los otros tres SS, evitaron que fuese herido. Ese no fue el caso de Ilal, que cometió el error de incorporarse unos segundos, cuando hacía fuego con su arma, siendo herido en su mejilla derecha y en la oreja. Finalmente, los cuatro SS, uno de ellos arrastrado por los demás, se lanzaron en plancha al centro de la pantalla que los engulló en décimas de segundo y luego desapareció. Entretanto, Adnán no había dejado de correr alejándose de sus compañeros, y cumpliendo así con el protocolo que se había discutido y planeado el día anterior en la sede de Alfa, para la hipótesis de un enfrentamiento armado.

**

Las apariciones y el tiroteo de la Casa de Campo habían durado sólo unos minutos. Al poco rato, algunos curiosos comenzaron a aproximarse cautelosamente al lugar de los hechos, situado en una zona donde no era infrecuente encontrarse el domingo con corredores o paseantes que venían a llenarse de oxígeno y bajar de peso, o simplemente a disfrutar de la naturaleza. Pronto, el ambiente empezaría a caldearse con personas sorprendidas y angustiadas, que preguntarían, que hablarían por sus móviles contando extrañados lo que habían visto y oído a lo lejos... que se fijarían en ellos... También llegaría la policía. A la vista de la situación, los componentes de Alfa pusieron los pies en polvorosa. Sin preocuparse de recoger ningún resto de la batalla que acababa de terminar, se alejaron corriendo hacia la salida de Somosaguas. Allí, Diego Casares, advertido por David, les esperaba nervioso en una berlina de color gris con el motor en marcha. La herida de Ilal, que quejándose de dolor se sujetaba lo que quedaba de su oreja derecha, les obligó a contactar urgentemente con una clínica *amiga*, para que se hiciese cargo de él sin hacer preguntas.

Veinte minutos después, la zona del tiroteo era acordonada por efectivos de la policía nacional. Los inspectores de la brigada criminal se personaron también en el lugar, junto con técnicos de laboratorio encargados de recoger los objetos relacionados con el suceso, como casquillos de bala, restos de metralla, o restos de sangre. También se interrogó a los curiosos que se habían quedado por allí. Sin embargo, las declaraciones, a menudo contradictorias e incoherentes, no arrojaron ninguna luz sobre el incidente, pues eran más producto de la fantasía que de lo que en realidad se había podido oír y columbrar desde lejos.

**

En la sede de Alfa, Eila, a quien David había puesto al tanto de la situación, no atravesaba por sus mejores momentos. Después del éxito del mes de agosto del año anterior, con el salvamento de Andrés; del incidente de Venecia, en el hotel Casanova Palazzo; y del rescate de Los Pirineos, donde también habían salido airosos; la agente del Mossad se enfrentaba ahora a una situación radicalmente distinta. Literalmente, Andrés se había esfumado, y, ella, indignada, no daba crédito a lo que le contaban David y los demás sobre lo ocurrido. El enfrentamiento entre los dos jefes de Alfa se hizo patente durante la reunión tormentosa que mantuvo el grupo al día siguiente del tiroteo, antes de enviar un informe a Tel Aviv.

—Pero ¿cómo no pudiste hacer nada?, ¿cómo se esfumó? —preguntó Eila a David, al tiempo que se encaraba al agente vehementemente, mientras éste, bastante más alto, la miraba desde arriba con inquina.

—Los hechos son los que son, Eila, ¡te pongas como te pongas! ¿Vale? —gritó David sin disimular su enfado después de lo que habían pasado él y sus compañeros en la Casa de Campo, jugándose la vida—. ¡No!, ¡había!, ¡nada!, ¡que hacer! —afirmó tajantemente—. Si nuestro grupo hubiera abierto el fuego antes, habríamos puesto a Andrés y a Adnán en grave peligro. El enemigo, que aparecía vestido con trajes de combate, disponía de armas automáticas, probablemente pistolas-ametralladoras MP, del tipo de las que los nazis fabricaban en la Segunda Guerra Mundial. ¡Es alucinante!, pero, ¡es así!, y no sólo lo he visto yo, sino también Yósef, Adnán, y el pobre Ilal.

—Bueno, dentro de lo malo, sólo su oreja y la mejilla han

224

resultado dañadas —terció Yósef, que pretendía rebajar un poco la tensión—. Tiene un buen agujero. Quizás tengan que reducirle la oreja. No sé cómo le quedará —añadió con cierta ironía—. La cirugía plástica es hoy una maravilla, hace milagros. Pero lo importante es que ha salvado la vida. Si la bala le hubiera dado más hacia el centro de la cara, hoy ya no estaría entre nosotros. Ha vuelto a nacer.

—¿Cómo era eso de que apareció delante de ti? —preguntó Eila a Adnán, ya más sosegada después del rifirrafe inicial.

—Todo está en el informe. Era como un trozo de valla líquida suspendida en el aire. Cuando Andrés y el que parecía el jefe, desaparecieron, fue como si se los tragase un remolino, como si se confundiesen con una sustancia gelatinosa que los envolvió y se los llevó. Es todo lo que puedo decir. Sólo Dios sabe dónde se encuentra Andrés ahora.

—Dios… y esa… maquina infernal —matizó Eila—. Cuando lo comunique a Tel Aviv, no me van a tomar en serio. Van a pensar que estoy loca y me relevarán de la misión. No lo siento por mí, que empiezo a estar más que harta, sino por vosotros.

—Ya salió Murphy —apostilló Yósef.

—No es la Ley de Murphy —retomó Eila—; es el sentido común. Correréis el riesgo de que venga alguien y me haga buena. Y es lo que suele ocurrir últimamente con los cambios. ¡¡¡Una máquina que hace desaparecer a la gente sin dejar rastro!!! No es posible.

En ese momento, David consideró necesario introducir algo de cordura en los ánimos encrespados y depresivos de sus compañeros:

—Obviamente, camaradas, no nos encontramos en el mejor de los escenarios. Si los raros esos, que yo creo que son nazis, han desarrollado una máquina tan sofisticada, las perspectivas son muy sombrías. Significa que han conseguido alcanzar un grado de tecnología muy avanzado, y muy peligroso, no sólo para los judíos, sino para toda la humanidad.

"Sin embargo —añadió—, me inclino a pensar que tienen serias dificultades para utilizar esa tecnología. ¿Por qué no han recurrido antes a esa máquina con Andrés, en vez de organizar toda esa chapuza del Aurora? A mí, lo que ha pasado me recuerda a algo así como al Experimento Filadelfia.

—¿Qué es eso? —preguntó Adnán.

—Después del ataque a Pearl Harbour, el 7 de diciembre de 1941, y la consiguiente entrada en guerra de los Estados Unidos, los submarinos alemanes, las denominadas *manadas de lobos*, empezaron a atacar indiscriminadamente a los buques norteamericanos, que desde Nueva York y otros puertos, transportaban suministros a los aliados, ya navegasen en convoy o individualmente. Ante el hundimiento de muchas de esas embarcaciones, se inició un proyecto para tratar de que los barcos aliados, sobre todo los militares, fuesen indetectables por los radares enemigos, es decir para que se volvieran invisibles. Con ese fin se inició un proyecto que se fundamentaba en dos teorías científicas: la teoría de la relatividad de Albert Einstein y la teoría dinámica de la gravedad, desarrollada por Níkola Tesla. El objetivo era crear un campo electromagnético capaz de disimular cualquier objeto y hacerlo indetectable. El método para ello consistiría en curvar la luz alrededor del objeto, que así se volvería invisible a los ojos del radar.

Al parecer, se realizaron dos experimentos utilizando como objeto al destructor USS Eldridge, fondeado para tal fin en la bahía de Filadelfia. El primero, realizado el 22 de julio de 1943, tuvo un resultado inesperado: el buque desapareció en el radar, pero también semidesapareció físicamente. A la vista de ello, y para perfeccionarlo, pues lo que se pretendía era que el barco fuese indetectable para el radar, no que desapareciese físicamente, se continuó investigando y se realizó un segundo experimento. En este caso, los resultados fueron todavía más inesperados. El 28 de octubre de 1943, se activaron de nuevo los potentísimos generadores instalados en el destructor, y, en esta ocasión, lo que se consiguió supero todas las expectativas, pues no sólo desapareció la nave completamente a los ojos del radar, sino que también se produjo una teletransportación del destructor a 200 millas de Filadelfia, apareciendo en las costas de

Virginia. Lo terrible del caso es que, después de volver a materializarse la nave en el mismo sitio donde se encontraba al inicio del experimento, se dice que algunos de los tripulantes desaparecieron, que otros se volvieron locos, e incluso que hubo algunos que se quedaron medio incrustados en el acero del buque, debido a una integración molecular deficiente. El gobierno de los Estados Unidos nunca reconoció haber realizado tales experimentos. Nosotros creemos que se asustó por unos resultados que no controlaba y abandonó el proyecto. ¡Cualquiera sabe! Yo no soy un experto en la materia, pero creo que lo que consiguieron fue curvar el espacio y crear un agujero de gusano, que permitió al barco de guerra desplazarse en un instante a doscientas millas, con el supuesto resultado desastroso y terrorífico.

**

En Tel Aviv, la noticia de la desaparición de Andrés y Heinrich en la Casa de Campo, en *extrañas circunstancias*, cayó como un jarro de agua fría, o más bien helada. En un estado de angustia creciente, el general Goldman, con el apoyo del comandante Uriel Yadid, reunió a todos sus mandos para analizar la situación en comité, como era costumbre en él. También requirió la formación de un grupo de científicos. Quería valorar la nueva situación desde todos los ángulos, pues el tema superaba lo meramente militar y las capacidades del servicio de espionaje. Al final se tomó la decisión de suspender las operaciones de vigilancia de Andrés, pero no la actividad de la célula Alfa, que debía continuar en Madrid con sus labores de investigación de los grupos antisemitas. En definitiva, una de cal y otra de arena.

—¿Qué te parece, David? Yo pensaba que iban a suprimir nuestro grupo, porque para realizar labores de espionaje de tipo menor ya hay otros agentes.

—Eila, creo que nos están dando a entender indirectamente que, a pesar de los pesares, hemos de continuar inves-

227

tigando lo ocurrido.

—Pues no sé qué vamos a investigar. Muerto el perro se acabó la rabia. Sin Heinrich, sin Andrés y los otros cuatro que les obligaron a *desaparecer,* va a ser muy difícil. Desde luego, las demás personas que hayan estado implicadas en esto ya habrán tomado las de Villadiego. O ¿qué te crees?,¿que siguen todavía en Madrid?

—No seas tan pesimista, *Ishá* (mujer). A lo mejor hay gente por ahí afuera que sabe más de la cuenta. No tiremos la toalla, Andrés se lo merece.

—Eso por supuesto. Oye, por cierto, ¿cuándo te vas a cortar el pelo? Ya te va a llegar al suelo. ¿No te estás pasando?

—Ya empezamos, Eila. Lo hago como un camaleón, para mimetizarme con el entorno. ¿Quién se va a fijar, hoy día, en un hombre joven que va a la moda y que recoge su pelo en una coleta? Si es que eso en Madrid ya no llama la atención.

—No lo tengo muy claro. Quizás es que yo estoy un poco chapada a la antigua, como dicen por aquí.

—Creo que sí, y siempre te insistiré sobre lo mismo: estás muy estresada, una *mesibá* (una fiesta), y luego unas vacaciones, te vendrían de perlas...

**

Martes 15 de mayo de 2012, en el diario *El Universal*

"La Dirección General de la Policía nos informa que el pasado domingo 13 de mayo un extraño suceso ha tenido lugar en la Casa de Campo. Aproximadamente sobre las 11h 30m de la mañana, en una dehesa situada cerca del cerro Garabitas, se desencadenó una fortísima tormenta seguida de ruidos parecidos a disparos de ráfagas de ametralladora y bombas de mano, según han relatado algunos testigos que aseguran haberlos oído. La policía, alertada por llamadas de móvil, se personó de inmediato en el lugar, acordonó la zona, y realizó investigaciones in situ que no han dado ningún resultado al no apreciarse nada extraño. No se ha realizado ninguna detención."

Este fue el modo de informar a la opinión publica de lo ocurrido dos días antes en la Casa de Campo: un escueto comunicado en una página interior de uno de los periódicos madrileños de mayor tirada, que luego se reprodujo en las rotativas de otros diarios como *La Nación* o el ABG, y también en sus versiones digitales. Las televisiones públicas y privadas, como antena 4, tele 6, o Madrid Virtual, no hicieron mención al suceso, tampoco las radios.

Por presiones externas, las instancias oficiales habían tomado la decisión de declarar el tema *materia reservada*, cursándose las oportunas notificaciones a los pocos testigos, casi todos corredores domingueros, con los que ya había contactado la policía, *recomendándoles* que no debían acudir a ningún medio de comunicación por afectar lo ocurrido a la seguridad nacional. El gobierno de Israel, y algunos gobiernos amigos, no habían sido ajenos a esta decisión. Habían puesto en marcha toda su maquinaria diplomática y sus influencias con el fin de que el tema se silenciase al máximo y se echase tierra sobre el asunto, sin dar ninguna publicidad a las investigaciones.

A pesar de su experiencia, los equipos técnicos de la brigada criminal no daban crédito a lo que se habían encotrado: casquillos de balas de ametralladora; restos de sangre en dos zonas bien definidas; una superficie quemada de unos 50 metros cuadrados; esquirlas procedentes del estallido de bombas de mano de un tipo que ya no se fabricaba; testimonios de algunos testigos que decían haber visto a lo lejos como unos hombres con unos extraños uniformes se enfrentaban a otros, con pinta de corredores, disparándose mutuamente, etc.

Pero, sorprendentemente, no había ningún cuerpo del delito, ni muertos, ni heridos, a pesar de la violencia que se había desatado en el lugar de los hechos.

Los parapsicólogos, a quienes a veces acudía la policía cuando las investigaciones se encontraban en punto muerto, se personaron en el lugar de los hechos con sus péndulos, sus aparatos de medición de los campos magnéticos, y varias grabadoras digitales, dispuestos a hacer una psicofonía.

—¡Mucha tensión! ¡Noto mucha tensión! —Dijo uno de los entendidos ante las miradas escépticas de la policía, mientras su péndulo empezaba a girar más rápido.

—¡Aquí se dispara el medidor electromagnético! —exclamó otro, presa del entusiasmo.

—Hay mucha energía en este lugar. Noto una presencia extraña... apreció un tercero.—Y poco más... Al final, nada de nada, pues nadie era capaz de desentrañar lo que había pasado.

También acudieron dos videntes famosos. Uno de ellos, envuelto en una capa azul con estrellas amarillas, al tocar el suelo quemado con sus manos, y pronunciar unas palabras en una jerga desconocida, dijo ver a 4 hombres oscuros —pues éste fue el adjetivo que utilizó—, que salían de una extraña máquina, y luego movimientos y confusión... muchos movimientos y gritos. También le llamó la atención un dibujo que aparecía en su mente constantemente, algo así como una araña negra sobre fondo blanco y mucho rojo alrededor.

Pero a pesar de la reserva oficial y de la lacónica información de los periódicos digitales y en papel, la era de las redes sociales, de internet, ya en pleno apogeo, se había apoderado en buena parte del campo de lo publicado. Así, varias páginas de *Facebook*, y de *webs* de ocultismo y fenómenos paranormales, que estaban ávidas de notoriedad y también de necesidad, pues tenían que pagar las nóminas de sus empleados, publicaron diversas noticias respecto de los extraños sucesos de la Casa de Campo. Incluso llegaron a contactar con testigos que decían haberlos presenciado. Pronto, el socorrido recurso a los platillos volates, a los seres extraterrestres, y a las teorías conspiranoicas, hizo su aparición llenando de satisfacción a los adeptos a estos temas, y concitando la curiosidad de los simpatizantes e incluso de los escépticos. Pero a los pocos días, la noticia fue debilitándose, y como suele ocurrir en el mundo frenético de las comunicaciones del Siglo XXI, el fenómeno acabó disipándose como humo, siendo relegado, al igual que otros muchos, al enorme campo del olvido.

**

En Protraesa, la desaparición de Andrés y Heinrich sentó como un tiro. Transcurrido un mes desde la publicación de la escueta noticia en los periódicos, y sin tener noticias de sus dos empleados, el consejo de administración de la empresa vinatera se reunió por fin en sesión extraordinaria. Con la anuencia de Raimundo Ovejero, el consejero delegado, después de hacer una ligera reverencia a aquél, tomó la palabra:

"Ya conocen todos ustedes el motivo de esta reunión. Después de la misteriosa desaparición de nuestro querido Agustín Grande, hace ya más de un año y medio, ahora, también en extrañas circunstancias, otros dos valiosos empleados de la compañía, Andrés Olmeda y Heinrich Fischler, desaparecen igualmente sin dejar rastro. Parece como si los dos sucesos estuviesen relacionados. Pero esta conclusión se la dejamos a los investigadores. Nosotros, poco podemos hacer en este campo. Hemos lamentado mucho estas pérdidas, pero la vida, con sus problemas, sus retos, y también sus soluciones, sigue adelante y es imparable. Por eso, mi propuesta es que procedamos a la sustitución de Andrés y Heinrich para continuar con la operación Báltica y evitar su colapso. Después de meditar profundamente sobre este tema, considero que deben ser, Pedro Herrera y Gustav Crochet, quienes asuman respectivamente las funciones de los desaparecidos."

En ese momento, uno de los dos agraciados, Pedro Herrera, el famoso *Balones Fuera*, no pudo evitar sonreír descaradamente, inflando aún más su oronda anatomía, lo cual no sentó nada bien a gran parte del consejo de administración. De nuevo, quienes habían estado conspirando en todo momento para asumir primero la operación Nórdica, y luego la operación Báltica, eran nombrados responsables de esta última sin ninguna oposición, pues los partidarios de Andrés y Heinrich, movidos por el miedo o por su instinto de adaptación y supervivencia, habían mutado, salvo alguna honrosa y fiel excepción, en fervientes admiradores de Pedro y Gustav. Habían aplicado la inmortal táctica adaptatoria, atribuida a Groucho Marx, el impresionante actor norteamericano: "Estos son mis principios pero si no le gustan, tengo otros".

Raimundo Ovejero, por su parte, no se pronunció sobre la propuesta del consejero delegado para la Operación Báltica. Lavándose las manos como un moderno y distante, Poncio Pilatos, con su actitud silente y solemne, lo que hizo fue dar carta blanca para que el director de marketing, el trepa español, y el director de exportaciones, el francés advenedizo, después de hacer la pelota hasta lo indecible, halagando la vanidad del consejero delegado, se hicieran con OPNOR, el área más deseada de Protraesa en junio de 2012. Ello no era ajeno a sus costumbres más inveteradas, pues ya había hecho lo mismo durante la gestación y realización de la operación Nórdica, aunque, en el fondo... no se sentía muy bien por la decisión que había tomado el Consejo de Administración.

**

En el ámbito familiar, el efecto de la desaparición de Andrés fue demoledor. Sus padres, Fernando y Lucía, le adoraban. Lo habían pasado muy mal durante el secuestro; también mientras su hijo permanecía en silencio, metabolizando su identidad oculta; luego con el accidente de esquí... y ahora esto. Pero no tenían más remedio que pechar y hacer frente a la situación en la humilde medida de sus posibilidades.

—Ya han pasado cuatro semanas y nada de nada.... Ahora, sólo nos queda rezar y esperar —admitió el apesadumbrado y cabizbajo Fernando, mientras se emocionaba y abrazaba tiernamente a Lucía.

—Andrés es muy fuerte, y muy rebelde. Tengo la convicción de que está vivo en alguna parte —dijo a su vez Lucía, con la voz rota por el dolor—. Ha soportado mucho durante estos 3 últimos años, sin derrumbarse, ni física ni mentalmente. Estoy orgullosa de él.

—Lucía, voy a acercarme a la iglesia. Voy a pedirle al cura que en las rogatorias se mencione a Andrés, y también a Heinrich y Adnán, para que se comuniquen con nosotros, para que vuelvan de donde estén.

—Me parece bien. Él habría hecho lo mismo por nosotros. Por cierto, convendría avisar a sus compañeros de las clases de hebreo, no saben nada.

—La verdad es que todo esto es muy extraño —reflexionó Fernando en voz alta—. Lo único que sabemos es que nuestro hijo se iba a correr a la Casa de Campo con Heinrich y Adnán, los mismos que fueron con él a la nieve, en enero. Luego nada de nada. En la empresa tampoco saben nada. Se han esfumado.

—Por lo menos, yo creo que mejor acompañado no hubiera podido estar —añadió Lucía—. Pero es verdad que la policía no nos ha dicho nada. Lo que está claro es que la desaparición tiene que ver con esa nota escueta aparecida en la prensa. ¿Te acuerdas cuando su ayudante en la empresa, Agustín Grande, desapareció en Alemania sin dejar rastro?

—¿Cómo no voy a acordarme? Parecen dos almas gemelas. Agustín Grande se evaporó y ya no se supo más, igual que ahora.

—Por cierto, cariño, ¿has sabido algo de Elena? Estoy intentando hablar con ella y no hay manera, aunque ya debe de haberse enterado... ¡trabaja en la misma empresa que Andrés! Su comportamiento no es normal.

—Las mujeres, ¡siempre sacando punta a las cosas! Lo que pasa es muy simple. Está agotada. Ten en cuenta que se había hecho muchas ilusiones con nuestro hijo... y ahora le pegan un mazazo. El mundo se le viene abajo.

—Sí, pero lo cortés no quita lo valiente. La verdad es que estas nuevas generaciones tienen a veces unos comportamientos que, ¡ya!, ¡ya!...

—Lucía, no generalices. Cada cual es distinto y distinta es también la forma de reaccionar frente a los acontecimientos.

Dejémosla con su dolor, ya tendremos tiempo de hablar con ella. ¿Dónde estará nuestro hijo? ¡Qué impotencia! ¡Qué pequeño se siente uno frente a la adversidad!

—Fernando... Esté donde esté... Él... sabrá desenvolverse, es nuestro hijo, es... Lucía no pudo acabar la frase. Embargada por la emoción, se cubrió la cara con las manos y, derramando lágrimas abundantes, salió a uno de los balcones de la casa.

Cuando se calmó un poco, alzó la mirada y reparó con nostalgia en unos niños que, iluminados por el sol radiante del mes de junio madrileño, corrían y jugaban en un parque vecino, ajenos a las preocupaciones y zozobras de los mayores.

FIN

ÍNDICE

**

Otros libros del autor

Origen, ritmos y controversias de la música criolla del Perú y poemas modernos (en coautoría con Alfredo Leturia Almenara).

También disponibles en Amazon:

La guerra del capitán Meinhof, tomo 1 de la trilogía *Némesis*

La conjura de los vencidos, tomo 2 de la trilogía *Némesis*.

El peso de la conciencia, tomo 3 de la trilogía *Némesis*.

La Peña Amarilla y otros relatos

Operación Nórdica, tomo 1 de la trilogía *La Odisea de Andrés Olmeda*.

**

www.ingramcontent.com/pod-product-compliance
Lightning Source LLC
LaVergne TN
LVHW092347170726
843489LV00001B/77